日本児童文学者協会70周年企画　児童文学 10の冒険

ここから続く道

編
＝
日本児童文学者協会

偕成社

児童文学　10の冒険

ここから続く道

児童文学 10の冒険

ここから続く道 もくじ

凡例

- 本シリーズは各巻に三～五点の作品を収録した。
- 選集、全集などの単行本以外を底本とした場合は、出典一覧にその旨を記した。
- 一部の作品は著者が部分的に加筆修正した。
- 漢字には振り仮名を付した。
- 表記は原則として底本どおりとし、明らかな誤記は訂正した。また、本文中の一部に現在では不適当な表現もあるが、作品発表時の時代背景などを考慮し、底本どおりとした。

ぬくい山《やま》のきつね

最上《もがみ》一平《いっぺい》

ぬくい山《やま》のふもとから坂道《さかみち》を三キロほどのぼって行《い》くと、そこが山腰《やまこし》という字《あざ》で、以前《いぜん》には数十軒《すうじっけん》の家《いえ》があった所《ところ》です。今《いま》はおトラばあさんの家《いえ》があるだけで、おゆきの家《いえ》も、とみの家《いえ》も、山《やま》をおりてしまいました。最後《さいご》まで行《ゆ》き来《き》した貞子《さだこ》の家《いえ》も、昨年《さくねん》の秋《あき》に貞子《さだこ》がかぜをこじらせて寝《ね》こんでからは、亭主《ていしゅ》の久雄《ひさお》ひとりだけでは病人《びょうにん》の世話《せわ》も心《こころ》もとなくなって、とうとう子《こ》どもの所《ところ》に越《こ》してしまいました。ですから、おトラばあさんは、山腰《やまこし》にひとりっきりで住《す》んでいるということになります。

おトラばあさんも、四年前《ねんまえ》に夫《おっと》の金五郎《きんごろう》を亡《な》くした時《とき》に、息子《むすこ》の所《ところ》に行《い》く話《はなし》がきまりかけたのです。金五郎《きんごろう》が死《し》んでしまうと、何《なに》もかももぎとられたように、心《こころ》も体《からだ》もみょうにふわふわと軽《かる》くなり、何《なに》をするにも気力《きりょく》というものがなえてしまいました。一時《いちじ》はここでおれもど一んといい、いい、いとばかり、すっかり観念《かんねん》したのでした。

そんなおトラばあさんでしたが、山《やま》の畑《はたけ》に行《い》って、菜《な》っぱの芽《め》が吹《ふ》いているのを見《み》ました。黒《くろ》ぐろした土《つち》から、黄緑色《きみどりいろ》のふた葉《ば》がでていて、それよりもこい本葉《ほんば》が間《あいだ》から生《う》まれてきていました。すぐとなりのうねには、金五郎《きんごろう》と植《う》えつけたじゃがいもが、いつの間《ま》にかぐんと大《おお》きくなっていました。それを見《み》ると、菜《な》っぱやじゃがいもたちが日《ひ》に日《ひ》に大《おお》きくなっているのがいじらしく、いとおしくなりました。作物《さくもつ》だけでなく、それを大《おお》きくしている畑《はたけ》までが、命《いのち》を持《も》った知《し》り合《あ》いでもあるように、おトラばあさんには見《み》えてきました。畑《はたけ》も野菜《やさい》たちも何《なに》か語《かた》っているような気《き》になって、おトラばあさんは思《おも》わず、

「なんなもんだかョー」

と、声《こえ》をかけました。

野菜《やさい》たちが、いつごろどんなに大《おお》きくなり、いつごろに実《み》をむすぶのか目《め》に見《み》えました。また、その時《とき》どきに草《くさ》も取《と》らねばなるまい、土《つち》を寄《よ》せてもやらねばなるまいと思《おも》いました。大《おお》きく育《そだ》った時《とき》に、だれも収穫《しゅうかく》してやらなければ、菜《な》っぱにもじゃがいもにも畑《はたけ》にも、気《き》の毒《どく》で申《もう》しわけないような気持《きも》ちでいっぱいになりました。

何《なに》より、むくむく育《そだ》っているみずみずしい葉《は》っぱを見《み》ていると、おトラばあさんはうれしいのです。

「やっぱり、おれはこごがいい。んだ。息子《むすこ》の所《ところ》に行《い》って死《し》ぬのを待《ま》っていても、さっぱり面白《おもしゃ》ぐないべ。おれはこごがいい。こごで死《し》ぬのが本当《ほんとう》だ。んだべェ？　おっつぁん」

おトラばあさんは、畑《はたけ》の中《なか》に金五郎《きんごろう》がいるとでも思《おも》ったのか、おっつぁんと呼《よ》びかけたのでした。

これから先《さき》、なん年生《ねんい》きるかわかりませんが、嫁《よめ》の顔色《かおいろ》をみながら、何《なに》もせず暮《く》らすのかと思《おも》うとやりきれなくもなりました。だんだん気持《きも》ちが落《お》ちついてくると、おトラばあさんは、山腰《やまこし》をはなれる気《き》にはなれなくなって、一年《ねん》のばし二年《ねん》のばししているうちに、とうとうひとりっきりになったのでした。

それにしても金五郎《きんごろう》は、なぜあんな所《ところ》で死《し》んだのでしょう。そこは、ぬくい山《やま》の方《ほう》へ山道《やまみち》を少《すこ》しのぼった所《ところ》で、一本松《いっぽんまつ》と村《むら》では呼《よ》んでいる所《ところ》です。名《な》まえのとおり、古木《こぼく》の松《まつ》が一本《ぽん》あり、根元《ねもと》にくちかけた石《いし》の小《ち》さなほこらが、半分土《はんぶんつち》にうまるようにして建《た》っています。年《ねん》に一度正月《いちどしょうがつ》にもちをあげるぐらいなもので、めったに人《ひと》は行《い》かない所《ところ》です。その正月《しょうがつ》も雪《ゆき》が深《ふか》ければ、一本松《いっぽんまつ》に行《い》く入《い》り口《ぐち》の所《ところ》で、みんなはおまいりをすませてしまうぐらいでした。そのほこらの前《まえ》で、金五郎《きんごろう》は死《し》んでいたのです。医者《いしゃ》の見立《みた》てでは、心筋梗塞《しんきんこうそく》ということでした。

金五郎《きんごろう》の死《し》んだ日《ひ》の晩《ばん》は、村《むら》の者《もの》がみんなおトラばあさんの家《いえ》に寄《よ》って、くやみを言《い》ったり、葬式《そうしき》の相談《そうだん》をしたりしたのでした。みんなも金五郎《きんごろう》がなぜ一本松《いっぽんまつ》で死《し》んだのか、いろいろ説《せつ》はとなえるものの、はっきりしたことは金五郎《きんごろう》にしかわからないということに決着《けっちゃく》しました。すると今度《こんど》は、だれが金五郎《きんごろう》を見《み》つけたのかという話《はなし》になりました。村《むら》では、金五郎《きんごろう》が亡《な》くなったらしいという話《はなし》が疾風《はやて》のように伝《つた》わり、五、六人《にん》いっしょになって、一本松《いっぽんまつ》にむかえに行《い》ったのです。だれは、だれから話《はなし》を聞《き》き、だれは、だれから話《はなし》を聞《き》いた。と、順《じゅん》にたどっていくと、また最初《さいしょ》の人《ひと》にもどってしまいました。初《はじ》めに金五郎《きんごろう》を見《み》つけた人《ひと》は、だれもいないのでした。

だれかが、きつねにつままれた話《はなし》のようだというと、本当《ほんとう》にきつねかもしれないと言《い》ったのは喜助《きすけ》でした。喜助《きすけ》がきつねにばかされた話《はなし》は有名《ゆうめい》で、村《むら》では知《し》らない人《ひと》がいないのです。喜助《きすけ》は、なん度《ど》もだれかれなく語《かた》ったのですが、また、同《おな》じ話《はなし》を始《はじ》めました。

——喜助《きすけ》が山《やま》の奥《おく》のほうにつりに行《い》った時《とき》のことだ。大《おお》きなイワナを数匹《すうひき》つり上《あ》げ、場所《ばしょ》を変《か》えようと、上《うえ》にある道《みち》にもどろうとした。ところがどうしたことだろう。五、六十メートルばかり上《うえ》にある道《みち》に、いくらやぶをこいで、行《い》けども行《い》けどもたどり着《つ》けない。道《みち》はすぐ上《うえ》にあることはわかっているのだ。道《みち》の目印《めじるし》になっている大《おお》きなブナの木《き》が、すぐそこに見《み》えている。喜助《きすけ》は、おかしいなと思《おも》いながらも、木《き》や草《くさ》につかまって必死《ひっし》にのぼった。いくらのぼっても道《みち》に着《つ》けない。一時間《じかん》ものぼっているのに、まだ着《つ》かない。さすがの喜助《きすけ》も、息《いき》が切《き》れ、心臓《しんぞう》がトクトクトク鳴《な》ってきた。そして、みょうな冷《つめ》たい汗《あせ》が全《ぜん》身《しん》から流《なが》れてきた。

喜助《きすけ》はいったいどうしたんだと立《た》ち止《ど》まった。すると、すぐ近《ちか》くにカスリの着物《きもの》を着《き》た男《おとこ》の子《こ》が立《た》っていたそうだ。こんな所《ところ》にどうしてまた。ハハーン、これはきつねだな、と喜助《きすけ》はピンときた。喜助《きすけ》は、腰《こし》にさげたビクに、そばにあった葉《は》っぱをとって魚《さかな》をかくすと、ゆっくりたばこに火《ひ》をつけた。すると男《おとこ》の子《こ》は、キャンといって消《き》えてしまった。その後《あと》は、道《みち》まで難《なん》なくのぼれて、急《いそ》いで逃《に》げ帰《かえ》ってきた。──


喜助《きすけ》はうそを言《い》ったり、人《ひと》をかついで喜《よろこ》ぶ人《ひと》ではありません。また、きもったまが、人《ひと》の十倍《ばい》はあろうかという強者《つわもの》で、山《やま》でばったり出《で》くわした熊《くま》をしめ殺《ころ》したという話《はなし》も本当《ほんとう》なのでした。その喜助《きすけ》が、金五郎《きんごろう》のことを知《し》らせたのがきつねかもしれないというのですから、みんなは笑《わら》うに笑《わら》えず、不思議《ふしぎ》なことがあるもんだと言《い》い合《あ》ったのでした。

とどのつまり、金五郎《きんごろう》がどうして一本松《いっぽんまつ》のほこらの前《まえ》で死《し》んだのか、それを、だれが村《むら》人《びと》に知《し》らせたのかは、わからずじまいだったのです。

おトラばあさんは、すでに七十を六つも越《こ》しています。冬場《ふゆば》や雨《あめ》のふりだしそうな日《ひ》には、ひざが痛《いた》みますが、まだ耳《みみ》も目《め》も不自由《ふじゆう》なほどではありません。近《ちか》くの畑《はたけ》に行《い》くのが日課《にっか》なのです。

ひとりで暮《く》らしていて、一番困《いちばんこま》るのは話《はな》し相手《あいて》がいないということでした。朝《あさ》、仏壇《ぶつだん》にむかってハンニャハラミタをやって、ひとくさり仏壇《ぶつだん》の中《なか》の金五郎《きんごろう》と話《はなし》をするのです。しかし、金五郎《きんごろう》は何《なに》を答《こた》えるわけでもなく、やっぱり張《は》り合《あ》いがありません。ごはんを食《た》べ終《お》わっても、だまって食《た》べているだけでは、なんだか口《くち》がさみしいような気《き》がしてなりません。畑《はたけ》から帰《かえ》ってきた時《とき》も、ふとんに入《はい》って眠《ねむ》りにつこうとする時《とき》なども、ふと何《なに》か忘《わす》れたような、ものたらないような気《き》がしてしまいます。

金五郎《きんごろう》はどちらかといえば無口《むくち》な人《ひと》でした。ですが、ただそこにいて、聞《き》いてくれるだけで、どんなに大切《たいせつ》だったかということが、いなくなってみると、ほとほと思《おも》い知《し》らされました。もともとおトラばあさんは、「ひとりでペラペラ語《かた》って、よくくたびれないごと」と、金五郎《きんごろう》に言《い》われるほど口《くち》が達者《たっしゃ》でした。達者《たっしゃ》というよりは話好《はなしず》きなのでしょう。

これはおトラばあさんに限《かぎ》ったことではありませんが、村《むら》の話好《はなしず》きの女衆《おなごしゅう》たちは、自分《じぶん》の話《はなし》にだんだん熱《ねっ》が入《はい》ってくると、顔《かお》の表情《ひょうじょう》や声音《こわね》が変《か》わってきます。相手《あいて》の耳《みみ》のそばで、あやしげな顔《かお》で語《かた》っていたかと思《おも》えば、急《きゅう》に笑《わら》ったり、深刻《しんこく》な顔《かお》になったりと、話《はなし》のすじによってコロッコロッと変化《へんか》するのは、みごとというほかありません。そのうち自分《じぶん》の話《はなし》に感《かん》きわまって、涙《なみだ》も流《なが》せば、歯《は》のない口《くち》をむきだしてヒッヒッヒッと大笑《おおわら》いもします。おトラばあさんになぜ深《ふか》いしわがたくさんあるのかといえば、そういった顔《かお》の運動《うんどう》が、長《なが》い年月《ねんげつ》で彫《ほ》りつけたものではないでしょうか。

夕暮《ゆうぐ》れ時《どき》などは、一日《いちにち》のつらい仕事《しごと》も終《お》え、格好《かっこう》の談義《だんぎ》の時間《じかん》です。かあちゃん連中《れんちゅう》やばあちゃん連中《れんちゅう》が、夕方《ゆうがた》のあいさつひとつでわかれるなどということは、万《まん》にひとつもありません。悪口《わるくち》やうわさ話《ばなし》、暮《く》らしのこまごましたことなど、次《つぎ》から次《つぎ》と話《はなし》はとめどがありません。

——だれそれといとこの昌《まさ》ちゃんの主人《だんな》の妹《いもうと》のせがれ……。

などと判《はん》じ物《もの》のようなことを言《い》っても、聞《き》いている人《ひと》は、ウンウンと平気《へいき》でうなずきあっているのですから、たまげたものです。

日《ひ》が暮《く》れても話《はなし》はまだつづいていたりすると、暗闇《くらやみ》から響《ひび》いてくるひそひそ話《ばなし》も、ヒッヒッヒッなどという笑《わら》い声《ごえ》もぶきみに響《ひび》き、顔《かお》や姿《すがた》までも妖怪《ようかい》じみてゾッとするのでした。さしずめ、おトラばあさんは、若《わか》いころから妖怪《ようかい》の親玉《おやだま》といったところでした。

山腰《やまこし》には話《はな》す相手《あいて》がだれもいないので、しょうがありません。おトラばあさんは、何《なに》か話《はな》したくてたまらなくなったときや、気《き》がはれないような時《とき》には、ぬくい山《やま》のほうに向《む》かってひとりごとをべらべらしゃべったりするのです。

ひとりでいると、話《はな》すことがだんだんたまってきてしまうのは、どうしようもありません。だれにも話《はな》せないとなると、かえっていろいろなことが思《おも》い出《だ》されてきます。金五郎《きんごろう》のこと、子《こ》どもが生《う》まれたころのこと、それに、自分《じぶん》が子《こ》どもの時《とき》のことが、みょうにはっきりと思《おも》い出《だ》されて、おトラばあさんの口《くち》は、だれかに話《はな》したくて、聞《き》いてもらいたくて、ブルブルしてくるのでした。

季節《きせつ》は九月《がつ》です。いいあんばいにきのう雨《あめ》がたっぷりふってくれたので、おトラばあさんはぬくい山《やま》の段《だん》だん畑《ばたけ》に白菜《はくさい》の種《たね》をまきました。日中《にっちゅう》はまだ日射《ひざ》しが強《つよ》いので、昼《ひる》めしのあと少《すこ》し横《よこ》になって、ウトウトしてからやってきたのです。

白菜《はくさい》の小《ちい》さくてまん丸《まる》の種《たね》をまきながら、おトラばあさんは、ああそうだったと思《おも》い出《だ》しました。金五郎《きんごろう》は残《のこ》って固《かた》くなった納豆《なっとう》もちを、白菜《はくさい》づけの葉《は》っぱにくるんで、あぶったのが大好《だいす》きだった。よくあぶってやったなあ……。口《くち》をアフアフさせて食《く》っている金五《きんご》郎《ろう》の顔《かお》がうかんできました。思《おも》いだした金五郎《きんごろう》が、あんまりうまそうに食《く》っているので、おトラばあさんはうれしくなって、思《おも》わず涙《なみだ》が出《で》てきそうになりました。それであわてて鼻《はな》をこすり上《あ》げました。

「おっつぁん、失敗《しっぱい》したあ！　おら、おっつぁんのごど思《おも》っていだら、種《たね》、まきすぎだちゃ。あれま、こんじゃ、冬《ふゆ》になったら白菜《はくさい》ばっかり食《く》ってらんなね。ホー。だれか、つけものの味《あじ》でもみにきてけねべが。うんと御馳走《ごっつぉ》するんだがナア」

おトラばあさんは腰《こし》をのばして、少《すこ》しはずかしそうに笑《わら》いました。

すると、山《やま》のしげみがごそごそ動《うご》きました。畑《はたけ》の上《うえ》は雑木《ぞうき》のやぶです。

「ありゃまあ、なんだべ。腰《こし》まげたばさまが、よたこらよたこら稼《かせ》いでいるんで、天国《てんごく》のおっつぁんでも手伝《てつだ》いに来《き》たんだべが」

と、おトラばあさんはしげみに向《む》かって軽口《かるくち》をたたきました。しばらくしげみは静《しず》かになりました。そしてまた、あけびのつるがからまっているナラの木《き》の下《した》あたりが、ガサガサしました。尋常《じんじょう》ではありません。ガサガサが、しだいに畑《はたけ》の方《ほう》に近《ちか》づいてくるではありませんか。くずの葉《は》がはりだした雑木《ぞうき》と畑《はたけ》の境《さかい》で、ガサガサは止《と》まりました。

「なんだべ、熊《くま》だべが」

オホンとひとつ大《おお》きなせきばらいがしました。くずの葉《は》をかきわけて出《で》てきたのは、金《きん》五郎《ごろう》です。

「おっつぁん……。本当《ほんとう》に出《で》てきた」

おトラばあさんは、びっくりぎょうてん。目玉《めだま》をパシパシさせました。

「ありゃま、ありゃま、たまげたごど、本当《ほんとう》におっつぁんだがあ？　おれあ、夢《ゆめ》でもみでるんだべが」

「ばさま、何《なに》もそんなに驚《おどろ》くごどはあんめえ、どれ、おれもひとつ手伝《てつだ》うべ」

と、金五郎《きんごろう》はいいました。

「おっつぁんがしゃべった。なんとまず」

いくら歳《とし》をとったとはいえ、一度死《どし》んだ人間《にんげん》が、そうやすやすと生《い》きかえったりするとは、おトラばあさんも思《おも》っていません。なんとしたことでしょう。

金五郎《きんごろう》が畑《はたけ》のうねの中《なか》に入《はい》ってきました。ひょっとすると、これはぬくい山《やま》のきつねかもしれないと、おトラばあさんは思《おも》いました。はたして、種《たね》に土《つち》をかけだした金五郎《きんごろう》を見《み》れば、若《わか》い頃《ころ》からはげあがっていた頭《あたま》には、茶髪《ちゃぱつ》のような金色《きんいろ》の髪《かみ》がふさふさしているではありませんか。

おトラばあさんは、そおっと金五郎《きんごろう》の後《うし》ろにまわりました。話《はなし》では、きつねやたぬきはじょうずに化《ば》けても、そこは、それ、しっぽだけは出《だ》しているというではありませんか。おトラばあさんは、金五郎《きんごろう》の尻《しり》をのぞきこみました。そして、ウーンと腹《はら》の中《なか》でうなりました。しっぽはありません。何十年《なんじゅうねん》も見《み》てきた、くさい屁《へ》をたれた金五郎《きんごろう》のケツです。

それにしても、背《せ》かっこうから手《て》の大《おお》きさ、首《くび》すじあたりの陽《ひ》やけの色《いろ》まで、そっくりな金五郎《きんごろう》でした。また、ひとことしゃべっただけですが、声《こえ》の響《ひび》きぐあいまで金五郎《きんごろう》そのものです。四年《ねん》ぶりに聞《き》くと、電気《でんき》にさわった時《とき》のように体《からだ》がしびれました。

ものです。あさんは、年《とし》がいもなく、ポーッと胸《むね》が熱《あつ》くなりました。

ところがどうしたことか、金五郎《きんごろう》の鼻《はな》の下《した》には黒《くろ》い無精《ぶしょう》ひげにまじって、三、四本《ほん》、五、六センチもあろうかというひげが、両《りょう》わきにピンとのびていました。それが西日《にしび》にあたると銀色《ぎんいろ》に光《ひか》りました。これはまちがいなくきつねだとおトラばあさんは思《おも》いました。

「こりゃあ、こりゃあ、なんだ、しばらく見《み》ねえうちにいい男《おとこ》になって」

と、おトラばあさんは、おだてたようなことをいって、ニヒニヒニヒと笑《わら》いました。逃《に》げられては大変《たいへん》と思《おも》ったのも本当《ほんとう》ですが、四年《ねん》ぶりで見《み》た金五郎《きんごろう》は少《すこ》し若《わか》がえっていて、死《し》んだ頃《ころ》よりずっと男《おとこ》っぷりが上《あが》っていたのも本当《ほんとう》でした。

「おっつぁん晩方《ばんがた》だ。夜上《よあ》がりだべハ。家《いえ》サ帰《かえ》るべ。きょうはうんとうまい御馳走《ごっつぉ》作《こしゃえ》る」

「んだが、しまいにするべ」

種《たね》に土《つち》をかけ終《お》わった金五郎《きんごろう》がいいました。

おトラばあさんは、金《きん》五郎《ごろう》が素直《すなお》にそういったので、ホクホクしました。手《て》についた土《つち》をはらうと、のこのことついてくるではありませんか。おトラばあさんは、ニヒニヒニヒとまた笑《わら》いがこみあげてきました。

ハテ？　きつねのやつ、何《なに》しに来《き》たんだべと、前《まえ》に立《た》って歩《ある》きながらおトラばあさんは考《かんが》えました。しかし、すぐ、何《なに》、かまうもんか、きつねだろうが化《ば》け物《もの》だろうが、金《きん》五郎《ごろう》は金《きん》五郎《ごろう》です。おトラばあさんはなん歩《ぽ》もいかずにふりむき、金《きん》五郎《ごろう》がついてくるのをたしかめました。金《きん》五郎《ごろう》はすずしい顔《かお》をして歩《ある》いています。

ハハーン、きつねは御馳走《ごっつお》食《く》いにきたんだな。ここは化《ば》かされていると思《おも》わせた方《ほう》がいい。ウン。あんまり後《うし》ろを気《き》にしては、きつねも具合《ぐあい》が悪《わる》かろう。

おトラばあさんは、ふりむいてたしかめたいのをがまんして歩《ある》きました。そして、耳《みみ》で後《うし》ろの金《きん》五郎《ごろう》の足音《あしおと》をたしかめ、なんとか前《まえ》を向《む》いたままで後《うし》ろが見《み》えないかと、目玉《めだま》を右《みぎ》に寄《よ》せたり左《ひだり》に寄《よ》せたりしてみました。目玉《めだま》をぐうっと横《よこ》っちょにむりに引《ひ》っぱっていると、頭《あたま》がクラクラしました。それでもがんばっていると、目玉《めだま》が頭《あたま》の後《うし》ろのほうにまわりそうになっていたくなりあきらめました。とうとうこらえきれずに、二十歩《ぽ》も行《い》くとふりかえりました。

「おっつぁん、よぐ来《き》てくれたなあ」

「うん」

金五郎《きんごろう》は、もっともらしくうなずきました。

おっつぁんといった自分《じぶん》の声《こえ》がことのほか力強《ちからづよ》く響《ひび》き、おトラばあさんは驚《おどろ》きました。

いい気持《きも》ちです。トクトクと笑《わら》いがこみあげてきて、思《おも》わずにんまりとしました。

金五郎《きんごろう》の頭《あたま》の上《うえ》のほうに、白《しら》んだ月《つき》が見《み》えました。

「おっつぁん、見《み》でみろちゃ。気《き》の早《はや》いお月《つき》さまが、もう出《で》ているハ」

金五郎《きんごろう》も空《そら》をあおいで月《つき》を見《み》ました。赤黒《あかぐろ》く陽《ひ》やけしたのどをころっとしたのど仏《ぼとけ》がゆっくりと動《うご》きました。そして、例《れい》のひげが銀色《ぎんいろ》にピカピカ光《ひか》りました。おトラばあさんは金五郎《きんごろう》に化《ば》けるきつねが、悪《わる》いやつであろうはずがないと思《おも》いました。

また畑《はたけ》をおりていくと、おトラばあさんは、口《くち》がもぞもぞしてきて、何《なに》か話《はな》したくなりました。

「あのなあ、おっつぁん。前《まえ》にテレビで見《み》だんだげんと、宇宙飛行士《うちゅうひこうし》がなん日《にち》もなん日《にち》もたったひとりで、宇宙船《うちゅうせん》の中《なか》でいろいろ調《しら》べでいるんだと。地球《ちきゅう》のまわりをグルグルまわってテナ。宇宙《うちゅう》という所《ところ》だぞ、おっつぁん」

「それがどうした、ばさま」

なんとタイミングのいい合《あ》いの手《て》でしょう。おトラばあさんは満足《まんぞく》し、いよいよ調子《ちょうし》がでてきました。

「ウン、それがナ、その人《ひと》、小《ちい》さなおもちゃみたいな入《い》れ物《もの》で、かいわれ大根《だいこん》だったか、なんだったか、五、六本《ぽん》ぐらい育《そだ》てていんのよ。かいわれ大根調《だいこんしら》べているんじゃないぞ。その人《ひと》は、自分《じぶん》のそばでいっしょに生《い》きているものがほしかったんだベナア。おれ、それ見《み》だら涙《なみだ》こぼっちゃ。やっぱりなあーと思《おも》ってヨー。宇宙《うちゅう》まで行《い》っている人《ひと》だ、どんなに立派《りっぱ》な人《ひと》だべ。ウン。でもョォー、やっぱりひとりはさびしいもんだあ」

「ヘェーッ、そんなもんだかョォー」

ひさしぶりにおトラばあさんはしんみりとした話《はなし》ができて、畑《はたけ》をおりる足《あし》どりが軽《かる》くなりました。

家《いえ》について金五郎《きんごろう》を座敷《ざしき》に上《あ》げると、おトラばあさんは台所《だいどころ》で冷蔵庫《れいぞうこ》をあけました。冷蔵庫《れいぞうこ》の中《なか》は実《じつ》にあっさりしたもので、品物《しなもの》がほとんど入《はい》っていません。きつねの好物《こうぶつ》は油揚《あぶらあ》げというが、油揚《あぶらあ》げなどありません。さて、何《なに》を御馳走《ごっつお》すんべかと、おトラばあさんは考《かんが》えました。冷凍庫《れいとうこ》の中《なか》に凍《こお》らせておいた塩引《しおび》きを見《み》つけた時《とき》は、ウン、これだと

うれしくなって、

「ありがどさまァ」

と、冷蔵庫《れいぞうこ》に向《む》かっておじぎをしてしまいました。

なべを用意《ようい》したりどんぶりを出《だ》したりして、まな板《いた》で野菜《やさい》をきざみました。三度三度《さんどさんど》の毎日《まいにち》の炊事《すいじ》ですが、まな板《いた》をたたくほうちょうの音《おと》が、まるでちがいます。実《じつ》にトントントンと調子《ちょうし》がいいのです。おトラばあさんは、心《こころ》がうきたってきて知《し》らぬ間《ま》に笑《わら》ってしまう自分《じぶん》に気《き》がつき、若《わか》い娘《むすめ》のような心持《こころも》ちをいさめるのですが、相変《あいか》わらずまな板《いた》の音《おと》はおどっているのでした。

おトラばあさんは台所《だいどころ》の窓《まど》ガラスに自分《じぶん》の顔《かお》がうつっているのをみつけて、耳《みみ》のうしろのほつれ毛《げ》をなでつけたりもしたのです。

ガスレンジに火《ひ》をつけようとした時《とき》、おトラばあさんは、ハッとして座敷《ざしき》の方《ほう》をうかがいました。きつねに化《ば》かされたという喜助《きすけ》の話《はなし》を思《おも》い出《だ》したのです。喜助《きすけ》は、ライターの火《ひ》ひとつで、きつねをおっぱらってしまったのでした。ガスレンジは、ライターのなん倍《ばい》もの火《ひ》をいちどきにボッとつけるのです。それをもし、金五郎《きんごろう》が見《み》たらどうなるのでしょう。

「オーッ、あぶないところだった」

金五郎《きんごろう》はおとなしくテレビを見《み》ています。

おトラばあさんは、よしよしとうなずいて、どうしたものかと考《かんが》えました。火《ひ》を使《つか》わずに御馳走《ごっつぉ》などつくれません。それで急《いそ》いで風呂《ふろ》をわかしました。

「おっつぁん、ゆっくりと風呂《ふろ》に入《はい》ってきてけらっしゃい」

「ンだか、どれ先《さき》に風呂《ふろ》をもらうか」

「そうさっしゃい、そうさっしゃい。さっぱりして出《で》てきたら、すぐにごはんになりますから」

金五郎《きんごろう》は風呂《ふろ》に入《はい》り、その間《あいだ》におトラばあさんは、てんてこまいで料理《りょうり》を作《つく》りました。

飯台《はんだい》にならんだのは、塩《しお》じゃけ、さつまあげとゆうがおといんげんの煮物《にもの》。焼《や》きなす。なすづけ。みそ汁《しる》。それから、しおからでした。お酒《さけ》も一本《ぽん》つけました。

「さあさあ、まずは一献《いっこん》」

おトラばあさんはおしゃくしました。

金五郎《きんごろう》はクッとのどに流《なが》しこむと、タンと大《おお》きく舌《した》をならしました。

「おう、うめえ。こいつあこたえられねえや」

捨《す》てずにとってあった金五郎《きんごろう》のゆかたを着《き》た金五郎《きんごろう》が、しおからをさかなにさかずきを重《かさ》ねました。

「たいした物《もの》はないけど、いっぱい食《く》ってけらっしゃい」

金五郎《きんごろう》が煮物《にもの》に手《て》をのばし、ゆうがおをじょうずにはさんで口《くち》にいれました。おトラばあさんは、かんでいる金五郎《きんごろう》の顔《かお》をくいいるように見《み》ました。金五郎《きんごろう》の好《この》みならだれより知《し》っています。しかし、これは金五郎《きんごろう》は金五郎《きんごろう》でもきつねの金五郎《きんごろう》です。心配《しんぱい》でした。

金五郎《きんごろう》は二、三回《かい》もかむと、なんともうれしそうな顔《かお》をして、

「うめえなあ」

と、いいました。

そういわれると、おトラばあさんは頭《あたま》の中《なか》にパッと花《はな》が咲《さ》いたような気分《きぶん》で、

「おれも一杯《ぱい》、おしょうばん」

といって、金五郎《きんごろう》に酒《さけ》をついでもらいました。

金五郎《きんごろう》は、うめえなあ、うめえなあといいながら、塩《しお》じゃけも、焼《や》きなすも、なすづけも食《た》べました。おトラばあさんは、いちいちうなずき、しょっぱくないかとか、今年《ことし》のなすは雨《あめ》がちょうどあんばいよくふったから、いいできだとか話《はな》しました。話《はな》しながら、人《ひと》

がうまそうに物《もの》を食《く》っているのを見《み》るのはいいもんだと思《おも》いました。今《いま》までのてんてこまいしたつかれや、気苦労《きぐろう》が、スーッと消《き》えていくのがわかりました。

お酒《さけ》一本《ぽん》のつもりが、二本《ほん》になり、三本《ぼん》になり、おトラばあさんもおしょうばんしているうちに、すっかり気持《きも》ちよくなってしまいました。金五郎《きんごろう》も少《すこ》し酔《よ》ってきたと見《み》えて、口数《くちかず》が多《おお》くなりました。

「ばさまヨー、山腰《やまこし》にばさまひとりじゃ、さぞさびしかんべ。ナァ。なして息子《むすこ》の所《ところ》サ行《い》かね？　ン？」

「おら山腰好《やまこしす》きだあ。どごより好《す》きだもの。春《はる》になれば、木《き》の芽出《めで》るし、夏《なつ》になればカッコー鳴《な》ぐ。秋《あき》ともなれば、ハア、山《やま》は錦《にしき》になって、ウン。冬《ふゆ》は冬《ふゆ》で……。ンー、冬《ふゆ》は寒《さむ》いだけだ。アハハハハ」

「ンダンダ。冬《ふゆ》は寒《さむ》い。雪《ゆき》は冷《ちめ》てえ。アハハハハ」

そのうち金五郎《きんごろう》が、『さんさしぐれ』を歌《うた》い出《だ》しました。うっとりするほどいい声《こえ》でした。おトラばあさんも、手拍子《てびょうし》を打《う》ちながら、小声《こごえ》で唱和《しょうわ》したのでした。

金五郎《きんごろう》が便所《べんじょ》に立《た》ちました。すると台所《だいどころ》のあたりで、うまおい虫《むし》がスイッチョン、スイッチョンとたてつづけに鳴《な》きました。スイッチョンのすんだ鳴《な》き声《ごえ》は、人《ひと》っこひとりいない山腰《やまこし》の静《しず》かな夜《よる》を、なん倍《ばい》もひきたててこわいような静《しず》けさがせまってきました。今《いま》までにぎやかだったからなおさらです。おトラばあさんは急《きゅう》にひとりでいることが心細《こころぼそ》くなりました。

金五郎《きんごろう》をこのまま引《ひ》き止《と》めておくにはどうしたらよいだろう。ごちそうを食《く》いにきたのなら、食《く》ってしまえば終《お》わりじゃないか。おトラばあさんはおそろしくなりました。ウーンとうなりましたが、いい知恵《ちえ》はうかびません。逃《に》げられないように、ふんじばってしまおうかとも思《おも》いましたが、得策《とくさく》ではないようです。そんなことを思《おも》っているうちにも、あまりスイッチョンの声《こえ》がしみじみするので、心配《しんぱい》になってきました。もはや金五郎《きんごろう》はおさらばしたのではないかと。

「おっつぁん、おっつぁん」

おトラばあさんは、ここなん年《ねん》もだしたことがない大声《おおごえ》でさけびました。

「なんだばさま」

金五郎《きんごろう》がむっくりと部屋《へや》に入《はい》ってきました。

「ホォー」

「何《なに》がホォーだ」

「いやいやなんでもねえ」

おトラばあさんは、てれたように笑《わら》うと、とっくりをとって酒《さけ》をすすめました。そして、逃《に》げだす気配《けはい》がないかと、金五郎《きんごろう》の顔《かお》の表情《ひょうじょう》をさぐりました。

「なんだばさま、目《め》つきがあやしいぞ」

おトラばあさんは、いつまでこの家《いえ》にいてくれるのかきいてみたくなりました。けれどそれは、化《ば》けの皮《かわ》をはぐことになります。となれば、もはや金五郎《きんごろう》は家《いえ》を出《で》ていってしまうでしょう。のど元《もと》まででかかったことばを、おトラばあさんは飲《の》み込《こ》みました。

「おっつぁん、夜《よ》もふけた。またあしたうんと御馳走《ごっつお》するさげ、そろそろ寝《ね》るとすんべえか」

「そうよなあ。そろそろ寝《ね》るとすんべえ」

おトラばあさんはふとんをしいて、金五郎《きんごろう》を寝《ね》かせました。

大急《おおいそ》ぎで後《あと》かたづけをすませ、ひとっ風呂《ぶろ》あびて出《で》てくると、金五郎《きんごろう》はもう眠《ねむ》ってしまったようでした。おトラばあさんは、そっと金五郎《きんごろう》のふとんにしのびこみました。大《おお》きな背中《せなか》があります。なつかしい背中《せなか》です。おトラばあさんは、ほおを背中《せなか》にぴったりつけて、ささやくようにいいました。

「きょうはいい一日《いちにち》だった。夢《ゆめ》のようだった。おっつぁん、どこにも行《い》かねでけろ。ずっとそばにいでけろ」

おトラばあさんには見《み》えませんでしたが、その時《とき》、金五郎《きんごろう》の銀色《ぎんいろ》のひげがピクピクピクと動《うご》きました。声《こえ》にはなりませんでしたが、金五郎《きんごろう》はクックックッと、くすぐったそうに腹《はら》の中《なか》で笑《わら》ったのです。

バカなばさまだ。自分《じぶん》のことを、すっかり金五郎《きんごろう》だと思《おも》いこんでいる。もうしばらく金《きん》五郎《ごろう》になって、大事《だいじ》にされるのも悪《わる》くはない、と金五郎《きんごろう》は思《おも》いました。

それに、おトラばあさんがいちいち世話《せわ》をやき、そのたびに喜《よろこ》んだ顔《かお》をするのを見《み》るのは、いい気持《きも》ちです。ついついもっと喜《よろこ》ばしてやろうと思《おも》ったりして、『さんさしぐれ』なども歌《うた》ったのでした。おトラばあさんの笑顔《えがお》を思《おも》い出《だ》すと引《ひ》きこまれるように、金五郎《きんごろう》まで、クックックッと笑《わら》えてくるのでした。

思《おも》い出《だ》せば、四年前《ねんまえ》に金五郎《きんごろう》はほこらの前《まえ》で死《し》んだのです。倒《たお》れている金五郎《きんごろう》に気《き》がついた時《とき》には、もう虫《むし》の息《いき》でした。近《ちか》づいてみると、金五郎《きんごろう》は何《なに》を思《おも》ったのか、手《て》をさしのばしてきました。それで、ひょいっと手《て》をとってやると、「ばさまよ、ばさまよ」と言《い》って、金五郎《きんごろう》はことされたのでした。きっとおトラばあさんの顔《かお》をもう一度《いちど》見《み》て死《し》にたかったのでしょう。

金五郎《きんごろう》になってみると、その時《とき》の金五郎《きんごろう》の気持《きも》ちまでがよみがえってくるようなのです。

おトラばあさんが、またいいました。

「ずっといでけろ、ずっと、ずっといでけろ」

背中《せなか》のあたりに、ずりずりと体《からだ》をくっつけてきます。

背中《せなか》のあたりがほのかにあたたかくなると、金五郎《きんごろう》は、ああと思《おも》って、ちょっとせつなくなってきました。ちょうど、十日《とおか》ばかり前《まえ》につれあいを亡《な》くしたのです。ひとりぼっちになってみると、「ばさまよ、ばさまよ」と言《い》って死《し》んだ金五郎《きんごろう》のことを思《おも》いだしたのでした。

たしかに金五郎《きんごろう》は、もう一度《いちど》おトラばあさんに会《あ》いたかったのです。つれあいを亡《な》くしてみると、その気持《きも》ちがいたいほどわかったのでした。

ふとんの中《なか》で、金五郎《きんごろう》もいい一日《いちにち》だったと思《おも》いました。

季節《きせつ》はすっかり変《か》わりました。金五郎《きんごろう》が初《はじ》めておトラばあさんの前《まえ》に現《あらわ》れた時《とき》に種《たね》をまいた白菜《はくさい》が、固《かた》く巻《ま》いて収穫《しゅうかく》できるようになりました。朝《あさ》には霜《しも》がおりて、ピリピリする寒《さむ》さが山腰《やまこし》にもやってきたのです。

おトラばあさんと金五郎《きんごろう》が、ぬくい山《やま》の段《だん》だん畑《ばたけ》にのぼってきました。あれからふたりは、ずっとなかよく暮《く》らしていたのでした。おトラばあさんは、前《まえ》よりも顔《かお》のつやもよく、十《とお》も若《わか》がえったようで、しゃんしゃんと坂道《さかみち》をのぼってきます。

大根《だいこん》や白菜《はくさい》をとって、つけものにしたり、むろにかこっておくのですが、今年《ことし》は金五郎《きんごろう》がいてくれるので大助《おおだす》かりです。おみづけにする青菜《せいさい》も干《ほ》し終《お》わり、あらかた冬《ふゆ》のそなえもかたづきました。

畑《はたけ》についたふたりは、日当《ひあ》たりのいい所《ところ》で腰《こし》をおろして、まず休《やす》みました。日《ひ》はだいぶ西《にし》にかたむき、風《かぜ》も冷《つめ》たくなってきました。

「日《ひ》が短《みじか》くなったなあ、おっつぁん」

「ああ、短《みじか》くなった」

「短《みじか》くなるわけだ。また、おれの誕生日《たんじょうび》がくるんだもの。この年《とし》になれば誕生日《たんじょうび》もクソもないがヨ」

そういっておトラばあさんは、指《ゆび》をおって数《かぞ》えました。

「アレ、ばさまにも誕生日《たんじょうび》などあったのかい。ヘェー、そいつぁなん日《にち》だい？」

と、金五郎《きんごろう》はとぼけた顔《かお》でいって笑《わら》いました。

「十一月十日《がっとおか》だべ」

「ホー、そんじゃあした、あさってでねえか」

「んだ。おれもあとふたつ寝《ね》れば、七十七。喜《き》の祝《いわ》い。喜寿《きじゅ》だなんていっても、めでたいんだか、めでたくないんだか。んー、でもやっぱり、おっつぁんとこうやって話《はなし》をしていられるんだから、めでたいんだべなあ」

ウンウンと、金五郎《きんごろう》はうなずきました。

すると、遠《とお》くの飯豊《いいで》の山《やま》のあたりで、ゴロゴロゴロッと雷《かみなり》がなりました。

「オーッ、雪《ゆき》おろしの雷《かみなり》だなあ」

と、おトラばあさんは腰《こし》をあげ、飯豊《いいで》の山並《やまな》みにかかった雲《くも》をながめました。今頃《いまごろ》になる雷《かみなり》を、雪《ゆき》がやってくるのを知《し》らせている雷《かみなり》だといって、雪《ゆき》おろしの雷《かみなり》というのです。

日《ひ》が暮《く》れてこようが、雪《ゆき》おろしの雷《かみなり》がなろうが、あわてることはありません。きょうあしたに食《た》べる白菜《はくさい》を二つもとれば、畑《はたけ》にのぼってきた仕事《しごと》も終《お》わりです。

その次《つぎ》の日《ひ》に、おトラばあさんの雪《ゆき》おろしの雷《かみなり》があたったのか、朝《あさ》からふっていた雨《あめ》がみぞれまじりになりました。

こんな日《ひ》は、こたつにでももぐって、つけものをつまみながら、お茶《ちゃ》でも飲《の》んでいるにかぎります。しかし、どうしたわけか、昼前《ひるまえ》になんの前《まえ》ぶれもなく、金五郎《きんごろう》が見《み》えなくなりました。

「昼飯《ひるめし》も食《く》わねえで、どさ行《い》ったもんやら」

腹《はら》がへれば帰《かえ》ってくるだろうと、最初《さいしょ》は心配《しんぱい》もしていなかったのです。ところが、すでに夕暮《ゆうぐ》れ時《どき》だというのに、まだもどってこないのです。今《いま》までにこんなことは一度《いちど》もなかったのです。おトラばあさんは金五郎《きんごろう》との生活《せいかつ》にちょうどなじんできた頃《ころ》だったので、フイをつかれました。気《き》が動転《どうてん》しました。

「どごに行《い》ったんだべ。行《ゆ》き先《さき》も言《い》わず。もしや……」

最後《さいご》は、もしや……にたどりつきます。

なん度《ど》か玄関《げんかん》の戸《と》をあけて、外《そと》のようすを見《み》たりしました。外《そと》はだいぶ暮《く》れてきました。日《ひ》の短《みじか》くなったのがうらめしくなります。空《そら》からは、あいかわらず、みぞれがふっています。

「こんな天気《てんき》の日《ひ》に、……」

もう家《いえ》に電気《でんき》をつける時間《じかん》です。部屋《へや》がパッと明《あか》るくなると、おトラばあさんは金五郎《きんごろう》が消《き》えてしまった事実《じじつ》をつきつけられた気《き》がして、ペタンとたたみにへたりこみました。

「なんだべおっつぁん。だまっておいて行《い》ぐなんて。あんまりだ。あんまりだ」

おトラばあさんは、涙《なみだ》がこぼれてしかたありません。

「さんざん喜《よろこ》ばせておいて、ひとことのことわりもないなんて、あんまり薄情《はくじょう》だ」

おトラばあさんは、がっくりと肩《かた》をおとし、涙《なみだ》をぬぐいながら、ハァー、また、ハァハーとためいきをつきました。

ひょっとしたら、どこかで具合《ぐあい》でも悪《わる》くなっているのではないか、そんな思《おも》いがふと頭《あたま》にうかびました。そう思《おも》うとおトラばあさんは、いてもたってもいられません。懐中《かいちゅう》電灯《でんとう》を持《も》ち、玄関《げんかん》のかさをひっつかむと外《そと》に飛《と》びだしました。

村《むら》の道《みち》をくまなくまわり、畑《はたけ》の方《ほう》にも行《い》ってみました。懐中電灯《かいちゅうでんとう》の丸《まる》い光《ひかり》の輪《わ》が、せわしなくあちらこちらにとびまわります。

「おっつぁん！　おっつぁん！」

かさをさしていても、横《よこ》なぐりの北風《きたかぜ》が、みぞれまじりの冷《つめ》たい雨《あめ》をあびせてきます。けれど寒《さむ》さは少《すこ》しも感《かん》じませんでした。洋服《ようふく》はすでにぐっしょりとぬれてしまいましたが、おトラばあさんは前《まえ》に前《まえ》に進《すす》みました。

「おっつぁん！　おっつぁん！」

とうとうその晩《ばん》、金五郎《きんごろう》は帰《かえ》ってこなかったのです。

夜《よ》が明《あ》けました。

みぞれは夜《よる》から雪《ゆき》に変《か》わり、山腰《やまこし》はまっ白《しろ》になりました。その雪《ゆき》もあがって、朝日《あさひ》がのぼると、雪《ゆき》はキラキラ光《ひか》り青《あお》く輝《かがや》きました。

おトラばあさんは、ふとんの中《なか》でガタガタふるえていました。体《からだ》が重《おも》くて動《うご》けないのです。胸《むね》のあたりが、おされているように苦《くる》しくて、息《いき》をするのもやっとでした。

ボーッとした頭《あたま》で、きょうは十一月《がつ》の十日《とおか》、おれの誕生日《たんじょうび》。七十七歳《さい》。ちょうどきりがよくていいや……そんなふうに思《おも》いました。

玄関《げんかん》がガタッとなりました。

「今《いま》、帰《かえ》った」

その声《こえ》は、まぎれもなく金五郎《きんごろう》です。部屋《へや》の前《まえ》で一度《いちど》大《おお》きなせきばらいがすると、ひょっこり金五郎《きんごろう》が顔《かお》を出《だ》しました。

「なんとしたことだばさま。ばさま具合《ぐあい》が悪《わる》いのか」

おトラばあさんが寝《ね》ているのを見《み》ると、金五郎《きんごろう》は驚《おどろ》いて、まくら元《もと》にすわりました。

「たいしたこたあねえ」

おトラばあさんはふりしぼるようにそういうと、にっこりと笑《わら》いました。両方《りょうほう》の目《め》からツーと涙《なみだ》が流《なが》れました。

おトラばあさんのひたいに、金五郎《きんごろう》は手《て》をあてました。

「これはよくねえ。すごい熱《ねつ》だ」

「たいしたこたあねえ。おっつぁん、帰《かえ》ってきてくれたんだなあ。おっつぁんの手《て》は、気《き》持《も》ちがええ」

「まってろ」

金五郎《きんごろう》は外《そと》に飛《と》び出《だ》し、手《て》ぬぐいに雪《ゆき》をすくってきて、おトラばあさんのひたいにのせました。

「医者《いしゃ》をよぶべ」

「おっつぁん、どこにも行《い》かねでけろ」

「医者《いしゃ》をよばねばだめだ」

「おっつぁん、どこにも行《い》かねでけろ」

おトラばあさんの声《こえ》があまりにもせつなかったので金五郎《きんごろう》は足《あし》を止《と》めました。

「おっつぁん、どさ行《い》ってたんだ？」

「ン、きょうはばあさまの喜寿《きじゅ》の祝《いわ》いだ。おれはひと晩《ばん》のつもりが、ずいぶん長《なが》くやっかいをかけた。そんで、これを買《か》ってきたんだがよ。町《まち》は初《はじ》めてなもんで手間《てま》くった」

そういうと、金五郎《きんごろう》は紙《かみ》ぶくろから赤《あか》いひざかけを出《だ》してみせたのでした。

「おっつぁん、それをおれに。なんとまあ、うれしいごど、うれしいごど」

おトラばあさんは、顔《かお》をくしゃくしゃにして、ウンウンうなずきました。そして、すっかり安心《あんしん》したような顔《かお》になると、目《め》をつぶりました。

二日後《かご》に、息子《むすこ》や娘《むすめ》、親《しん》せきが山腰《やまこし》のおトラばあさんの家《いえ》にかけつけてきました。みんなが集《あつ》まったのに、この時《とき》も最初《さいしょ》にだれが知《し》らせたのかはわかりませんでした。

息子《むすこ》の車《くるま》に乗《の》せられて、おトラばあさんはその日《ひ》のうちに山腰《やまこし》をおりていきました。

山腰《やまこし》がずっと見《み》わたせる一本松《いっぽんまつ》のほこらの前《まえ》で、年老《としお》いたきつねが一匹《ぴき》、車《くるま》を見送《みおく》るように立《た》っていました。じっと動《うご》きません。

山腰《やまこし》の最後《さいご》のひとりだったおトラばあさんはいなくなり、山腰《やまこし》にはだれもいなくなりました。初雪《はつゆき》が消《き》えずに残《のこ》っているだけです。

よろず承《うけたまわ》り候《そうろう》

中川《なかがわ》なをみ

空《そら》を見上《みあ》げて、宗一郎《そういちろう》は大《おお》きなためいきをついた。

「うっとうしいなぁ」

たれ込《こ》めた厚雲《あつぐも》から、今《いま》にも雨《あめ》がおちてきそうだった。

「なんでや。せめて天気《てんき》だけでも、ぱーっと晴《は》れんかいっ」

宗一郎《そういちろう》の気持《きも》ちをふさぐのは、曇《くも》り空《ぞら》だけではない。父親《ちちおや》のことも、長《なが》くのびきった髪《かみ》の毛《け》のことも、うっとうしくてならなかった。

家《いえ》の中《なか》に入《はい》ってすぐ、

「おはようさん」

声《こえ》と一緒《いっしょ》に板戸《いたど》が、がらっと開《あ》いた。

長屋《ながや》の大家《おおや》さんだ。えりまきを首《くび》に巻《ま》きつけて、両手《りょうて》は袖《そで》の中《なか》に引《ひ》っ込《こ》めている。

土間《どま》にいた宗一郎《そういちろう》は、ていねいに頭《あたま》を下《さ》げて、

「お世話《せわ》になっています」

と、声《こえ》を張《は》り上《あ》げながら、ほおにはりついた髪《かみ》の毛《け》を、じゃまっけに後《うしろ》に払《はら》った。

「元気《げんき》でよろし。商売人《しょうばいにん》は、元気《げんき》やないとあかん」

「はい」

「はいやのうて、返事《へんじ》はへえの方《ほう》がええんやけどなぁ」

宗一郎《そういちろう》は首《くび》をすくめて、うつむいた。

あいそ笑《わら》いもできるようになったし、何《なに》をいわれても「すいません」とぺこぺこおじぎをしていられる。でも、「へえ」だけはどうしてもいえない。いったつもりでも、言葉《ことば》がのどにひっかかってでてこない。

大家《おおや》さんがにっと笑《わら》った。

「ま、ええ。三《み》つ子《ご》の魂《たましい》百までいいよる。お武家《ぶけ》さんの家《いえ》に生《う》まれたんやんもんなあ。そのうち、なれるやろ」

宗一郎《そういちろう》父子《おやこ》が、この長屋《ながや》に越《こ》してきて、三年《ねん》になる。

父親《ちちおや》は武士《ぶし》の端《はし》くれだったが、仕《つか》える殿様《とのさま》の不祥事《ふしょうじ》でお家《いえ》がとりつぶしとなり、三年前《ねんまえ》に浪人《ろうにん》になった。やさしいだけが取《と》り柄《え》の父親《ちちおや》にかわって、家《いえ》を取《と》り仕切《しき》っていたしっかりものの母親《ははおや》は、武家屋敷《ぶけやしき》を追《お》い出《だ》された数日後《すうじつご》、流行病《はやりやまい》のコレラにかかって、あっけなく死《し》んでしまった。

行《い》く当《あ》てのない父子《おやこ》が流《なが》れ着《つ》いたのがこの長屋《ながや》だった。

大家《おおや》さんがぶるっと大《おお》げさにふるえた。

「さっぷいなぁ。桜《さくら》が咲《さ》きそうやいうのに、いつんなったら、暖《あたた》こうなるんやろ。そやそや、仕事《しごと》やった。ほんまになんでも引《ひ》き受《う》けるんやな?」

「はい。ほんまです。看板《かんばん》にいつわりはありませんよって」

「いうたな?」

入《い》り口《ぐち》の横《よこ》には『よろず承《うけたまわ》り候《そうろう》』と書《か》かれた大《おお》きな看板《かんばん》があがっている。なんでもやりますという意味《いみ》だが、この長屋《ながや》に住《す》めると決《き》まった翌日《よくじつ》、父親《ちちおや》がたすきを掛《か》けて一気《いっき》に書《か》き上《あ》げたものだった。

数日後《すうじつご》、飛《と》び込《こ》んできたのが日雇《ひやと》いの人足仕事《にんそくしごと》だった。いきなりの力仕事《ちからしごと》に、父親《ちちおや》はすぐに音《ね》を上《あ》げ、五日《いつか》の約束《やくそく》を三日《みっか》で勝手《かって》に切《き》り上《あ》げてしまった。

父親《ちちおや》は読《よ》み書《か》きに関《かん》した仕事《しごと》を予想《よそう》していた。ところが、頼《たの》まれるのは、風呂屋《ふろや》の薪割《まきわ》りや積荷《つみに》の運搬《うんぱん》などの力仕事《ちからしごと》ばかりだった。

両手《りょうて》をついて、ていねいに断《ことわ》る父親《ちちおや》の言葉《ことば》は堅苦《かたくる》しくて、言葉《ことば》の端々《はしばし》に武士《ぶし》のおごりがにじんでいる。頼《たの》みにきた町人《ちょうにん》たちは不愉快《ふゆかい》になって、二度《にど》と父親《ちちおや》を頼《たの》まなかった。

すっかり仕事《しごと》のなくなった父親《ちちおや》が酒《さけ》をのみだしたのは、そのころだった。酔《よ》いがさめると、正座《せいざ》して刀《かたな》の手入《てい》れをしている。そんな父親《ちちおや》をみていて、宗一郎《そういちろう》はせめて、用心棒《ようじんぼう》の仕事《しごと》でも舞《ま》い込《こ》んでこないかと、密《ひそ》かに願《ねが》っていた。

いつだったか、父親《ちちおや》が宗一郎《そういちろう》に向《む》かって、

「仕事《しごと》なら、なんでもせねばならん。よろず承《うけたまわ》りの看板《かんばん》が偽《いつわ》りになってしまう……」

と、しみじみといったことがあった。

大家《おおや》さんの仕事《しごと》も、今《いま》なら父親《ちちおや》は引《ひ》き受《う》けるだろう。

「大家《おおや》さん、ちょっと待《ま》ってて下《くだ》さい」

ぞうりをぬいで、奥《おく》の部屋《へや》へいこうとする宗一郎《そういちろう》のそでを、大家《おおや》がぐいっと引《ひ》っ張《ぱ》った。

「宗一郎《そういちろう》、これはな、おまえの仕事《しごと》なんや」

「ええーっ、またですか？」

大家《おおや》さんはときおり仕事《しごと》をもってきてくれる。子守《こもり》、そうじ、使《つか》い走《ばし》りもあった。ありがたいけれど、子《こ》どもの仕事《しごと》はもうけが少《すく》ない。できたら父親《ちちおや》にがっぽりかせいでもらいたいのだ。

「なんや、いやなんか？」

「めっそうもありません。父上《ちちうえ》の仕事《しごと》やったら、うれしいおもうて」

いいながら、宗一郎《そういちろう》は奥《おく》の部屋《へや》をちらりと見《み》た。破《やぶ》れ障子《しょうじ》の向《む》こうで、父親《ちちおや》はまだ寝《ね》ている。目覚《めざ》めていても、昼過《ひるす》ぎまでふとんの中《なか》にいるのが常《つね》だった。

大家《おおや》さんが宗一郎《そういちろう》の耳《みみ》もとでささやいた。

「あいかわらず、酒《さけ》をのんではるんか？」

宗一郎《そういちろう》はうなだれて、小《ちい》さくこたえた。

「毎日《まいにち》というわけでもないんですが……」

父親《ちちおや》は、十《とお》をいくつか越《こ》えたばかりの宗一郎《そういちろう》の稼《かせ》ぎの大半《たいはん》を、酒《さけ》に代《か》えて飲《の》んだくれている。

「およし」と死《し》んだ母親《ははおや》の名《な》を呼《よ》んだり、武家屋敷《ぶけやしき》にいたころの暮《く》らしをなつかしがったりする。すべては三年前《ねんまえ》に終《お》わったこと。どんなに叫《さけ》んでも、過《す》ぎ去《さ》った時間《じかん》はとりもどせない。

宗一郎《そういちろう》にわかっていることが、どうして父親《ちちおや》にわからないのだろう。

閉《し》めた障子《しょうじ》に向《む》かって、宗一郎《そういちろう》は大《おお》きくためいきをついた。

大家《おおや》さんは、

「大人《おとな》のことは、ガキにはわからん。おまえも苦労《くろう》するけど、なんというても父親《ちちおや》や。目《め》がさめるまで待《ま》たなしゃあないわ」

そういうなり、宗一郎《そういちろう》の頭《あたま》をぐりぐりなでた。

「仕事《しごと》やけどな。うちの奥《おく》、てったってくれるか」

「奥《おく》って、おかみさんの髪結《かみゆ》い仕事《しごと》ですか？」

「そや」

大家《おおや》さんの家《いえ》はこの長屋《ながや》のはしっこにある。

長屋《ながや》の持《も》ち主《ぬし》はどこかの金持《かねも》ちで、大家《おおや》さんも長屋《ながや》のただの住人《じゅうにん》だ。家賃《やちん》を集《あつ》めたり長屋《ながや》のもめ事《ごと》を収《おさ》めたりして、持《も》ち主《ぬし》から給金《きゅうきん》をもらっている。それも、わずからしい。

だからおかみさんが働《はたら》いているのかもしれない。

宗一郎《そういちろう》は今《いま》までにいろいろな仕事《しごと》をしてきたけれど、髪結《かみゆ》いを手伝《てつだ》うのははじめてだ。

「どんなことをしたらええんですか？」

「そら、待《ま》っている客《きゃく》に茶《ちゃ》をだしたり、髪《かみ》をとかしたりするんやろ」

「髪《かみ》をとかすって、わたしがですか？　そりゃあちょっと……」

「よろず承《うけたまわ》りやなかったんか？」

大家《おおや》さんの声《こえ》が、とがっている。

宗一郎《そういちろう》は男《おとこ》だ。男《おとこ》が女《おんな》の髪《かみ》の毛《け》にさわる仕事《しごと》をするのは、決《けっ》してほめられたことではない。胸《むね》の奥《おく》には、まだ武士《ぶし》の子《こ》のほこりも残《のこ》っている。

大家《おおや》さんが袖《そで》の中《なか》から両手《りょうて》をだすと、ゆっくりと腕《うで》を組《く》んだ。

「宗一郎《そういちろう》、よう考《かんが》えや。おまえがここで生《い》きていけるかどうかの分《わ》かれ道《みち》やで」

分《わ》かれ道《みち》という言葉《ことば》が、宗一郎《そういちろう》の迷《まよ》いをゆさぶった。

ここにくる前《まえ》、一度《いちど》だけ野宿《のじゅく》をしたことがあった。夕方《ゆうがた》から降《ふ》り出《だ》した雨《あめ》を木陰《こかげ》でしのぐしかできず、おまけに空腹《くうふく》だった。あの夜《よる》のみじめさは一生忘《いっしょうわす》れないだろう。

「稼《かせ》ぎ手《て》は宗一郎《そういちろう》、おまえだけなんやろ？」

大家《おおや》さんにいわれるまでもなかった。頭《あたま》ではわかるのだが、それでも、髪結《かみゆ》いの手伝《てつだ》いには抵抗《ていこう》がある。

「どないするんや？」

大家《おおや》さんににらまれても、まだ宗一郎《そういちろう》の心《こころ》は定《さだ》まらなかった。

米《こめ》びつはすでに空《から》だった。父親《ちちおや》をあてにできないなら、自分《じぶん》の力《ちから》で食《た》べていかなければならない。長屋《ながや》に住《す》みだしてから、知《し》り合《あ》いもできたし、たまには仕事《しごと》もころがりこんでくる。ここに根《ね》を張《は》って生《い》きていかなければならなかった。仕事《しごと》を選《えら》ぶ余裕《よゆう》など、はなからなかった。

宗一郎《そういちろう》は腹《はら》の底《そこ》に力《ちから》を入《い》れて、

「おおきに。やらしてもらいます」

と、深《ふか》く腰《こし》を折《お》った。

頭《あたま》を上《あ》げたとたん、宗一郎《そういちろう》のからだがふわりと宙《ちゅう》に浮《う》いた。そう感《かん》じるほど、なぜか身《み》がかるくなっている。迷《まよ》いの糸《いと》が断《た》ち切《き》られて、今《いま》ならなんでもできそうな気《き》がする。

大家《おおや》さんは大《おお》きくうなずいたあと、

「はよ、おいでや」

と、いい残《のこ》して外《そと》へでていった。

「へえ。すぐに」

へえと口《くち》にして、宗一郎《そういちろう》は、もういっぺん腹《はら》の底《そこ》に力《ちから》をこめた。

宗一郎《そういちろう》は、ぼさぼさの髪《かみ》に水《みず》をつけてなでつけると、障子《しょうじ》の前《まえ》に両手《りょうて》をついた。

「父上《ちちうえ》、仕事《しごと》にいってまいります」

「そうか。いくのか」

絞《しぼ》り出《だ》すような声《こえ》だった。

大家《おおや》さんとのやりとりは、父親《ちちおや》の耳《みみ》にも届《とど》いていたはずだったが、とうとう最後《さいご》まで

「いくな」とはいわなかった。そんな父親《ちちおや》が意外《いがい》でもあり、少《すこ》しさびしくもあった。

おかみさんは宗一郎《そういちろう》を見《み》るなり、細《ほそ》い目《め》をいっそう細《ほそ》くした。

「ようきたようきた。仕事《しごと》をはじめる前《まえ》に、ここにおすわり。おまえの髪《かみ》をきれいにしたろ」

鏡《かがみ》の前《まえ》にすわった宗一郎《そういちろう》の髪《かみ》を、おかみさんがていねいにとかしていく。ときおり首《くび》に触《ふ》れるおかみさんの手《て》はあたたかくて、やわらかかった。忘《わす》れていた母《はは》の手《て》を思《おも》いだす。気《き》がつけば目頭《めがしら》が熱《あつ》くなっていた。

髪結《かみゆ》いの手伝《てつだ》いは部屋《へや》の中《なか》なので、からだが凍《こご》えることもない。おかみさんに言《い》われるまま、切《き》った髪《かみ》をまとめて捨《す》てたり、手《て》ぬぐいを洗《あら》ったり、客《きゃく》のはきものを揃《そろ》えたりする程度《ていど》で、楽《らく》だった。

客《きゃく》は、みな男《おとこ》の子《こ》の宗一郎《そういちろう》をめずらしがっては、かわいがってくれる。

「いやになるまで、毎日《まいにち》おいで」

と、おかみさんにいわれるまま、宗一郎《そういちろう》は通《かよ》い続《つづ》けた。駄賃《だちん》のほかに、焼《や》き魚《ざかな》やにぎりめしや、野菜《やさい》の煮込《にこ》みなどの食《く》い物《もの》も持《も》たせてくれた。

おかみさんの元《もと》にいきだしてから数日《すうじつ》たったころだった。

夕刻《ゆうこく》、「ただいま戻《もど》りました」と帰宅《きたく》する宗一郎《そういちろう》を、「ごくろうであった」と父親《ちちおや》が迎《むか》えてくれるのはいつものことだが、酒《さけ》の臭《にお》いがしない。気《き》のせいかと、何気《なにげ》なく近寄《ちかよ》って鼻《はな》をきかせてみても、やっぱり酒臭《さけくさ》くはなかった。

台所《だいどころ》からは、いつの間《ま》にか、酒《さけ》のとっくりがなくなっていた。

宗一郎《そういちろう》の髪結《かみゆ》いの手伝《てつだ》いはまだつづいている。

「宗《そう》さん、そこのかんざし、もってきて」

「宗《そう》さん、髪《かみ》をすいてんか」

「宗《そう》さん、刃物《はもの》の研《と》ぎ方《かた》、教《おし》えてやろ」

おかみさんが宗《そう》さん宗《そう》さんと呼《よ》ぶものだから、客《きゃく》まで「宗《そう》さん」というようになった。

ある日《ひ》のこと、茶碗屋《ちゃわんや》の娘《むすめ》、しのが母親《ははおや》に連《つ》れてこられたときのことだった。

しのは宗一郎《そういちろう》と同《おな》じぐらいの年齢《ねんれい》に見《み》えた。透《す》き通《とお》るような白《しろ》い肌《はだ》に、切《き》れ長《なが》の目《め》をした美《うつく》しい少女《しょうじょ》だった。きれいなべべきて、これから四天王寺《してんのうじ》さんへお参《まい》りに行《い》くとか。

鏡《かがみ》の前《まえ》にすわったしのの襟《えり》に豆絞《まめしぼ》りのてぬぐいをかけて、宗一郎《そういちろう》は、ていねいに髪《かみ》をとかしていった。まっすぐな黒髪《くろかみ》は、くしをきれいにすべっていく。さらさらと手《て》からこぼれるたびに、いい香《かお》りを放《はな》ちながら光《ひか》っていく。いつまでも髪《かみ》にふれていたくて、いつもよりも時間《じかん》がかかっていることにさえも気付《きづ》かなかった。

「おかみさん、おねがいします」

ここからは、おかみさんの仕事《しごと》だ。髪《かみ》を切《き》りそろえて、ひとつかみの前髪《まえがみ》を束《たば》ねてうしろにたらし、束《たば》ねたところに赤《あか》い縮緬《ちりめん》の細《ほそ》ひもを飾《かざ》る。

「はいよ」

おかみさんが宗一郎《そういちろう》と入《い》れ替《か》わるなり、

「うち、宗《そう》さんにしてもらいたい」

と、しのがいう。

あわてたのはおかみさんだ。

「宗《そう》さんはまだ見習《みなら》いですよってに。いつか、一人前《いちにんまえ》になったら、やってもらいましょ」

「いつ一人前《いちにんまえ》になるん？」

宗一郎《そういちろう》が困《こま》る番《ばん》だった。髪結《かみゆ》い仕事《しごと》は、いっときの手伝《てつだ》い仕事《しごと》とおもっていた。

「うち、宗《そう》さんの髪《かみ》すき、すごく気持《きも》ちよかったんよ。そやから……」

おかみさんが宗一郎《そういちろう》を見《み》ていた。

「どない返事《へんじ》するんや、宗《そう》さん」

しのの髪《かみ》の手触《てざわ》りは、今《いま》もしっかりと残《のこ》っていた。この髪《かみ》をいつか結《ゆ》い上《あ》げることができたら、どんなにうれしいだろう。

「へえ。精進《しょうじん》して、はよう一人前《いちにんまえ》になります」

口《くち》にした言葉《ことば》が耳《みみ》に戻《もど》ってきた。自分《じぶん》はいつか、髪結《かみゆ》いになるのかと、ぼんやり考《かんが》えていた。

「わかった。うちが高島田《たかしまだ》を結《ゆ》うときは、宗《そう》さんに結《ゆ》ってもらう。ええやろ？　お母《かあ》ちゃん」

茶碗屋《ちゃわんや》のおかみさんが目《め》をむいている。

「男《おとこ》の髪結《かみゆ》いさんなんて、聞《き》いたことおまへんけどなぁ」

しのが鏡《かがみ》の中《なか》の宗一郎《そういちろう》を見《み》つめた。

「ええねん。うち、宗《そう》さんに高島田《たかしまだ》を結《ゆ》ってもらうねん」

しのが高島田《たかしまだ》を結《ゆ》うまでに、まだ数年《すうねん》ある。一人前《いちにんまえ》になって、しのの髪《かみ》を結《ゆ》い上《あ》げる時《とき》を想像《そうぞう》しているうちに、じわじわと嬉《うれ》しさがこみ上《あ》げてきた。自分《じぶん》の手《て》で、しのを思《おも》いっきりきれいにしてやろうとおもう。

その日《ひ》は、おかみさんから、いつもの駄賃《だちん》の他《ほか》にこづかいをもらった。

「宗《そう》さんが心《こころ》を決《き》めた、めでたい日《ひ》や。ええ髪結《かみゆ》いになりや。男《おとこ》はんの髪結《かみゆ》い。けっこうなこっちゃ。めずらしいいうんは、ごつう大事《だいじ》なことなんやでぇ。商《あきな》いには、もってこいやわ」

家《いえ》に帰《かえ》ると、宗一郎《そういちろう》はいつものように稼《かせ》ぎを父親《ちちおや》に渡《わた》した。ところが、父親《ちちおや》が押《お》し戻《もど》してくる。

「金《かね》ならある。これはおまえが使《つか》うなりためるなり、すきにするがよい」

金《かね》にかえられるものは、この家《いえ》にはひとつしかなかった。部屋《へや》のすみに目《め》をやると、刀《かたな》がなくなっている。

「父上《ちちうえ》……」

父親《ちちおや》がだまってうなずく。

「明日《あした》から米屋《こめや》へいく。帳簿付《ちょうぼづ》けの仕事《しごと》があるそうだ」

宗一郎《そういちろう》には髪結《かみゆ》い師《し》になった自分《じぶん》の姿《すがた》がはっきりと見《み》えた。しのの高島田《たかしまだ》を結《ゆ》い、父《ちち》親《おや》の髪《かみ》を整《ととの》えている。

おぼろ月夜《づきよ》だった。桜《さくら》のつぼみは赤《あか》くふくらんで、今《いま》にも咲《さ》き出《だ》しそうだった。

口《くち》で歩《ある》く

丘《おか》 修三《しゅうぞう》

人《ひと》は
ひとりで生《い》きているのではありません。
まわりにいる
おおぜいの人《ひと》たちと　つながって
ささえあう輪《わ》の中《なか》で
生《い》きているのです。

だれひとりとして　意味《いみ》のない人《ひと》は、　いない。
だれひとりとして　価値《かち》のない人《ひと》は、　いない。

ひとりひとりが　なにかの役割《やくわり》をになって
人《ひと》のささえあう輪《わ》の中《なか》に
生《い》きているのです。

1

しょうじに照《て》り返《かえ》した朝日《あさひ》の光《ひかり》で、タチバナさんは目《め》をさましました。

「お、今日《きょう》はいい天気《てんき》のようだな……」

生《う》まれてこのかた、タチバナさんは歩《ある》いたことがありません。

二十数年《すうねん》ものあいだ、ずっとねたっきりです。

体《からだ》が自由《じゆう》に動《うご》かないので、タチバナさんのまくらもとには、いつも、長《なが》さ一・五メートルくらいの棒《ぼう》がおいてありました。

はなれた所《ところ》や、高《たか》い所《ところ》にあるものを取《と》るときに使《つか》うためです。

「まるでナマケモノみたいだね」

と、お母《かあ》さんがいったので、『なまけん棒《ぼう》』という名《な》まえにしました。

タチバナさんはねっころがったまま、『なまけん棒《ぼう》』をつかむと、しょうじのさんをぐいとおしました。

縁側《えんがわ》から、明《あか》るい光《ひかり》がさっとさしこみました。

タチバナさんのねどこからは、となりの家《いえ》の屋根《やね》とタチバナさんの家《いえ》のひさしとで区切《くぎ》られた、長方形《ちょうほうけい》の空《そら》しか見《み》えません。

その長方形《ちょうほうけい》のせまい空《そら》が、今日《きょう》はさわやかな青《あお》。

おまけに白《しろ》い雲《くも》がひとつ、ふんわりと浮《う》いています。

「散歩《さんぽ》びよりだ……よーし、と！」

タチバナさんは、ふとんの中《なか》でぐっとひとつ背伸《せの》びをすると、あおむけのまま、

「おーい！」と叫《さけ》びました。

「おーい、かあさーん」

返事《へんじ》がありません。

「おーい、かあさーん。おっかさーん！」

タチバナさんは口《くち》に手《て》をあてて、いっそう大《おお》きな声《こえ》でよびました。

「いるのか、いないのか。いなけりゃ、いないといってくれー！」

すると、バタバタと足音《あしおと》がして、やっとお母《かあ》さんがやってきました。

「なんだい、うるさいねぇ。朝《あさ》っぱらから、大《おお》きな声《こえ》だして。ゆっくりトイレにもはいっ

ちゃいられないよ」

お母《かあ》さんは立《た》ったまま、ねっころがっているタチバナさんを見下《みお》ろしていいました。

「あ、トイレだったのか、ごめん、ごめん」

「何《なに》か用《よう》かい？」

「今日《きょう》はあったかそうだし、ちょっと散歩《さんぽ》へいってこようかと思《おも》ってね」

「どこへいくんだい？」

「上野《うえの》さんとこ。ひさしぶりに上野《うえの》さんの顔《かお》でもおがんで、ちょっとおしゃべりでもしてこようかと思《おも》ってさ」

「そうかい。いってらっしゃい。散歩《さんぽ》にゃもってこいのひよりだよ」

「うん。いってくる」

「ちゃんと、朝《あさ》ごはん食《た》べていくんだよ」

「うん。朝《あさ》めし食《く》って、トイレすまして、十時《じ》ごろにでようかな」

「あいよ」

さて、十時《じ》になりました。

タチバナさんのお母《かあ》さんは、玄関《げんかん》から、長《なが》い足《あし》のついたベッドのようなものをひっぱりだしました。

ベッドの足《あし》には車輪《しゃりん》がついています。乗《の》りもののようですが、でも、前《まえ》とうしろの車輪《しゃりん》の大《おお》きさがずいぶんちがうのです。前《まえ》の方《ほう》は野球《やきゅう》のボールくらいの大《おお》きさなのに、うしろの方《ほう》は、車《くるま》いすの車輪《しゃりん》ほどもあるのです。

お母《かあ》さんは、そのへんてこりんなベッド式《しき》乗《の》りものを、家《いえ》の前《まえ》の通《とお》りにひっぱりだすと、こんどはタチバナさんをだっこしてでてきました。

もうとっくに二十歳《はたち》をすぎているというのに、タチバナさんは小《ちい》さな子《こ》どもみたいな体《からだ》です。ずっとねて暮《く》らしていたので、背骨《せぼね》も足《あし》も、まるでニボシのように曲《ま》がりに曲《ま》がっていました。

お母《かあ》さんはタチバナさんを運《はこ》んでくると、頭《あたま》を大《おお》きな車輪《しゃりん》の方《ほう》にむけ、よいしょっとのっけました。ベッドには、タチバナさんの曲《ま》がった体《からだ》にあわせて、へこみが作《つく》ってありました。お母《かあ》さんは、そのへこみにタチバナさんの体《からだ》をすっぽりいれたのです。

こうすれば、コロコロころがる心配《しんぱい》もありません。

「必要《ひつよう》なものは、ここにあるからね」

お母《かあ》さんは、カーテンをかけてあるベッドの下《した》を指《ゆび》さしました。そこには、チリ紙《がみ》、タオル、スプーンにコップ、ストロー、それに、おしっこをとるためのシビンまで、生活《せいかつ》に必要《ひつよう》なものがいろいろはいっているのです。

「わすれもの、ない？」

「あ、なまけん棒《ぼう》、わすれた」

お母《かあ》さんは棒《ぼう》をとってくると、タチバナさんの体《からだ》のわきにおきました。

「ほかにはないかい？　あとで、もってきてくれなんていやだよ」

「さいふと手帳《てちょう》はここにある、と。これさえあればだいじょうぶ」

「じゃあ、いっといで。帰《かえ》りはおそくなるかい？」

「さあ、わかんないな」

「おそくなんないうちにお帰《かえ》り」

そういうと、お母《かあ》さんはタチバナさんを道路《どうろ》にほったらかしにして、さっさと家《いえ》の中《なか》へひっこんでしまいました。

でも、タチバナさんは、べつにあわてたようすもありません。

外《そと》にでるのは、ほんとうにひさしぶりでした。

……ああ、やはり外《そと》の空気《くうき》はいい。

タチバナさんは青《あお》くすんだ秋《あき》の空《そら》を、すみからすみまで見渡《みわた》しました。

「さてと……」

と、つぶやきながら、頭《あたま》のよこについているミラーに手《て》をのばしました。ミラーの向《む》きを変《か》えたのです。

ミラーに、タチバナさんのうしろの風景《ふうけい》がうつりました。このミラーは、ねたままの姿《し》勢《せい》でうしろのようすを見《み》るためのものなのです。

タチバナさんは何《なに》をしようというのでしょうか。

実《じっ》は、そのミラーを見《み》ながら、タチバナさんはだれか歩《ある》いてこないかなぁと待《ま》っているのです。

だれかが歩《ある》いてきたら、タチバナさんは、何《なに》をしようというのでしょうか?

それは、このあとすぐにわかります。

でも、あいにく、だれも歩《ある》いてきません。

ときおり、車《くるま》が走《はし》りすぎていくばかり。

しかたがないので、タチバナさんは両手《りょうて》を頭《あたま》のうしろに組《く》んで、空《そら》にぽつんとただよう白《しろ》い雲《くも》をながめていました。

しょうしょうてもちぶさたな時間《じかん》です。

なんだか、巣《す》をはりめぐらせて、えものがひっかかるのを待《ま》っているクモみたいだなぁと、タチバナさんはちょっとばかりおかしくなりました。

自然《しぜん》と口笛《くちぶえ》でもふきたくなって……。

こんな日《ひ》には、陽気《ようき》な歌《うた》がいい。

口笛《くちぶえ》をふいていると、ミラーにちらっと人《ひと》の影《かげ》がうつりました。

歩《ある》いてきたのは学生《がくせい》のようです。

にきびづらをした青年《せいねん》は、道路《どうろ》にポツンと置《お》き去《ざ》りにされたベッドをちらっと見《み》て通《とお》りすぎようとしました。するとそこに、置物《おきもの》みたいにねそべっている人《ひと》がいるではありませんか。

……えっ、な、なんだいこの人《ひと》。こんなとこにねてるよ。いったい。何《なに》してるんだ?

学生《がくせい》の顔《かお》は、そういっていました。

……あなたを待《ま》っていたんですよ。

と、いいだしたくなるのをこらえて、タチバナさんは目《め》があった瞬間《しゅんかん》、大声《おおごえ》で叫《さけ》びました。

「すみませーん！」

まず、この一声《ひとこえ》で相手《あいて》の足《あし》を止《と》めなければなりません。

よほど考《かんが》えごとに熱中《ねっちゅう》している人《ひと》とか、耳《みみ》の遠《とお》い人《ひと》でないかぎり、たいがいの人《ひと》はこの一声《ひとこえ》で立《た》ち止《ど》まります。

「えっ？」

と、学生《がくせい》はびっくりした顔《かお》で立《た》ち止《ど》まりました。

「あのー」

タチバナさんはにっこり笑《わら》っていいました。

「きみは駅《えき》の方《ほう》へいくんですか？」

「はあ……」

「駅《えき》の方《ほう》へいくんでしたら、駅《えき》までおしてってくれませんか？」

こういわれて、きがるに車《くるま》をおしてくれる人《ひと》は少《すく》ないのです。たいがいの人《ひと》は、ちょっといそいでいるからとか、なにやかやと理由《りゆう》をつけて、いそがしそうに去《さ》っていきます。

「この車《くるま》をおしていってほしいんです」

「えっ？」

にきびづらの青年《せいねん》はめんくらった顔《かお》をして、それから、ぼそぼそとつけくわえました。

「あのー、おれは駅《えき》のてまえまでしか……」

タチバナさんは相手《あいて》に最後《さいご》までいわせずに、こういいます。

「あ、それでけっこうです」

「はぁ……」

学生《がくせい》はしぶしぶハンドルに手《て》をかけました。

「あ、あれ？　動《うご》かない……」

「ブレーキがかかってるんですよ。横《よこ》についている、そ、それそれ。それを前《まえ》へたおして、そ、それでスタート」

ベッド式《しき》の車《くるま》は、ゆっくりと動《うご》きだしました。学生《がくせい》はだまっておしていきます。

「ぼく、骨《ほね》がおれやすいから、なるべく静《しず》かにたのみますね」

「………」

「いい天気《てんき》ですね、今日《きょう》は」

「はぁ……」

「こんな日《ひ》に家《いえ》でくすぶってるの、もったいないっていう気《き》にならない?」

「はあ……」

なかなか会話《かいわ》がはずみません。

「これから中央町《ちゅうおうちょう》の友《とも》だちのところへいくんですよ」

「えっ、中央町《ちゅうおうちょう》!」

と、青年《せいねん》がすっとんきょうな声《こえ》をあげました。

「お、おれはそこの予備校《よびこう》までしか……」

「いいんですよ、そこまでで」

「でも、どうやっていくんですか? 中央町《ちゅうおうちょう》は、だいぶ遠《とお》いですよ」

「こうやっていくんですよ。千里《せんり》の道《みち》も一歩《ぽ》からっていうじゃないですか。ぼくは歩《ある》けないから、こうしてみなさんのお力《ちから》をお借《か》りして歩《ある》くんです」

「大変《たいへん》だなぁ」

「べつに。だって、ぼくはこうしてねそべっているだけですから」

「そりゃそうでしょうけど……」

ふたりはだんだんなれてきて、おしゃべりがはずんできました。

「きみは浪人生《ろうにんせい》？」

「ええ。二浪《ろう》です」

「大学受験《だいがくじゅけん》に二回《かい》も失敗《しっぱい》したのかぁ……。大変《たいへん》だなぁ。きみの苦労《くろう》にくらべたら、ぼくなどうんと楽《らく》な生活《せいかつ》してるかもしれないよ」

「そんなことないですよ。だって、おれなんかどこも悪《わる》くないし……。でも、正直《しょうじき》いうと、おれ、必死《ひっし》なんです。もう、あとがないって感《かん》じで……」

「うーん。五体満足《ごたいまんぞく》でも、生《い》きていくってなかなか大変《たいへん》なんだ」

駅近《えきちか》くの予備校《よびこう》の前《まえ》まできたときには、ふたりはすっかりうちとけていました。

「ここだね、きみの予備校《よびこう》」

「ええ、そうです。おれ、駅《えき》までおくりますよ。時間《じかん》あるから」

「ありがとう。でも、ここまででいいんだ。つぎの人《ひと》を待《ま》つから」

「それだったら、えんりょしないでください。待《ま》ってたら、いつになるかわからないですよ」

「いいの、いいの。いそぐ旅《たび》じゃないから」

「はぁ……。いいんですか、ほんとに？」

「うん、ほんとにいいんだよ。えんりょじゃないんだ。このさきは、また別《べつ》の人《ひと》にたのむから」

「だったら、おれがおしてあげますよ」

「いや、きみはここまでの人《ひと》。ここからはまたつぎの人《ひと》。そしたら、ぼくはもうひとり、また別《べつ》の人《ひと》と知《し》りあえるだろ」

「はぁ……」

「いつも家《いえ》にいるから、こんなときに、いろんな人《ひと》とおしゃべりしたいんだ。いろんな人《ひと》と出会《であ》えるって、楽《たの》しいじゃないか」

「あ、そうか。そうですね！」

「つきあってくれて、ありがとう。よかったら、そこにぶらさがってるノートに、きみの名《な》まえと住所《じゅうしょ》を書《か》いておいてくれないか」

「あ、これですね」

学生《がくせい》はノートをひらきました。

「わあ、ずいぶん書《か》いてありますね！」

学生《がくせい》はそこにならんでいる、たくさんの名《な》まえをじっと見《み》つめていました。そして、自《じ》分《ぶん》の名《な》まえを書《か》きおえると、ちょっとてれくさそうな顔《かお》をして早口《はやくち》でいいました。

「お、おれ、今日《きょう》、あなたに会《あ》えてよかったです。ちょっと、落《お》ちこんでたもんで……。それじゃ、気《き》をつけて」

「ありがとう。きみもあせらずがんばるんだよ。きっといいことあるさ」

「はい！　千里《せんり》の道《みち》も一歩《ぽ》から、ですからね」

学生《がくせい》は小学生《しょうがくせい》みたいに気《き》をつけをして、ペコンとおじぎをすると、タッタッタッタッと予《よ》備《び》校《こう》の階段《かいだん》をかけあがっていきました。

2

「さて、さて、つぎはどんな人《ひと》に出会《であ》うかな？」

タチバナさんは、また、ミラーをのぞきこみました。

駅《えき》の方《ほう》からは、予備校《よびこう》の学生《がくせい》がつぎつぎとやってくるのですが、反対《はんたい》の方《ほう》へいく人《ひと》はなかなかやってきません。

タチバナさんは、右手《みぎて》にそびえる予備校《よびこう》の建物《たてもの》を見上《みあ》げました。

……全国《ぜんこく》で何万《なんまん》という青年《せいねん》が、受験戦争《じゅけんせんそう》にまきこまれてくるしんでいるんだなぁ……。

……あの学生《がくせい》、二回《かい》も失敗《しっぱい》したっていってたな。つらいだろうなぁ。おれもこの体《からだ》がなおらないとわかったときはつらかった。でもそのつらさを乗《の》り越《こ》えれば、きっと……。

ぼんやりと、そんなことを考《かんが》えていると、いつのまにか車《くるま》の横《よこ》に、めがねをかけた小《こ》太《ぶと》りのおばさんが立《た》っていました。

おばさんは、タチバナさんの頭《あたま》の先《さき》から足《あし》の先《さき》まで、ジロジロながめまわしています。

「こんにちは！」

タチバナさんは、せいいっぱいの笑顔《えがお》を作《つく》って声《こえ》をかけました。

おばさんは置物《おきもの》がしゃべったとでも思《おも》ったのか、いっしゅん、体《からだ》をのけぞらせました。

「おくさん、駅《えき》の方《ほう》へいくんですか？」

ほんとうは、なんといっても「おばさん」と呼《よ》んだ方《ほう》がぴったりすると思《おも》ったのですが、うっかり、おばさんなんて呼《よ》んだら……。女《おんな》の人《ひと》の呼《よ》び方《かた》は、よく切《き》れるカミソリをあつかうときのように、注意《ちゅうい》が必要《ひつよう》です。

「駅《えき》の方《ほう》へいくんでしたら、ぼくの車《くるま》、おしてってくれませんか？」

おばさんはちょっとためらっていましたが、だまってハンドルをにぎりました。ベッド式《しき》の車《くるま》は、また、動《うご》きだしました。

「いい天気《てんき》ですね」

と話《はなし》をむけても、あまりいい反応《はんのう》が返《かえ》ってこなかったのに、しばらくして、とつぜん、おばさんが口《くち》をききました。

「あんた、体《からだ》が悪《わる》いの、生《う》まれつき？」

世《よ》の中《なか》にはこんなことをズバリと聞《き》く人《ひと》もいるのです。

「はあ、子《こ》どものころから、ずっと」

タチバナさんは、牧場《ぼくじょう》のおやじさんが馬《ば》ふんをふんづけたときのように、気分《きぶん》がいいとはいえないけれど、もうなれっこになっていたので、あっさりとそうこたえました。

「ふーん、大変《たいへん》だねぇ。どこが悪《わる》いの？」

「骨《ほね》の発育《はついく》が悪《わる》いんです」

「カルシウムがたりなかったんだね、きっと」

いや、そうじゃなくてといいかけたものの、このおばさんに説明《せつめい》するのは、ニワトリに「おあずけ」をおしえるくらいむずかしそうだと思《おも》ってやめました。

ともかく、話《はなし》のほこさきを変《か》えるのがいちばんだと思《おも》ったタチバナさんは、さて、こんなおばさんにはどんな話題《わだい》がいいかなと考《かんが》えているうちに、おばさんの方《ほう》がさきをこしていいました。

「あんた、あたしの知《し》ってる人《ひと》に会《あ》ってみないかい？」

「えっ？　会《あ》ってどうするんです？」

「あんたの体《からだ》を治《なお》してくれる神様《かみさま》がいるのさ」

（おやおや、また、この・・・ての話《はなし》か！）

タチバナさんは心《こころ》の中《なか》でしたうちをしました。世《よ》の中《なか》には、砂糖《さとう》にむらがるアリのように、人《ひと》の不幸《ふこう》にむらがる人《ひと》がいるのです。

いままで何度《なんど》こういう話《はなし》がもちこまれたことか。

そのたびに、かすかに希望《きぼう》をいだいては、ガッカリすることのくり返《かえ》し。もうコリゴリでした。

「ほんとに、大勢《おおぜい》の人《ひと》が病気《びょうき》を治《なお》してもらってるんだよ。わたしの妹《いもうと》も、ガンだったんだけどね、その人《ひと》がおがんだ御札《おふだ》をちぎって飲《の》んだら、みるみるガンが小《ちい》さくなって治《なお》ったんだから。ほんとだよ」

「ぼ、ぼくはけっこうです」

と、タチバナさんは、思《おも》わずことばがつっかえてしまいました。

「ぼくはそういうの、あまり信《しん》じないことにしてますから」

「ま、ちょっと、わたしの話《はなし》をお聞《き》きなさいよ」

おばさんはそういうと、タチバナさんの車《くるま》の方向《ほうこう》をグイッと曲《ま》げ、通《とお》りに面《めん》した小《ちい》さな公園《こうえん》へはいっていきます。

「ちょ、ちょっと待《ま》ってくださいよ。ぼく、いそいでるんです。ほんとに」

でも、おばさんは耳《みみ》をかそうとしません。

誰《だれ》がなんといおうと、このかわいそうな青年《せいねん》に救《すく》いの手《て》をさしのべるのが自分《じぶん》のつとめだと信《しん》じこんでいるようで、さっさとベンチのところまで車《くるま》をひっぱってきて、よいしょといいながらこしをおろしました。

「ま、わたしの話《はなし》をお聞《き》きなさい」

おばさんは、あせのういた丸《まる》い鼻《はな》をぐいと近《ちか》づけていいました。

「いいかい、妹《いもうと》ばかりじゃないんだから。あんたみたいな体《からだ》の不自由《ふじゆう》な人《ひと》だって……」

と、まるでマシンガンみたいにしゃべりだしました。

タチバナさんは人《ひと》の話《はなし》を聞《き》くのは大好《だいす》きです。

でも、こういう話《はなし》は、もうカンベンしてくれという気持《きも》ちです。

……だけど、このおばさんに声《こえ》をかけたのはぼくだからなあ。これも運命《うんめい》だとあきらめるか。

タチバナさんは、フウーッと長《なが》いためいきをついたのでした。

……まあ、しばらく雲《くも》でもながめていよう。

そうきめて、おばさんの話《はなし》に、適当《てきとう》に気《き》のないあいづちをうちながら、青《あお》い空《そら》にただよう雲《くも》の行方《ゆくえ》をながめていました。

ところが、おばさんの話《はなし》はエンドレステープのように、いっこうにおわらないのです。

さすがのタチバナさんもだんだんはらがたってきて、がまんも限界《げんかい》にたっしていました。

そこで、おばさんのことばの洪水《こうずい》をせき止《と》めるために、ちょっといたずらをしかけてみることにしました。

「ストップ、ストップ!」

タチバナさんは、いかにももうしわけなさそうな顔《かお》をしていいました。

「あのー、すみませんが、おしっこ、おねがいします」

「おしっこ?」

おばさんの顔《かお》がフグちょうちんみたいになりました。

「ど、どうするの?」

「この下《した》のカーテンの中《なか》に、シビンがありますから、それで」

「シビン! ま、まさか、わたしがあなたの……」

「そうです。そのとおりです。シビンをだして、おしっこさせてください」

とたんに、おばさんはソワソワしはじめ、ひざにかかえていたハンドバッグからハンカチを取《と》りだすと、おでこと鼻《はな》の頭《あたま》のあせをたたきはじめました。

「あ、そうそう、わたし、いそぎの用《よう》があったんだわ」

そして、あわてて立《た》ち上《あ》がると、

「ごめんなさいね」

といったかと思《おも》うと、つむじ風《かぜ》のように去《さ》っていきました。

タチバナさんはニヤリ。

作戦通《さくせんどお》り、うまくいきました。でも、こまったことに、公園《こうえん》の中《なか》においてけぼりにされてしまいました。

首《くび》をおこしてあたりを見回《みまわ》しても、だーれもいません。こんなさびしい公園《こうえん》には、人《ひと》があまり出入《でい》りしそうにありません。

……ま、あのおばさんの話《はなし》を聞《き》かされるよりましか……。

ジタバタしても始《はじ》まりません。タチバナさんはつぎの助《すけ》っ人《と》がやってくるのを、ゆっくり待《ま》つことにしました。ねそべったかっこうのまま、景色《けしき》でも楽《たの》しもうと、ミラーをてきとうに動《うご》かしてみました。

ネコでさえさけて通《とお》りそうな砂場《すなば》が見《み》えます。

金具《かなぐ》のさびついたブランコ。

ほとんど手入《てい》れのされていない植《う》えこみが見《み》えます。

ホームレスのおじさんのねどこになっているにちがいないベンチ。

にぎやかな通《とお》りを一歩《ぽ》はいっただけの公園《こうえん》なのに、ローカル線《せん》の無人駅《むじんえき》みたいなさびしさです。

ミラーをグルグルまわしていると、とつぜん、ニューッと、ミラーをのぞきこむ人《ひと》の顔《かお》がうつりました。タチバナさんはびっくりしてふりあおぐと、しらが頭《あたま》をボサボサに逆《さか》立《だ》てて、ひょろりとやせた老人《ろうじん》が立《た》っていました。

ゆかたみたいな着物《きもの》に茶色《ちゃいろ》のチャンチャンコをはおっています。老人《ろうじん》は何《なに》かブツブツいいながら、タチバナさんをふしぎそうな顔《かお》で見《み》つめていました。

「あのー」と、タチバナさんは声《こえ》をかけました。

「ぼくを、そこの通《とお》りまでつれてってくれませんか?」

聞《き》こえたのか聞《き》こえないのか、老人《ろうじん》はぼうっとした表情《ひょうじょう》のままつっ立《た》っています。タチバナさんはもう一度《いちど》おなじことをいってみました。

すると、百年《ねん》ぶりに目《め》がさめたような顔《かお》をして、老人《ろうじん》が口《くち》をききました。

「きみ、ここで何《なに》をしているのかね？」

何《なに》をしているのかと聞《き》かれても、どう説明《せつめい》したらいいのか、タチバナさんが口《くち》ごもっていると、老人《ろうじん》は卒業式《そつぎょうしき》のときの校長先生《こうちょうせんせい》みたいなまじめな顔《かお》を、グイッと近《ちか》づけていいました。

「きみは、わしがボケていると思《おも》うかね？」

「……………？」

「まったく、うちのやつらときたひにゃ、わしのことをばかにしおって、ボケ老人《ろうじん》あつかいしよる」

「はあ……」

タチバナさんは、これはこまったことになったぞと思《おも》いました。どうも、ちょっとへんなんです、このおじいさん。

「わしの話《はなし》なんぞ、はなっから聞《き》こうとせん。めんどうくさがっているだけなんだ、うちのやつら」

「はあ……」

「あの本《ほん》は、家《いえ》のどっかにあるはずなんだ。あれは大切《たいせつ》な本《ほん》だといっておいたのに、あいつら、ぜんぜんわかっとらん。な、きみ、そう思《おも》わんか？」

老人《ろうじん》はしきりにある本《ほん》の話《はなし》をしだしました。ずいぶん昔《むかし》にさかのぼって、その本《ほん》にまつわる思《おも》い出話《でばなし》までしゃべりまくります。タチバナさんはしかたがないので、うんうんと聞《き》いていました。

……今日《きょう》は、まったくついてない日《ひ》だ。

と、がっくりきたものの、

……ま、そんな日《ひ》もあるさ。

と、気持《きも》ちをもちなおして、おじいさんの話《はなし》にほんのしょうしょう耳《みみ》をかしてあげました。

二十分《ぷん》も話《はなし》がつづいたでしょうか。老人《ろうじん》はふっと息《いき》をつきました。

「いやぁ、きみは話《はなし》がよくわかる。うちのやつらがきみみたいだといいんだが、なにしろわからずやばかりだからな。わしの話《はなし》なぞ、ちっとも聞《き》こうとせんのじゃ」

「みんな、いそがしいですからね」

「いや、年寄《としよ》りをばかにしとるんじゃよ。だれだって、年《とし》をとりゃものわすれもひどくなるもんだ。それを、ボケたボケたといいくさって」

「人間《にんげん》、人《ひと》の気持《きも》ちなんてなかなかわからないもんですよ。自分《じぶん》がその立場《たちば》にならないとね」

「その通《とお》り。きみ、いいことをいうね」

老人《ろうじん》は顔《かお》じゅうをしわだらけにしてうなずきました。

「好《す》きこのんで年寄《としよ》りになったわけじゃない。せがれたちだって、いつかは年《とし》をとるんだ。そうなんだ、だれだって、年《とし》をとるんだ。いや、今日《きょう》は、思《おも》いっきり話《はなし》をして、いい気分《きぶん》だよ」

タチバナさんはそこでおそるおそるきりだしてみました。

「あのー、この車《くるま》を通《とお》りまでおしていってくださいませんか?」

「ああ、おやすいご用《よう》だ。ところで、きみはここで何《なに》をしておったのかね?」

「く、雲《くも》をながめていたんです」

「雲《くも》? なるほど、雲《くも》か……」

老人《ろうじん》はそうつぶやいて空《そら》を見上《みあ》げました。それから、きゅうにタチバナさんの手《て》をにぎると、

「きみ、こんどいつくる? また、わしの話《はなし》を聞《き》いてくれよ、な」

といいました。

その目《め》にうっすらとなみだが光《ひか》っているのを見《み》て、タチバナさんはいいかげんな返事《へんじ》はできないなと思《おも》いました。でも、「いつ」といわれてもこまってしまいます。

「また、あたたかい日《ひ》にきます。きっと」

「きっとだよ、きみ。約束《やくそく》だよ」

そういうと、老人《ろうじん》はすたすたと通《とお》りのほうへ歩《ある》きはじめました。

「あのー、この車《くるま》を！　もし、おじいさーん！」

いくら呼《よ》んでも、あともふりかえらず、わき目《め》もふらず、まっすぐ歩《ある》いていくその背中《せなか》を見送《みおく》りながら、タチバナさんはなんだかおかしいような、かなしいような、複雑《ふくざつ》な気分《きぶん》になるのでした。

でも、そのあとで、こんなふうなことも考《かんが》えたのです。

……おい、おい、おれも捨《す》てたもんじゃないぞ。こんなおれをたよりにしてくれる人《ひと》がいるんだもんな。

いつも人《ひと》の世話《せわ》になるばかりだったのに、自分《じぶん》をたよってくれる人《ひと》がいたかと思《おも》うと、ちょっとばかり自分《じぶん》が大《おお》きくなったような気《き》がするのです。

……それはいいとして、しかし、これはこまったぞ。このままじゃ、どうしようもない。だれか、早《はや》くきてくれないかなぁ。

タチバナさんは、まくらもとのミラーをクルクルまわして、人影《ひとかげ》をさがしました。でも、ミラーにはなんにもうつりません。

「ま、あわててもしょうがない。人生《じんせい》、山《やま》あり谷《たに》ありだ。悪《わる》いことの次《つぎ》にはよいことがあるさ。信《しん》じるものはすくわれる……」

ブツブツと思《おも》いつくことばをならべて、自分《じぶん》をなぐさめていますと、ふいにベッド式《しき》の車《くるま》がグラグラとゆれ始《はじ》めました。

「ん、ん、なんだ、これ？」

タチバナさんはあわててミラーをあちこち動《うご》かしてみました。すると、チラッと何《なに》か変《へん》なものがうつったのです。黒《くろ》い色《いろ》の棒《ぼう》のような、ベルトのような……。

「ん？　なんだ？」

タチバナさんはさらに顔《かお》を近《ちか》づけてミラーをのぞきこみました。すると、突然《とつぜん》、にゅうーっと真《ま》っ黒《くろ》いものが目《め》の前《まえ》に近《ちか》づいてきたのです。

「わあっ！」

タチバナさんは思《おも》わずのけぞりました。

おそるおそるミラーを見直《みなお》してみて、タチバナさんは自分《じぶん》のあわてぶりがおかしくなりました。

「なあんだ犬《いぬ》かぁ。おどかすなよな」

黒《くろ》い犬《いぬ》がタチバナさんの車《くるま》に体《からだ》をこすりつけていたのです。

「おまえ、ぼくの車《くるま》を何《なに》かとまちがえてるんじゃないか？」

犬《いぬ》はタチバナさんの予想通《よそうどお》り、車《くるま》の足《あし》を何《なに》かとかんちがいしているようで、タチバナさんの目《め》の前《まえ》で、ツイと片足《かたあし》をあげました。

「おい、おい、よせ、よせったら！」

タチバナさんはミラーにむかって叫《さけ》びました。

しかし、黒犬《くろいぬ》はタチバナさんの叫《さけ》び声《ごえ》など知《し》らん顔《かお》で、シャーシャーシャーと、ていねいにも三度《ど》にわけておしっこをかけました。そして、ベルトのようなおっぽをツンとおっ立《た》てて、ト、ト、トっとどこかへ走《はし》っていってしまいました。

「このーっ！」

空《そら》にむかって、大声《おおごえ》でどなったあとで、おなかの底《そこ》から笑《わら》いのあわがどっとこみあげてきて、タチバナさんはゲラゲラと体《からだ》をよじって笑《わら》ってしまいました。

……オシッコとはしつれいな！

「ぼくの車《くるま》をなんだと思《おも》ってるんだ！　アハハハ………。悪《わる》いことのあとにはよいことがあるなんて、ウソッパチだぁー！」

笑《わら》っている場合《ばあい》ではないのですが、クスクスと笑《わら》いがこみあげてきます。ホッカリあたたかな日《ひ》ざしにつつまれて、タチバナさんはなんだかゆったりした気分《きぶん》にひたっていました。

すると、そのとき、だれかの気配《けはい》を感《かん》じて、タチバナさんはわれにかえりました。車《くるま》の横《よこ》に、いつのまにきたのか、七、八歳《さい》くらいの男《おとこ》の子《こ》が立《た》っていました。

男《おとこ》の子《こ》は、変《へん》な車《くるま》に、奇妙《きみょう》なかっこうで乗《の》っかっているタチバナさんを、宇宙人《うちゅうじん》にでも出会《であ》ったような顔《かお》をしてながめています。

「ああ、ちょうどよかった」

と、タチバナさんは声《こえ》をかけました。

「きみ、この車《くるま》をおしてくれないか。駅《えき》のむこうまでいきたいんだ」

男《おとこ》の子《こ》はだまっておし始《はじ》めました。

「きみ、学校《がっこう》は?」

「いってない」

「いってないって?」

「学校《がっこう》、いきたくないの」

「ふーん。で、お母《かあ》さんたち、何《なに》もいわないの?」

「いきたくなきゃ、いかなくっていいって」

「ふーん。勉強《べんきょう》、きらいなんだ」

「すきだよ。ぼく、図書館《としょかん》で勉強《べんきょう》してるんだもん」

「どうして学校《がっこう》へいかないの?」

「だって……」

「いじめられたりしてるのかい?」

するとと、男《おとこ》の子《こ》は急《きゅう》に立《た》ち止《ど》まりました。それから、何《なに》もいわずに車《くるま》を放《ほう》りだすと、そのままかけていってしまいました。

「おい、きみ!」

タチバナさんはあわてて声《こえ》をあげました。

「ちょっと、どうしたんだよー？」

ミラーをクルクルまわしながら男《おとこ》の子《こ》の姿《すがた》をさがしましたが、もうどこにも見《み》あたりませんでした。

……あ、いけねえ。おれ、あの子《こ》の心《こころ》の中《なか》に、土足《どそく》でふみこんじゃったみたいだな。

タチバナさんは、フーッとひとつ、ため息《いき》をつきました。

3

その日《ひ》の午後《ごご》、上野《うえの》さんのうちの日《ひ》のあたる縁側《えんがわ》で、上野《うえの》さんとタチバナさんは、三毛《みけ》ネコのケチャップをはさんでねそべっていました。

すこし先輩《せんぱい》の上野《うえの》さんは、車《くるま》いすをどうにか自分《じぶん》で動《うご》かせるくらいの障害者《しょうがいしゃ》です。二人《ふたり》のあいだに、長々《ながなが》とのびているケチャップのしっぽをいじくりながら、上野《うえの》さんがいいました。

「今日《きょう》は、ここにくるまで、何《なに》かおもしろいことあったかい？」

そこでタチバナさんは、予備校《よびこう》の学生《がくせい》のことやら、神《かみ》がかりのおばさんのことやら、へんなおじいさんや犬《いぬ》におしっこをかけられたこと、学校《がっこう》へいかない小学生《しょうがくせい》のことなどを話《はな》したのです。

「まったく、きみは口《くち》で歩《ある》いているようなものだね」

「口《くち》で歩《ある》くか。ま、そういえばそうですね」

ふたりは大口《おおぐち》をあけて笑《わら》いあいました。

「で、その小学生《しょうがくせい》に逃《に》げられてからどうしたんだい?」

「ええ。その子《こ》のことが気《き》になって、去《さ》っていった方《ほう》をながめていたんですよ。そしたら、うしろから女性《じょせい》の声《こえ》が聞《き》こえたんです。見《み》ると、なんとこれがすごい美人《びじん》」

「きみは、若《わか》い女性《じょせい》を見《み》ると、みんなすごい美人《びじん》なんだから。ま、話半分《はなしはんぶん》に聞《き》いておくけど」

「いや、いや、ほんとにきれいな人《ひと》でしたよ。若《わか》い女性《じょせい》は、ぼくらにめったに声《こえ》なんかかけてくれないでしょ。ツンとすまして通《とお》りすぎる人《ひと》が多《おお》いじゃないですか」

その女性《じょせい》は、タチバナさんと小学生《しょうがくせい》のやりとりを見《み》ていたらしく、男《おとこ》の子《こ》が去《さ》っていったあと、「お手伝《てつだ》いしましょうか」と、声《こえ》をかけてきました。

日《ひ》ごろ、若《わか》い女性《じょせい》とあまり口《くち》をきくことのないタチバナさんは、ぼうっとなって、もう男《おとこ》の子《こ》のことなんかさっさとわすれ、車《くるま》をおしてもらったのでした。

「鼻《はな》の下《した》を、でれーっとのばしてたんじゃないの」

「へへへ、あったりー。郵便局《ゆうびんきょく》までいくっていうから、そこまでおしてもらったんですよ。話《はなし》を聞《き》くと、ぼくのこと以前《いぜん》どこかで見《み》たことがあって、こんど出会《であ》ったら話《はな》しかけてみようって思《おも》ってたというんです」

「ふーん。何《なに》をしている人《ひと》？」

「家《いえ》の手伝《てつだ》いをしてるっていってたな。あんなふうに声《こえ》をかけてくれるのは、まったくうれしいもんですよ」

「で、それから、どうなったのさ？」

「郵便局《ゆうびんきょく》で、はい、さよなら」

「おい、おい、きみはそういうめったにないチャンスを、どうしてそうあっさり見《み》のがすのかねえ」

「あははは、そういうよこしまな考《かんが》えはいけません」

「どんな話《はなし》をしたんだい、その美人《びじん》と？」

「どんなって……、若《わか》い女性《じょせい》は苦手《にがて》で……。意識《いしき》すればするほど、何《なに》をしゃべっていいのかわからなくなって、天気《てんき》のこととか、どうでもいいことしかでてこないんです」

「あははは。いかにも、きみらしい」

「ところが、そのあとがいけません。彼女《かのじょ》が郵便局《ゆうびんきょく》にはいると、いれかわりに頭《あたま》のはげたおやじさんがでてきたんですよ。それで声《こえ》をかけたんですが……」

鼻《はな》の大《おお》きな赤《あか》ら顔《がお》のおやじさんは、酒《さけ》のマークのはいった紺色《こんいろ》のまえかけをして、手《て》にちいさなバッグをぶらさげていました。車《くるま》をおしてほしいとたのむと、二《ふた》つ返事《へんじ》でひきうけてくれたのですが、

「あんた、おつれさんはどこ？」

と、聞《き》くのです。

「おつれさん？　ぼく、ひとりですけど……」

「ひとり？　ひとりで何《なに》してんだい？」

「散《さん》歩《ぽ》です。天気《てんき》がいいから、友《とも》だちのところまでいこうと思《おも》って」

「散《さん》歩《ぽ》？　こうやってかい？」

「はい」

タチバナさんは正直《しょうじき》に答《こた》えました。すると、おやじさんの表情《ひょうじょう》が急《きゅう》にけわしくなりました。おやじさんは車《くるま》をおすのをやめ、でかい鼻《はな》にしわをよせて、こういいました。

「人《ひと》におさせて散《さん》歩《ぽ》だって。じょうだんじゃねぇよ」

「えっ？」

タチバナさんはあっけにとられて、おやじさんを見上《みあ》げました。今《いま》まで、さんさんと太《たい》

陽《よう》が照《て》っていたと思《おも》ったら、急《きゅう》にどしゃぶりの雨《あめ》にあったような気分《きぶん》です。

「人《ひと》の世話《せわ》になってまで散歩《さんぽ》するってのがわからねぇ。第一《だいいち》、その体《からだ》でひとりででかけるってぇのは非常識《ひじょうしき》だ」

タチバナさんはムッとしました。

「ぼ、ぼくたちだって、散歩《さんぽ》ぐらいしたいですよ」

「散歩《さんぽ》したけりゃ、自分《じぶん》の身内《みうち》におしてもらえばいいんだ。他人《たにん》をあてにすることたあねぇ」

おやじさんは子《こ》どもみたいにソッポをむいていいました。

「世《よ》の中《なか》には、五体満足《ごたいまんぞく》でも食《く》うや食《く》わずの人間《にんげん》だっているんだぞ」

（それとこれとは関係《かんけい》ないでしょうが）といいかけて、タチバナさんは口《くち》をとざしてしまいました。石頭《いしあたま》に鉄《てつ》かぶとをかぶったようなこの人《ひと》を、納得《なっとく》させる自信《じしん》がなかったからです。

「あんたたちは幸《しあわ》せだよ」

と、おやじさんはさらにいいました。

「おれたちの税金《ぜいきん》で食《く》わしてもらってるんだからな。それがわかってたら、人《ひと》の手《て》を借《か》りてまで散歩《さんぽ》だなんてできねぇはずだろ」

おやじさんがグタグタといいつづけるので、タチバナさんはこれ以上《いじょう》不愉快《ふゆかい》な表情《ひょうじょう》はないという顔《かお》をして、じっとにらみつけてやりました。

すると、鉄《てつ》かぶとをかぶった石頭《いしあたま》でも、さすがにタチバナさんの不愉快《ふゆかい》な表情《ひょうじょう》には気《き》がついたらしく、

「まあ、おれはごめんだね」

というと、バイクをふかして去《さ》っていきました。

くやしさと怒《いか》りがおさまらないまま、タチバナさんは、去《さ》っていくおやじさんをどなりつけたい気持《きも》ちで見送《みおく》っていました。

……ぼくの散歩《さんぽ》は、世間《せけん》の人《ひと》たちと出会《であ》うためなんだ。それもぜいたくだっていうのか！

そういってやりたかったのです。でも、あの人《ひと》には通《つう》じないだろうなぁと、タチバナさんはひどくさびしい気持《きも》ちになったのでした。だあれもいない草原《そうげん》に、ひとりポツンと立《た》っているような、そんな気持《きも》ちになったのです。

「うーん。おいらたちには、散歩《さんぽ》もゆるされんのかねぇ」

タチバナさんの話《はなし》に、上野《うえの》さんはため息《いき》をつきました。

「世間《せけん》では、そのおやじさんのような考《かんが》えが通《とお》りやすいんだよね。だけど、そんなのに負《ま》けてはいられねぇー」

「そう、イラレネェー。自分《じぶん》たちをとじこめちゃいけないんだ。だから、ぼくはますます散歩《さんぽ》にでかけるぅー。あはははは」

ふたりは声《こえ》をあげて笑《わら》いました。

「ただ、あとで頭《あたま》を冷《ひ》やして考《かんが》えると」

タチバナさんは、横《よこ》にねそべっているネコのケチャップのひげをツンツンひっぱりながらいいました。

「あのおやじさんも、不景気《ふけいき》で生活《せいかつ》が苦《くる》しいのかもしれない。生活《せいかつ》におわれて、心《こころ》がせまくなっていたのかもしれません」

「そうかもしれないね。自分《じぶん》ばかりがびんぼうくじをひいているような気持《きも》ちになってさ。ちっぽけになって……。さびしいねぇ」

ふたりはだまって窓《まど》の外《そと》を見《み》やりました。

上野《うえの》さんの庭《にわ》には花壇《かだん》があって、色《いろ》とりどりのコスモスが咲《さ》きみだれていました。でも、その美《うつく》しい花《はな》たちも、ふたりの心《こころ》をなぐさめてはくれませんでした。

「けっきょく、おれたちは」

と、上野《うえの》さんがいいました。

「さか立《だ》ちしても、ひとりで生《い》きていくということはできっこないんだよ。だれかの手《て》を借《か》りなきゃ生活《せいかつ》ができないんだ」

「でも、ぼくはそれをみんなにみとめてほしいんです。人《ひと》の手《て》を借《か》りなきゃ、生《い》きていけない人間《にんげん》もいるってことを」

「そうだ。だから、他人《たにん》の手《て》を借《か》りることをはずかしいことだと考《かんが》える必要《ひつよう》は、だんじてない。それもりっぱな自立《じりつ》だ」

「そんなに胸《むね》をはるほどりっぱともいえませんけどね」

「そりゃ、そうだ。たしかに、胸《むね》をはるほどのことじゃないな。あはははは」

上野《うえの》さんの笑《わら》い声《ごえ》に、ケチャップがうるさそうに顔《かお》をあげました。

「それで、そのおやじさんにふられて、どうしたの？」

「いやぁ、捨《す》てる神《かみ》あれば拾《ひろ》う神《かみ》ありです。そのあと、ぼくの怒《いか》りをすうっと静《しず》めてくれる声《こえ》がかかったんですよ」

「あんなことまでいわなくっても、いいのにねぇ」

という声《こえ》を聞《き》いたとき、タチバナさんは、自分《じぶん》の母親《ははおや》が心配《しんぱい》して、ひそかについてきたのかと思《おも》いました。その声《こえ》の主《ぬし》は、音《おと》もなく近《ちか》づくと、

「さて、わたしにもおせるかしら」

と、いいました。見《み》ると、身《み》なりのさっぱりした品《ひん》のいいおばあさんです。

「どこまでいらっしゃるの？」

「いえ、あなたがいらっしゃるところまで、おしてってくださるとありがたいのですが」

タチバナさんまで、しぜんと上品《じょうひん》ないい方《かた》になっていました。

「まあ、おもしろいことをおっしゃるのね。じゃあ、わたし、この道《みち》をまっすぐまいりますから、あなたが曲《ま》がるところがきたら、おしえてくださいね」

ベッド式《しき》の車《くるま》は、また動《うご》きだしました。

「さっきは、いやな思《おも》いをされたでしょう？」

「はぁ。でも、もう、なれっこになってしまいました」

「あの人《ひと》だって、あと二十年《ねん》もすれば、自分《じぶん》のいったことばが、どんなに人《ひと》をきずつけることばだったか、きっと、おわかりになると思《おも》うわ」

「はあ……?」

タチバナさんは、おばあさんのことばの意味《いみ》がわからず、思《おも》わず、おばあさんを見上《みあ》げました。

「だって、あの人《ひと》も、二十年《ねん》もすればおじいさんでしょ。そしたら、みんなのお世話《せわ》になるに違《ちが》いないのですものね。わたしも、今《いま》はあなたとおんなじ、みなさんの税金《ぜいきん》でやしなってもらってるの。年金《ねんきん》、ぐらし」

「でも、おなじ年金《ねんきん》ぐらしといっても、あなたは働《はたら》いて税金《ぜいきん》をはらってこられたわけだし、ぼくらはずっともらうばかりですから、ああいわれると……弱《よわ》い立場《たちば》ですよ」

「だって、人間《にんげん》はささえあって生《い》きているんですもの。そこがほかの生《い》きものと違《ちが》うところですよ」

おばあさんはキッパリとそういいました。

「ほかの生《い》きものだったら、弱肉強食《じゃくにくきょうしょく》、強《つよ》いものが勝《か》ちですけど、人間《にんげん》はそういう生《い》き方《かた》じゃない、みんなで助《たす》けあって生《い》きる生《い》き方《かた》を発明《はつめい》したんですもの。わたし、これは人《じん》類《るい》が考《かんが》えだした一番《いちばん》すばらしい知恵《ちえ》だと思《おも》いますよ」

タチバナさんはミラーを動《うご》かして、このおばあさんの顔《かお》をよく見《み》てみたいと思《おも》いました。

(この人《ひと》は、どんな人生《じんせい》を歩《ある》いてきた人《ひと》だろう?)

「でも、わたしがそのことに気《き》がついたのは、つい最近《さいきん》のことなんですよ。おばかさんでしょ」

「失礼《しつれい》ですが、あなたは何《なに》をなさってたんですか?」

「わたし? わたしはただの会社員《かいしゃいん》よ。おなじ会社《かいしゃ》で、ずっと四十年《ねん》も働《はたら》いていたんです」

彼女《かのじょ》は、たんたんと身《み》の上《うえ》を話《はな》し始《はじ》めました。

自分《じぶん》の母親《ははおや》の生《い》き方《かた》をみて、男性《だんせい》にたよった生《い》き方《かた》はしたくない、自立《じりつ》した女性《じょせい》でありたいと必死《ひっし》にがんばったこと。仕事《しごと》がおもしろくて、結婚《けっこん》して家庭《かてい》を持《も》つことなんか考《かんが》えもしなかったこと。そして、その会社《かいしゃ》で女性《じょせい》として初《はじ》めての部長《ぶちょう》にまでなったこと……。

しかし、仕事《しごと》、仕事《しごと》で走《はし》りつづけ、定年《ていねん》で会社《かいしゃ》をやめたとき、自分《じぶん》のまわりに何《なに》も残《のこ》っていないということに気《き》づいたのでした。

「すると、急《きゅう》に、年老《としお》いたときの自分《じぶん》の姿《すがた》が見《み》え始《はじ》めたんです。わたしは強《つよ》い女《おんな》だと思《おも》っていたのに、そこにいるのは弱《よわ》いわたしでしたの。そうなって初《はじ》めて、わたしは心《こころ》から人《ひと》の手《て》のぬくもりがほしいと思《おも》いました。だれかとつながっていたいって。そして、やっと気《き》がついたんです。人間《にんげん》ってささえあって生《い》きているのだって」

「でも、ぼくはささえられることはあっても、ささえることなんかできません」

「そんなことはありませんよ。だって、こうやって、わたし、あなたとお話《はな》しをしていて、とても心《こころ》が安《やす》らぐのですもの。わたしがあなたをささえているようにみえて、実《じつ》はあなたもわたしをささえてくれているのですよ」

そういえば、さっき公園《こうえん》で、おれも捨《す》てたものではないと思《おも》ったことを、タチバナさんは思《おも》いだしました。

「わたし、それで今《いま》、ボランティアをやっているんですよ。訪問介護《ほうもんかいご》。でもね、そこでも、わたしのほうがすくわれているんですよ。だって、みなさんの笑顔《えがお》が、わたしを元気《げんき》づけてくれるんですもの」

上野《うえの》さんが聞《き》きました。

「そのご婦人《ふじん》の名《な》まえは聞《き》いておいたのかい?」

「ノートに書《か》いてもらいましたよ。最後《さいご》から二番目《ばんめ》にサインしてあるはずですが」

「最後《さいご》から二番目《ばんめ》……二番目《ばんめ》と」

タチバナさんのノートをめくっていた上野《うえの》さんが、

「ほほぅ！」

と、声《こえ》をあげました。

「ヒマワリのきみだ」

「ヒマワリのきみ？」

見《み》ると、そこには、名《な》まえのかわりに、一輪《りん》のひまわりの絵《え》が書《か》いてあったのです。

4

寒《さむ》くならないうちにと、タチバナさんは早《はや》めに上野《うえの》さんの家《いえ》をでることにしました。

「うちのものに送《おく》らせようか？」

「いや、ぼくは口《くち》で歩《ある》いて帰《かえ》りますよ」

そういってベッド式《しき》の車《くるま》を通《とお》りにだしてもらうと、すうっとひとつの影《かげ》が近《ちか》づいてきました。

「あっ、き、きみ、待《ま》ってたのかい……！」

それは、あの、学校《がっこう》へいっていない男《おとこ》の子《こ》でした。男《おとこ》の子《こ》は、また、だまって車《くるま》をおし始《はじ》めました。

「さっきは、どうしたんだ……」

と、いいかけて、タチバナさんはことばを飲《の》みこみました。

……待《ま》て、待《ま》て。この子《こ》が話《はな》し始《はじ》めるのを待《ま》つんだ。

タチバナさんは、だまって暮《く》れかかる空《そら》をながめながら、男《おとこ》の子《こ》のことばをじっと待《ま》っていました。

ほそうしてあるといっても、小《ちい》さなデコボコはあるようで、車《くるま》はこきざみにカタカタとゆれました。タチバナさんは、男《おとこ》の子《こ》がずいぶん注意《ちゅうい》ぶかくおしているのがわかりました。

（やさしい子《こ》なんだな……）

ほおにあたる風《かぜ》がつめたくなっているのに、タチバナさんの心《こころ》はホカホカしていました。

すると、そのとき、男《おとこ》の子《こ》が口《くち》をきいたのです。

「これ。おもしろい車《くるま》だね」

「そうかい」

「ぼく、一度《いちど》、おしてみたかったんだ」

「そうか。ぼくのこと知《し》ってたのかい？」

「うん。通《とお》りで見《み》たことある」

それから、男《おとこ》の子《こ》は、ベッドの上《うえ》の棒《ぼう》を指《ゆび》さして聞《き》きました。

「それ、なーに？」

「あ、これかい。これは、ナマケンボウ」

「ナマケンボウ？」

「そう、なまけん棒《ぼう》っていう棒《ぼう》さ」

「ぼくも、ナマケンボっていわれるよ」

「へーえ、どうして？」

「学校《がっこう》へいかないから」

「ナマケンボね。でも、なまけん棒《ぼう》って、役《やく》に立《た》つんだぞ。ただの棒《ぼう》だけど、ぼくの手《て》になって動《うご》くんだ」

「それじゃ、ぼくも役《やく》に立《た》つ？」

「そりゃ、そうさ」

「ぼくね」

と、男《おとこ》の子《こ》はせきを切《き》ったように話《はな》し始《はじ》めました。

「ぼく、図書館《としょかん》で勉強《べんきょう》してるの。虫《むし》のことなんか。ぼくは虫《むし》や生《い》きものが大好《だいす》きなんだ」

去年《きょねん》の夏《なつ》、いなかで見《み》たウスバカゲロウやウシガエルの話《はなし》。庭《にわ》の木《き》にチョウのさなぎを見《み》つけた話《はなし》、あのさびしい公園《こうえん》の木《き》で、ヒヨドリの巣《す》を見《み》つけた話《はなし》……。

タチバナさんは、その子《こ》の話《はなし》をだまって聞《き》いていました。

……きっと、この子《こ》もだれかとつながりたいんだ。だれかを求《もと》めているんだ。こんなにけんめいに話《はなし》をしたがるのだもの。

そして、きょうは特別《とくべつ》……ちょっと遠《とお》いけど、この子《こ》があきるまで、できることなら、わが家《や》まで、ずっとおしていってもらおうかなと思《おも》いました。

……そしたら、ときどき、ぼくのところへ遊《あそ》びにきてくれるかな。

タチバナさんは、じんじんと伝《つた》わってくる男《おとこ》の子《こ》のぬくもりを感《かん》じながら、ベッド式《しき》の車《くるま》の上《うえ》で心地《ここち》よくゆられておりました。

ピース・ヴィレッジ

岩瀬《いわせ》成子《じょうこ》

1

歌声《うたごえ》がきこえる。わたしの知《し》らない英語《えいご》の歌《うた》。ジャズかな。高《たか》い声《こえ》が長《なが》くのびる。歌《うた》っているのは花絵《はなえ》おばさんだ。となりのあけはなたれた台所《だいどころ》の窓《まど》からきこえてくる。

もうすぐ九時《じ》だ。陽《ひ》は高《たか》くのぼっている。紀理《きり》ちゃんからの誘《さそ》いの電話《でんわ》はまだかかってこない。きのうの晩《ばん》もかからなかった。かかるかなと待《ま》ち受《う》けていたのにかからないと、紀理《きり》ちゃん、どうしちゃったんだろうと思《おも》う。用事《ようじ》でもできたのだろうか。

紀理《きり》ちゃんはもしかすると、わたしからの電話《でんわ》を待《ま》っているのかもしれない。九時《じ》になった。

受話器《じゅわき》をとりあげた。

呼《よ》びだし音《おん》が二度鳴《どな》ったところで、声《こえ》がきこえた。でたのは紀理《きり》ちゃんだった。

「きょうはフレンドシップ・デーだけど」とわたしはいった。

「知《し》ってるよ」

「基地《きち》に行《い》かないの?」

「行《い》かない」

「去年《きょねん》は行《い》ったよね」

「行《い》きたかったら、一人《ひとり》で行《い》ってよ。わたしは行《い》かないから」

「紀理《きり》ちゃんが行《い》かないのなら、わたしも行《い》かない」

「それはご自由《じゆう》に」

紀理《きり》ちゃんはつきはなすように、いった。

話《はな》すことがきゅうに、なにもなくなってしまった。しかたなく、じゃあね、というと、じゃあ、と紀理《きり》ちゃんもいった。

「楓《かえで》ちゃんはもう、わたしと付《つ》きあったりしないほうがいいよ」

紀理《きり》ちゃんはいった。

すぐに、じゃあ、とまたいって、紀理《きり》ちゃんは先《さき》に電話《でんわ》を切《き》った。

なにかがぐるりとひっくりかえったような気《き》がした。おびえるような気持《きも》ちがわいた。べつに基地《きち》に行《い》かなくたっていいんだし、と自分《じぶん》にいいきかせた。安心《あんしん》させたかった。でも、石《いし》のように冷《ひ》ややかだった紀理《きり》ちゃんの声《こえ》が耳《みみ》にのこっていた。なにかが起《お》きているのに、それをわたしだけがまったく理解《りかい》できないでいるような感《かん》じだった。

去年《きょねん》もおととしも、こどもの日《ひ》に開《ひら》かれる「フレンドシップ・デー」には、紀理《きり》ちゃんといっしょに基地《きち》に行《い》った。

年《ねん》に一度《いちど》、この日《ひ》だけは、だれでも基地《きち》に自由《じゆう》に入《はい》ることができる。よその町《まち》からも、遠《とお》くよその県《けん》からも大勢《おおぜい》の人《ひと》が基地《きち》にやってくる。電車《でんしゃ》や車《くるま》やバイクや自転車《じてんしゃ》に乗《の》って。貸《か》し切《き》りバスで来《く》る人《ひと》たちもいる。

紀理《きり》ちゃんとわたしは、去年《きょねん》もおととしも、歩《ある》いて基地《きち》へむかった。アメリカ軍基地《ぐんきち》までは家《いえ》から歩《ある》いて五、六分《ぷん》だった。

だだっぴろいコンクリートの敷地《しきち》に、いろんな型《かた》の戦争用《せんそうよう》のジェット機《き》が三十機《き》くらい展示《てんじ》してあった。そのジェット機《き》のあいだを、わたしたちはたくさんの人《ひと》にまじって、ぐるぐるとめぐり歩《ある》いた。軍《ぐん》の制服《せいふく》を着《き》て立《た》っているアメリカ兵士《へいし》にむかって、紀理《きり》ちゃんは「ハロー」と声《こえ》をかけたりもした。ハローと、たいていの人《ひと》はわらって返事《へんじ》をかえした。そんなことをしていると、突然《とつぜん》ま上《うえ》の空《そら》で、自衛隊《じえいたい》のジェット機《き》が五機《き》か六機《き》、急《きゅう》降下《こうか》や急上昇《きゅうじょうしょう》をはじめた。

この航空《こうくう》ショーを楽《たの》しみにフレンドシップ・デーに来《く》る人《ひと》もたくさんいて、人々《ひとびと》はいっせいに空《そら》を見《み》あげた。たくさんの人《ひと》がカメラをかまえた。

けれどわたしは、航空《こうくう》ショーだけはきらいだ。ジェット機《き》が急降下《きゅうこうか》してくるたび、そのまま墜落《ついらく》するんじゃないかとびくびくする。頭《あたま》の上《うえ》をジェット機《き》が低空《ていくう》で通《とお》りすぎると、地面《じめん》が割《わ》れそうなほどの轟音《ごうおん》が鳴《な》りひびく。心臓《しんぞう》がどきどきと速《はや》くなる。体《からだ》の芯《しん》がぐらぐらする。来《こ》なきゃよかったと、ショーがはじまると後悔《こうかい》した。今年《ことし》こそもうへっちゃらだろう、と去年《きょねん》は思《おも》ったのに、やっぱりこわくて首《くび》をちぢめていた。

まわりの人《ひと》たちは、ちいさな子《こ》どもでさえ、みんな楽《たの》しそうに空《そら》を見《み》あげていた。歓声《かんせい》をあげている人《ひと》もたくさんいた。拍手《はくしゅ》をしている人《ひと》もいた。

ショーがおわるとほっとして、アメリカ人《じん》の奥《おく》さんや高校生《こうこうせい》たちが売《う》り子《こ》をしている売店《ばいてん》に行《い》って、アメリカン・ドッグを買《か》って食《た》べた。そのあと、ドラム缶《かん》ロデオ競技《きょうぎ》を見《み》て、アメリカ人《じん》や日本人《にほんじん》のバンドが出演《しゅつえん》する野外《やがい》ショーを見《み》た。帰《かえ》りには基地《きち》の前《まえ》の通《とお》りにならんでいる出店《でみせ》を一つひとつ見《み》て歩《ある》き、ビーズのネックレスを買《か》った。

四月《がつ》がおわりに近《ちか》づくと、もうすぐフレンドシップ・デーだ、と考《かんが》えはじめた。行《い》きたいけれど、航空《こうくう》ショーさえなければな、と思《おも》った。紀理《きり》ちゃんにさそわれたら、そのとき行《い》くか行《い》かないかをきめよう。今年《ことし》こそ、きっともうへっちゃらだろう、と思《おも》ったりした。

今年中学生《ことしちゅうがくせい》になった紀理《きり》ちゃんとは、まえのようにしょっちゅう会《あ》うことはなくなった。中学校《ちゅうがっこう》と小学校《しょうがっこう》は反対方向《はんたいほうこう》にあったし、下校時間《げこうじかん》もちがっている。四月の半《なか》ばごろ、セーラー服《ふく》を着《き》た学校帰《がっこうがえ》りの紀理《きり》ちゃんに藪通《やぶどお》りで出会《であ》った。夕陽《ゆうひ》が沈《しず》みかけている時間《じかん》だった。「きりちゃーん」と呼《よ》んでから走《はし》って近《ちか》づいていくと、紀理《きり》ちゃんは「よっ」と片手《かたて》をあげた。

学校《がっこう》からいま帰《かえ》ってきたの？　とたずねると、新聞部《しんぶんぶ》のミーティングがあったんだ、と紀理《きり》ちゃんはこたえた。

紀理《きり》ちゃんは全身《ぜんしん》あたらしいものずくめだった。あたらしい制服《せいふく》。あたらしい鞄《かばん》。あたらしい靴《くつ》。髪《かみ》も短《みじか》く切《き》っていた。なんだか背《せ》ものびたように見《み》えた。ちょっとお姉《ねえ》さんになったように見《み》えた。

「こんど遊《あそ》ぼう」とわたしはいった。

「うん」

紀理《きり》ちゃんはすこし恥《は》ずかしそうな顔《かお》をした。中学生《ちゅうがくせい》でいることにまだなれてない感《かん》じだった。

そのあと一度《いちど》、「遊《あそ》ぼう」と電話《でんわ》すると、紀理《きり》ちゃんは「ごめん。きょうはちょっと無理《むり》なんだよね」と返事《へんじ》した。

花絵《はなえ》おばさんの家《いえ》には、いり胡麻《ごま》の香《かお》りが満《み》ちていた。花絵《はなえ》おばさんはもう歌《うた》ってはいなかった。まな板《いた》のキュウリを細切《ほそぎ》りにしている。包丁《ほうちょう》がすばやくうごき、ぱらぱらとキュウリがきざまれていく。

「棒棒鶏《バンバンジー》」

花絵《はなえ》おばさんはむこうをむいたままいった。きざみおえたキュウリをすり鉢《ばち》に入《い》れ、ゆでた鶏《とり》も入《い》れてから、菜箸《さいばし》で大《おお》きくまぜあわせながら、

「どう?」とわたしを見《み》た。

「おいしそう」

おばさんは満足《まんぞく》そうにうなずく。

「サラダ、つくってみる?」

つくってごらんという口調《くちょう》でおばさんはいった。おばさんは冷蔵庫《れいぞうこ》をあけ、タコをとりだした。それからトマトを二個《こ》、キュウリを二本《ほん》、とりだした。

「なんのサラダ？」

「タコとトマトとキュウリのサラダ」

おばさんはこたえて、まな板《いた》を洗《あら》い、包丁《ほうちょう》を洗《あら》った。

花絵《はなえ》おばさんは料理研究家《りょうりけんきゅうか》だ。花絵《はなえ》おばさんが料理研究家《りょうりけんきゅうか》であることは、去年《きょねん》、この家《いえ》に引《ひ》っ越《こ》してくるまで知《し》らなかった。わたしはそれまで花絵《はなえ》おばさんには会《あ》ったこともなかった。

おばさんは母《かあ》さんの妹《いもうと》で、ずっと東京《とうきょう》のほうで暮《く》らしていたらしかった。千葉《ちば》も神奈川《かながわ》も埼玉《さいたま》も、あのあたりはぜんぶ「東京《とうきょう》のほう」なので、ほんとうはどこに住《す》んでいたのか、くわしいことは知《し》らない。「むこうにいたときは」と、おばさんはいう。「あっちじゃ」ともいう。

母《かあ》さんがときどき電話《でんわ》で、遠《とお》くに住《す》んでいる花絵《はなえ》おばさんと話《はな》しているのをきくことはあった。あの子《こ》、歌手《かしゅ》になろうとしていたのよ、と母《かあ》さんはいった。じっさいに歌手《かしゅ》として、あちこちで歌《うた》ってもいたらしいけど、ともきかされていた。

母《かあ》さんが花絵《はなえ》おばさんと電話《でんわ》で話《はな》す声《こえ》をききながら、テレビで歌《うた》っている歌手《かしゅ》のような、派手《はで》なメイクをした、おしゃれな感《かん》じの人《ひと》を想像《そうぞう》していたけれど、じっさいに引《ひ》っ越《こ》してきたおばさんはそういう感《かん》じじゃなかった。ふつうの感《かん》じだった。お化粧《けしょう》はしていなくて、長《なが》い髪《かみ》をまんなかから分《わ》けて、銀色《ぎんいろ》のピアスをしていた。

「あたしのこと、知《し》ってるでしょう」と、はじめて会《あ》ったとき、おばさんはわたしにいった。

「花絵《はなえ》おばさん」とわたしはこたえた。

花絵《はなえ》おばさんは重々《おもおも》しくうなずいて、「あたしは料理研究家《りょうりけんきゅうか》だから」といった。だれにでもできる仕事《しごと》じゃないの、といいふくめる口調《くちょう》で。

おばさんにいわれたとおりに、キュウリの皮《かわ》をピーラーでところどころむく。

「七ミリの厚《あつ》さに切《き》って」

七ミリ。口《くち》のなかでいう。包丁《ほうちょう》をキュウリにあてて、七ミリがどれくらいか目《め》ではかってみる。

料理《りょうり》を研究《けんきゅう》する仕事《しごと》がどんな仕事《しごと》なのかはよくわからなかったけれど、花絵《はなえ》おばさんが料理《りょうり》を好《す》きなことはわかった。髪《かみ》を頭《あたま》の上《うえ》でおだんごに結《ゆ》って、時間《じかん》があるといつも料理《りょうり》をしている。どうすればもっといい味《あじ》になるかと、味《あじ》つけをくふうしている。あたらしい料理《りょうり》をいつも考《かんが》えているらしい。冷蔵庫《れいぞうこ》のドアには、思《おも》いついた料理《りょうり》のメモがべたべたとはってある。ドアがメモでいっぱいになったからか、流《なが》しの前《まえ》の棚《たな》にも、窓《まど》ガラスにも、はってある。

おばさんの台所《だいどころ》にはあちこちに食材《しょくざい》がちらばっている。床《ゆか》に、まるで放《ほう》りだされたように外葉《そとば》が大《おお》きくひろがった白菜《はくさい》がころがっていたりする。テーブルの下《した》に、土《つち》のついた大根《だいこん》が何本《なんぼん》もころがっていたり。外国製《がいこくせい》のバスオイルやボディクリームやボディブラシなどがならぶお風呂《ふろ》のバスタブに、蓮根《れんこん》がぷかぷか浮《う》いていたこともあった。食材《しょくざい》にかぎらず、おばさんの家《いえ》には、いろいろな物《もの》があちこちに積《つ》みあげられていた。椅子《いす》には黒《くろ》いつば広帽子《ひろぼうし》と音楽雑誌《おんがくざっし》と鰹節《かつおぶし》の袋《ふくろ》がいっしょくたにのっていたりする。玄関《げんかん》には、引《ひ》っ越《こ》してきたときのままの段《だん》ボール箱《ばこ》がテープもはがさず、そのまま積《つ》みあげられている。

「きょうは料理教室《りょうりきょうしつ》の日《ひ》だから」と、週《しゅう》に四日《よっか》、おばさんはでかけていく。カルチャーセンターの料理教室《りょうりきょうしつ》で先生《せんせい》をしているのだ。銀《ぎん》のピアスをして、小花柄《こばながら》のブラウスに細《ほそ》いジーンズをはき、黄色《きいろ》の軽四《けいよん》を運転《うんてん》していく。

トマトを角切《かくぎ》りにしてから、タコにとりかかった。先《さき》になるにしたがって細《ほそ》くなっているタコの足《あし》を同《おな》じ大《おお》きさに切《き》るのはむずかしい。

「食《た》べる人《ひと》の気持《きも》ちになって、箸《はし》でつまんだときの感《かん》じをイメージすれば、ちゃんといい大《おお》きさになるの」

うしろに立《た》って、おばさんはいった。おばさんからは、かすかにいいにおいがする。

ゆでて赤《あか》くなったタコの身《み》は、切《き》るとおどろくほど白《しろ》い。赤《あか》いトマトと緑《みどり》のキュウリと白《しろ》いタコの彩《いろど》りを考《かんが》えてのサラダなんだと、はじめてわかる。

「お魚《さかな》を切《き》るときは時間《じかん》をかけない」

「はい」

「いい返事《へんじ》だ」

わたしはすこしうれしい。わたしもいつか料理研究家《りょうりけんきゅうか》になろうかな。すこしそのことを考《かんが》えてみる。それから紀理《きり》ちゃんのことを考《かんが》える。わたしと付《つ》きあわないほうがいいよ、といった言葉《ことば》の意味《いみ》を。もう遊《あそ》べないってことだろうか。むこうは中学生《ちゅうがくせい》で、小学《しょうがく》生《せい》のわたしとはもう遊《あそ》びたくないということだろうか、と考《かんが》える。どうしても基地《きち》に行《い》きたかったわけじゃないけれど、でも紀理《きり》ちゃんといっしょだったら、航空《こうくう》ショーもきっと大丈夫《だいじょうぶ》だったのに、と残念《ざんねん》な気持《きも》ちがわく。

「佐助《さすけ》にあげようか」

タコの足《あし》のくるりと丸《まる》まった先《さき》がのこったので、たずねた。佐助《さすけ》は、おばさんが飼《か》っている猫《ねこ》だ。

おばさんがうなずいたので、えさ皿《ざら》に入《い》れる。

ゴォー。

空《そら》をおおうように音《おと》がひびきわたる。基地《きち》からきこえてくるジェットエンジンをふかしている音《おと》だ。航空《こうくう》ショーがはじまるのかもしれない。

ゴォー。

爆音《ばくおん》が屋根《やね》にかぶさり、家《いえ》をおおいはじめる。

飛行機《ひこうき》の音《おと》は昼間《ひるま》だとそんなに気《き》にならないが、夜更《よふ》けにきこえてくると不吉《ふきつ》な気持《きも》ちがふくれあがって、心臓《しんぞう》がどきどきしはじめる。いまにも戦争《せんそう》がはじまりそうに思《おも》う。戦《せん》争《そう》が、わたしはこわい。

「戦争《せんそう》が起《お》きるかもしれないよ」とわたしがいうと、

「起《お》きやしないって」と母《かあ》さんはかならずかえす。

いつから戦争《せんそう》がこわくなったのかは憶《おぼ》えていない。保育園《ほいくえん》のころは、そんなことは考《かんが》えていなかった。二年生《ねんせい》のとき、原爆資料館《げんばくしりょうかん》に行《い》ったからかもしれない。べつのときに原《げん》爆《ばく》の写真展《しゃしんてん》を見《み》たからかもしれない。テレビで、家々《いえいえ》が爆撃《ばくげき》を受《う》けて破壊《はかい》されるのを見《み》たからかもしれない。ミサイルが爆発《ばくはつ》するのを見《み》たからかもしれない。父《とう》さんが見《み》ていた戦争映画《せんそうえいが》をいっしょに見《み》たからかもしれない。戦争《せんそう》で足《あし》をうしなった子《こ》どもがベッドで泣《な》いているのを見《み》たからかもしれない。頭《あたま》がふくれあがった子《こ》どもは死《し》にかけているように見《み》えた。

そういうシーンを見《み》るのが、こわくてたまらない。おそろしい気持《きも》ちでいっぱいになる。何度《なんど》母《かあ》さんに、戦争《せんそう》は起《お》きやしないってば、といわれても、いまにきっと起《お》きる、と思《おも》ってしまう。四年生《ねんせい》くらいまでは、すぐにでも戦争《せんそう》がはじまってしまうんじゃないかと、毎日《まいにち》おびえていた。心配《しんぱい》でたまらなかった。どうしたら戦争《せんそう》のことを頭《あたま》から追《お》いだせるんだろうとなやんだ。ほかの人《ひと》はわたしみたいに戦争《せんそう》の心配《しんぱい》なんかしてやしないんだから、といくら思《おも》っても、戦争《せんそう》を頭《あたま》から追《お》いだすことができなかった。いまでは、国連《こくれん》だってあることだし、たぶん、そんなにかんたんに戦争《せんそう》ははじまらないんじゃないかと思《おも》うけれど、よその国《くに》ではいまも戦争《せんそう》がつづいている。テレビを見《み》ていると、突然《とつぜん》「じゃあ、日本《にほん》が外国《がいこく》に攻《せ》められたらどうするんですか」としんけんな顔《かお》でしゃべりだす人《ひと》がいて、わたしはあわててチャンネルをかえる。

わたしはこれまでに、戦争《せんそう》の夢《ゆめ》をなんべんも、数《かぞ》えきれないほど見《み》た。たてつづけに見《み》ることもあれば、しばらく見《み》ないこともあった。もう見《み》ないかもしれない、と思《おも》っていると、また見《み》た。どれもおそろしい夢《ゆめ》だった。

学校《がっこう》から歩《ある》いて帰《かえ》っていると、空《そら》に、きゅうに大《おお》きい飛行機《ひこうき》が何機《なんき》もあらわれ、低空《ていくう》でこちらにむかってきて、それから大《おお》きな鳥《とり》のようにわたしの上《うえ》にかぶさってくる夢《ゆめ》を見《み》た。どっかん、と爆弾《ばくだん》が目《め》の前《まえ》におちて、地面《じめん》に穴《あな》があき、そのなかへ子《こ》どもたちがおちていき、わたしもずるずるおちていく夢《ゆめ》も見《み》た。穴《あな》は大《おお》きくて深《ふか》くて暗《くら》かった。坂《さか》の上《うえ》から大《おお》きな弾《たま》がどんどん飛《と》んでくるのに、かくれる場所《ばしょ》がなくて泣《な》きだした夢《ゆめ》も見《み》た。

夢《ゆめ》のなかで、ねらわれているのはいつもわたしだった。何度《なんど》も弾《たま》にあたりそうになった。走《はし》って逃《に》げようとしても、足《あし》がうごかなかった。その足《あし》のすぐそばで爆弾《ばくだん》は破裂《はれつ》した。体《からだ》が飛《と》ばされるのがわかった。

母《かあ》さんにゆり起《お》こされることもあった。起《お》きなさい、目《め》をあけてごらん、と母《かあ》さんはわたしをゆすった。わたしが眠《ねむ》りながら大声《おおごえ》をあげたからだった。

「かんたんドレッシングもおしえたげる」とおばさんはいった。

いわれるとおりに鰹節《かつおぶし》をボウルに入《い》れて、そこにお湯《ゆ》をそそいだ。それを漉《こ》してだしをつくった。

「はい、お醬油《しょうゆ》」とおばさんはいった。

スプーンではかってお醬油《しょうゆ》をボウルに入《い》れた。

「砂糖《さとう》」といわれると、お砂糖《さとう》を入《い》れた。それから塩《しお》、胡椒《こしょう》を入《い》れ、サラダ油《あぶら》と酢《す》を入《い》れた。

「まぜる」

「はい」

わたしは泡《あわ》だて器《き》でしゃかしゃかとかきまぜた。

「よろしい」

おばさんはいった。

タコとトマトとキュウリの上《うえ》にドレッシングをかけた。

「わたしにまぜさせて」

わたしは菜箸《さいばし》で全体《ぜんたい》にドレッシングがからまるように、まぜあわせた。

おばさんは食器棚《しょっきだな》から、ガラスのサラダボウルと蔦《つた》の模様《もよう》の大皿《おおざら》をとりだした。ボウルにサラダを移《うつ》しいれ、トマトとキュウリとタコがバランスよくまじりあうよう、箸《はし》でととのえた。大皿《おおざら》には棒棒鶏《バンバンジー》を盛《も》りつけた。おいしそうに見《み》えるように中央《ちゅうおう》をすこし高《たか》くして、そこにすり鉢《ばち》の底《そこ》にのこっていた胡麻《ごま》だれをたらした。

「よろしい」

おばさんは自分《じぶん》にいった。

それからおばさんは寝室《しんしつ》に入《はい》っていった。深緑色《ふかみどりいろ》のじゅうたんを敷《し》いたおばさんの寝室《しんしつ》には、深紅《しんく》のカバーをかけた大《おお》きなベッドがある。壁には二つのスピーカー。そのあいだにフロアスタンド。棚《たな》には、ジャズのCDがぎっしりならび、アクセサリーがごちゃごちゃと入《い》れてある大《おお》ぶりなガラス鉢《ばち》もある。

家《いえ》の外《そと》をバイクが通《とお》りすぎていく音《おと》がきこえる。

「あった」

おばさんはカメラを手《て》に寝室《しんしつ》からでてきた。そしてサラダと鶏料理《とりりょうり》の写真《しゃしん》を撮《と》りはじめた。角度《かくど》をいろいろにかえ、大写《おおうつ》しになるようにカメラのレンズをだしたり、それからまたひっこめたりした。フラッシュをたいたり、フラッシュなしにしたり。何枚《なんまい》も撮《と》った。

また飛行機《ひこうき》の轟音《ごうおん》がきこえてきた。すさまじい音《おと》だ。ギィーン。頭《あたま》のま上《うえ》できこえる。

わたしは首《くび》をちぢめ、手《て》で耳《みみ》をふさぐ。わたしを見《み》て、おばさんがわらっている。

おばさんは写真《しゃしん》を撮《と》りおえると、「よろしい」といった。

「きょう、タキは店《みせ》をあけているの?」

おばさんは棒棒鶏《バンバンジー》とサラダをそれぞれ、ちいさなお皿《さら》にとり分《わ》けて、わたしの前《まえ》においてくれた。

「昼間《ひるま》はあけててもしょうがないって、父《とう》さんがいってた」

箸《はし》をもらって棒棒鶏《バンバンジー》から食《た》べる。甘《あま》くて辛《から》くて、おいしい。胡麻《ごま》がたっぷりで、鶏《とり》もキュウリもおいしい。

「商売《しょうばい》っ気《け》がないわねえ。見物人《けんぶつにん》が十万人《まんにん》くらい基地《きち》に来《く》るっていうじゃない」

おばさんも自分《じぶん》のお皿《さら》のサラダを食《た》べる。うん、うん。うなずいている。

「去年《きょねん》のフレンドシップ・デーには店《みせ》をあけたけれど、ほとんどお客《きゃく》が入《はい》らなかったんだって。トイレを使《つか》いたくて入《はい》ってくる人《ひと》だけだったたって。そういう人《ひと》はコークとかコーヒーしかたのまないから、商売《しょうばい》にならなかったって」

「なるほど」

おばさんは食《た》べるのが速《はや》い。話《はなし》をしながら、もうサラダも鶏《とり》も食《た》べおえていた。

「楓《かえで》ちゃんはきらいな人《ひと》はいないの?」

立《た》ちあがってお皿《さら》を片《かた》づけながら、おばさんはいった。

わたしはきらいな人《ひと》を思《おも》い浮《う》かべようとする。学校《がっこう》の先生《せんせい》や、同《おな》じクラスの乱暴《らんぼう》な男《おとこ》の子《こ》や、近所《きんじょ》の人《ひと》のことを考《かんが》える。でも、あの人《ひと》はきらい、といえるほどの人《ひと》はいなかった。あまり好《す》きじゃない先生《せんせい》や、あまり好《す》きじゃない同級生《どうきゅうせい》はいるけれど、きらいというほどでもなかった。

そういうと、おばさんは「似《に》てる、似《に》てる」とわらった。

「お母《かあ》さんに似《に》てるわねえ、そういうところ。あんまり感情《かんじょう》を表《おもて》にださないところ。あたしと姉《ねえ》さんは性格《せいかく》がまるっきりちがうから。あたしはすぐにかっとなっちゃうほうだから」

おばさんは子《こ》どものころの話《はなし》をはじめた。母親《ははおや》がいつも自分《じぶん》ばかり叱《しか》っていた、といった。二歳《さい》ちがいの姉《あね》とくらべられてつらかった、といった。どうしておまえは反抗《はんこう》ばかりするんだ、おまえがわたしの命《いのち》をちぢめていると嘆《なげ》かれて、かなしかった、とおばさんはいった。

「親《おや》にしても、かわいい子《こ》と、そうでもない子《こ》というのがあるのよ。どの子《こ》もかわいいっていうのはね、あれはうそ。その点《てん》、楓《かえで》ちゃんは一人《ひとり》っ子《こ》でよかったじゃない。親《おや》に好《す》かれない子《こ》どもっていうのは、つらいものなんだ」

おばさんは密閉容器《みっぺいようき》を二つだして、棒棒鶏《バンバンジー》とサラダをそれぞれに入《い》れた。

「お母《かあ》さんにわたして。お昼《ひる》ご飯《はん》のおかずにって」

容器《ようき》をわたしにさしだした。


家《いえ》に帰《かえ》ると、父《とう》さんはもう起《お》きていて、台所《だいどころ》で新聞《しんぶん》を読《よ》んでいた。

「父《とう》さん、おはよう」

そういって、おばさんにわたされたおかずをテーブルにおいた。

うん、と返事《へんじ》をして、それから父《とう》さんは顔《かお》をあげてわたしを見《み》た。

「基地《きち》には行《い》かないのか」

父《とう》さんはきいた。

「行《い》かない」

「ふーん。まあ毎年《まいとし》行《い》くようなもんじゃないよ。あきたか。楓《かえで》もそういう年《とし》ごろになったか」

父《とう》さんはまた新聞《しんぶん》を読《よ》みはじめた。うしろの髪《かみ》はもしゃもしゃと寝《ね》ぐせがついたままだ。

「タキはゴールデン・ウィークでも、お休《やす》みはないの？」

「ないね。連休《れんきゅう》といっても日本《にほん》の祭日《さいじつ》だから。アメリカさんには関係《かんけい》ないからね」

裏《うら》の庭《にわ》でしゃがんでいる母《かあ》さんの背中《せなか》が見《み》える。草《くさ》むしりをしているみたいだ。

「父《とう》さん、何歳《なんさい》」とわたしはたずねた。

「三十九」とこたえてから、「親《おや》の年《とし》も知《し》らないのか」と父《とう》さんは顔《かお》をあげた。「母《かあ》さんは四十」と付《つ》けくわえて、頭《あたま》をうしろへすこし反《そ》らした。「どうして？」

父《とう》さんは新聞《しんぶん》をたたんだ。

「なんとなく。父《とう》さんはずっとタキをつづけるの？」

わたしは椅子《いす》に腰《こし》かけた。

「そうだなあ。先細《さきぼそ》りかなあ。まあ、楓《かえで》がおとなになるまでは、なんとかがんばるさ」

父《とう》さんは手《て》で髪《かみ》をなでつけた。

二年《ねん》まえにおじいちゃんがきゅうに亡《な》くなったあと、それまで市場《いちば》で働《はたら》いていた父《とう》さんは仕事《しごと》をやめ、おじいちゃんの跡《あと》をついで「スナック・タキ」をおばあちゃんと二人《ふたり》でやることになった。夜《よる》七時《じ》から朝《あさ》の四時《じ》まで店《みせ》をあけている。父《とう》さんが家《いえ》に帰《かえ》ってくるのは朝《あさ》五時《じ》ごろで、わたしがまだ眠《ねむ》っている時間《じかん》だ。

タキは、国道《こくどう》と基地《きち》にむかう道路《どうろ》が交《まじ》わるフォーコーナーの角地《かどち》にある。古《ふる》い建物《たてもの》の二階《かい》で、一階《かい》は「クィーン」というバーだ。父《とう》さんは店《みせ》では、日本人《にほんじん》のお客《きゃく》からは「マスター」と呼《よ》ばれ、アメリカ人《じん》のお客《きゃく》からは「パパさん」と呼《よ》ばれている。

店《みせ》での父《とう》さんは、むっつりした顔《かお》をして、カウンターのなかに立《た》っている。お客《きゃく》が入《はい》ってきて、「いらっしゃい」というときだけ笑顔《えがお》になるけれど、ずっと笑顔《えがお》のままではいられないからか、すうっと笑顔《えがお》は消《き》えて、またもとの顔《かお》になる。もとの顔《かお》をしているだけなのに、どことなく居心地《いごこち》わるそうにむっつりした顔《かお》になる。おじいちゃんもそうだった。おじいちゃんもどことなくむっつりしていた。

カウンターのなかから、父《とう》さんはときどき、ちらりちらりと店内《てんない》をながめまわす。だれかがなにかほしがっていないかと、テーブルのお客《きゃく》やカウンターのお客《きゃく》に目《め》をやる。飲《の》み物《もの》の注文《ちゅうもん》があると、それは父《とう》さんの仕事《しごと》で、生《なま》ビールをジョッキに注《つ》ぎ、サワードリンクをつくる。

料理《りょうり》をするのはおばあちゃん。おばあちゃんはいつも、だれにでも笑顔《えがお》で話《はなし》をする。昔《むかし》なじみのお客《きゃく》が来《く》るとキッチンからでてきて、エプロンをはずし、話《はな》しこむこともある。

子《こ》どもがしょっちゅう店《みせ》に出入《でい》りするもんじゃない、と母《かあ》さんにはいわれているけれど、わたしはときどきタキに行《い》く。九時《じ》ごろまでタキでテレビを見《み》ていることもある。そうすると、母《かあ》さんが迎《むか》えにくる。

「夜《よる》、出歩《である》くくせをつけちゃだめよ」と、帰《かえ》り道《みち》で母《かあ》さんにいわれる。

わかってる、とわたしは返事《へんじ》をする。わたしは母《かあ》さんの腕《うで》に自分《じぶん》の腕《うで》をからませて、くっついて歩《ある》く。母《かあ》さんがだんだん早足《はやあし》になる。わたしも負《ま》けないように早足《はやあし》になる。最《さい》後《ご》は腕《うで》をくんだまま、二人《ふたり》で走《はし》って家《いえ》に帰《かえ》る。

「わたしが大《おお》きくなって、父《とう》さんがおじいさんになったら、わたしがタキをつぐの?」

自分《じぶん》がタキのカウンターに立《た》っている姿《すがた》を想像《そうぞう》する。

煙草《たばこ》をふかしながらテレビを見《み》ていた父《とう》さんは、ちらっとわたしの顔《かお》を見《み》た。わたしが本気《ほんき》でいっているのか、それともただの冗談《じょうだん》か、たしかめたみたいだ。父《とう》さんは目《め》をテレビの画面《がめん》にもどして、にやりとわらった。でもなにもいわなかった。

ほかの店《みせ》がどんどんつぶれていっても、タキだけはつぶれず、つづいてほしいと思《おも》う。夜《よる》になると窓《まど》の外《そと》に青《あお》いネオンが「ＴＡＫＩ」とともる。あれはずっと消《き》えないでほしい。でも、わたしがタキをつぐといったら、きっと母《かあ》さんは反対《はんたい》するだろう。母《かあ》さんはわたしに、ああいう仕事《しごと》をしてほしくないのだ。父《とう》さんが市場《いちば》をやめるといったときも、母《かあ》さんは反対《はんたい》した。

母《かあ》さんが家《いえ》に入《はい》ってきた。

「紀理《きり》ちゃんは、きょうは用事《ようじ》があって基地《きち》に行《い》けないの？」

土《つち》でよごれた手《て》を前《まえ》のほうへつきだして、母《かあ》さんはわたしにたずねた。

「さあ」

「そうよね。中学生《ちゅうがくせい》になったら、家《いえ》の用事《ようじ》もしなきゃね。遊《あそ》んでばかりはいられないよね。紀理《きり》ちゃんも、できるだけお父《とう》さんを助《たす》けてあげなくちゃ」

母《かあ》さんは台所《だいどころ》を横切《よこぎ》っていった。青《あお》いよれよれのTシャツを着《き》た母《かあ》さんの背中《せなか》を見《み》る。ときどき、母《かあ》さん、もうすこしちがった感《かん》じでいてくれないかな、と思《おも》う。手助《てだす》けしてあげなくちゃ、とか、そういうことをいわないでほしい、と思《おも》う。「これはこう」と、どうしていっちゃうのかな、と思《おも》う。

わたしと付《つ》きあわないほうがいいよ、といった紀理《きり》ちゃんの言葉《ことば》が、なんだか胸《むね》のなかで重《おも》たい。思《おも》いだすと気持《きも》ちがぞくっとする。あれは、ぽろっとでた言葉《ことば》なんかじゃなくて、あのことこそ、わたしにいいたかったことなんじゃないか、とそんな気《き》がする。

洗《あら》った手《て》をタオルでふきながら母《かあ》さんが台所《だいどころ》に入《はい》ってきた。テーブルの二つの容器《ようき》のふたをあけて、なかのものをたしかめた。

「おいしそうだ」

母《かあ》さんは笑顔《えがお》になった。

2

日曜日《にちようび》の朝《あさ》は、うちはみんなとてもゆっくりしている。父《とう》さんはもちろん昼《ひる》ごろまで眠《ねむ》っているし、母《かあ》さんも仕事《しごと》が休《やす》みなので十時《じ》ごろまで寝《ね》ている。よその家《いえ》もそうだろうと思《おも》っていた。でも、紀理《きり》ちゃんの家《いえ》に泊《と》めてもらったとき、紀理《きり》ちゃんのお父《とう》さんは日《にち》曜日《ようび》の朝《あさ》も、七時《じ》ごろにはもう起《お》きていた。

おじさんの勤《つと》め先《さき》はスーパーマーケットなので、日曜日《にちようび》でもほかの日《ひ》と同《おな》じように、朝《あさ》、仕事《しごと》にでかけていった。おじさんは水曜日《すいようび》が休日《きゅうじつ》らしかった。だから紀理《きり》ちゃんは、日曜日《にちようび》はいつもひとりですごしているらしかった。紀理《きり》ちゃんはお父《とう》さんと二人《ふたり》で暮《く》らしているから。

おそい朝《あさ》ご飯《はん》を食《た》べて、わたしはヴィレッジに行《い》ってみることにした。もしかすると、紀理《きり》ちゃんがいるかもしれないと思《おも》った。

「ピース・ヴィレッジ」の建物《たてもの》は、フォーコーナーを基地《きち》へむかう道《みち》のとちゅうにある。

たいていの人《ひと》はきちんとした名《な》を呼《よ》ばず、ただ「ヴィレッジ」という。最初《さいしょ》、だれにさそわれてヴィレッジに行《い》ったのか、いまではもう思《おも》いだせない。たぶん卓球《たっきゅう》をしに行《い》ったのだと思《おも》う。ヴィレッジには卓球台《たっきゅうだい》のある広《ひろ》い部屋《へや》があって、子《こ》どもも自由《じゆう》に出入《でい》りしている。

その部屋《へや》でお菓子《かし》を食《た》べたり、持《も》ってきた漫画《まんが》を読《よ》んだりしている子《こ》もいた。ただおしゃべりをして時間《じかん》をすごすこともあった。その部屋《へや》にはピアノもあって、ピアノを弾《ひ》く子《こ》もいた。そして夕方《ゆうがた》六時《じ》になると、森野《もりの》さんが部屋《へや》にやってきて、「さあ六時《じ》よ。子《こ》どもたち、もう家《いえ》に帰《かえ》んなさーい」と、わたしたちにいった。

ヴィレッジに来《く》るときは、たいていだれかといっしょだった。ここ一年《ねん》は、紀理《きり》ちゃんといっしょのことが多《おお》かった。いつのまにか、毎日《まいにち》、学校《がっこう》から帰《かえ》ると紀理《きり》ちゃんと遊《あそ》ぶようになっていた。紀理《きり》ちゃんが中学生《ちゅうがくせい》になるまでは。紀理《きり》ちゃんは一つ年上《としうえ》の姉《ねえ》さんみたいでもあった。学校《がっこう》の帰《かえ》りも、わたしが紀理《きり》ちゃんの教室《きょうしつ》に迎《むか》えにいったり、紀理《きり》ちゃんがわたしの教室《きょうしつ》をのぞいてくれたりして、いっしょに帰《かえ》った。紀理《きり》ちゃんは頭《あたま》の回転《かいてん》がとても速《はや》い。おかしな冗談《じょうだん》をつぎからつぎにくりだしてわたしをわらわせる。へんな言葉《ことば》をつくりだしたりもする。道《みち》を歩《ある》いていて、いきなり「てむてむ」といったりする。わたしも「てむてむ」と真似《まね》をする。それからしばらくのあいだ、なにかといえば「てむてむ」と、二人《ふたり》でいいあう。テレビのＣＭの真似《まね》もうまい。わたしがＣＭの真似《まね》をすると、「そんなことやってると、頭《あたま》がばかになるよ」と顔《かお》をしかめて、それから自分《じぶん》で真似《まね》してみせる。

ドアノブをゆっくりまわして、ドアをそっと開《ひら》いた。ちりん。ドアベルが鳴《な》る。コーヒーの香《かお》りがしている。

「こんにちは」

入《い》り口《ぐち》に立《た》って、だれにというわけでもなく、いった。

森野《もりの》さんの姿《すがた》は見《み》えない。丸《まる》テーブルには知《し》らない男《おとこ》の人《ひと》がすわっている。基地《きち》のアメリカ人《じん》だ。ちらっとわたしを見《み》る。でも、なにもいわない。その人《ひと》は読《よ》んでいた本《ほん》にまた目《め》をおとした。

カウチにも知《し》らないアメリカ人《じん》が二人《ふたり》。コーヒーカップを手《て》におしゃべりしている。その前《まえ》を横切《よこぎ》って、卓球台《たっきゅうだい》の部屋《へや》に行《い》ってみる。コン、コン。球《たま》が台《だい》を打《う》つ音《おと》がきこえている。

卓球《たっきゅう》をしていたのはモジドと悠《ゆう》ちゃんだった。紀理《きり》ちゃんは来《き》ていないみたいだ。

「こんにちは」

モジドがわたしにいう。

「うぃっす」

悠《ゆう》ちゃんもいって、球《たま》を打《う》つ。スマッシュ。球《たま》は台《だい》の角《かど》ぎりぎりのところに入《はい》った。

「オー」

モジドはラケットを持《も》つ手《て》を上《うえ》にあげる。

「二対《たい》六」

カウントしてから、悠《ゆう》ちゃんはTシャツの袖《そで》をまくりあげた。

サーブする悠《ゆう》ちゃんの背中《せなか》が見《み》えた。Tシャツの背中《せなか》に「ぶち、がんばる」と、手書《てが》き文字《もじ》で染《そ》めぬいてある。「ぶち」は方言《ほうげん》で、すごく、という意味《いみ》だ。

モジドはインド人《じん》だ。近《ちか》くのテーラーショップで働《はたら》いている。店《みせ》では派手《はで》なTシャツやジャンパーを売《う》っているのに、モジドはいつ見《み》ても白《しろ》いワイシャツを着《き》ている。日本語《にほんご》はまだあまり話《はな》せない。モジドのほかにも、テーラーショップで働《はたら》いているインド人《じん》は藪通《やぶどお》りには何人《なんにん》もいる。テーラーショップの経営者《けいえいしゃ》もほとんどがインド人《じん》、もしかするとパキスタン人《じん》かもしれなかった。その人《ひと》たちはみな日本語《にほんご》もじょうずだ。そしてどの人《ひと》もきめごとのように白《しろ》いワイシャツを着《き》ている。けれどヴィレッジに来《き》ているのはモジドだけのようだった。ほかのインド人《じん》をヴィレッジで見《み》かけたことはなかった。

わたしはカウチに腰《こし》をおろした。

「ひまな小学生《しょうがくせい》が来《き》たぞ」

そういって、悠《ゆう》ちゃんは腰《こし》をおとしてサーブした。球《たま》はふわっとあがって、台《だい》におちたときには斜《なな》めに変化《へんか》してモジドのラケットからそれた。

「オー」

モジドがまた手《て》を上《うえ》にあげる。

「わるいよ」

モジドがいう。

悠《ゆう》ちゃんがいう。

「わるくないよ」

モジドは「いいよ」といったり、「おいしいよ」といったり、語尾《ごび》に「よ」をつけてしゃべる。いつも店《みせ》の前《まえ》に立《た》って、道《みち》を通《とお》る日本人《にほんじん》に「安《やす》いよー」と声《こえ》をかけているから、くせになっているんだと思《おも》う。

モジドは二十歳《はたち》くらいだ。二十五歳《さい》くらいかもしれない。モジドは遠《とお》い国《くに》の、どんな町《まち》で育《そだ》ったのかなと思《おも》う。村《むら》かもしれない。どんな家族《かぞく》と暮《く》らしていたんだろう。何番《なんばん》めの子《こ》どもなんだろう。家族《かぞく》はいまもその国《くに》で、みんないっしょに暮《く》らしているんだろうか。どうしてモジドだけが、こんな遠《とお》い日本《にほん》にやって来《く》ることになったんだろう。日本語《にほんご》はわずかしかしゃべれないモジドから、そんな話《はなし》をきくのはむずかしい。

「紀理《きり》ちゃん、来《こ》なかった？」

「なかった、と思《おも》う」

悠《ゆう》ちゃんはまた腰《こし》をおとしてサーブする。斜《なな》めに大《おお》きくラケットをスライドさせる。球《たま》は変化《へんか》する。モジドはとれない。

「二対《たい》八」

ふっふっふ。悠《ゆう》ちゃんはわらう。

悠《ゆう》ちゃんは高校《こうこう》一年《ねん》で、高校《こうこう》では写真部《しゃしんぶ》に入《はい》っている、といっていた。

悠《ゆう》ちゃんのことは昔《むかし》から知《し》っている。知《し》っているというより、すごく仲《なか》よしだった。ずっとまえ、悠《ゆう》ちゃんが小学《しょうがく》三年《ねん》のときに引《ひ》っ越《こ》していくまでは。それまで悠《ゆう》ちゃんはうちのとなりに住《す》んでいたのだ。いまは花絵《はなえ》おばさんが暮《く》らしている家《いえ》に、両親《りょうしん》と六歳《さい》年下《としした》の弟《おとうと》と住《す》んでいた。

悠《ゆう》ちゃんとわたしは、毎日《まいにち》いっしょに遊《あそ》んでいた。

そしてある日突然《ひとつぜん》、市内《しない》のどこかほかの場所《ばしょ》へと、悠《ゆう》ちゃんの家族《かぞく》は引《ひ》っ越《こ》していった。その日《ひ》、悠《ゆう》ちゃんは片手《かたて》にパンを持《も》ったまま、「じゃあね、かーちゃん。さいならー」とトラックに乗《の》りこんで、そのまま行《い》ってしまった。それっきり、悠《ゆう》ちゃんとは一度《ど》も会《あ》わなかった。ヴィレッジで去年《きょねん》の秋《あき》、再会《さいかい》するまで。

悠《ゆう》ちゃんにヴィレッジで会《あ》ったとき、あ、とすぐにわかった。六年《ねん》も会《あ》っていなかったのに、顔《かお》を見《み》たとたん、「悠《ゆう》ちゃん」と名前《なまえ》が口《くち》からでた。

「かーちゃんか」と悠《ゆう》ちゃんもいった。

悠《ゆう》ちゃん、ぜんぜんかわっていないと思《おも》った。でもよく見《み》ると、かわっていた。顎《あご》が強《つよ》くなった感《かん》じだった。背《せ》ものびていた。髪《かみ》ものびていた。でも、かわってない、とわたしは思《おも》った。

悠《ゆう》ちゃんは、フィルムの現像《げんぞう》を自分《じぶん》でやってみたいからヴィレッジの暗室《あんしつ》を使《つか》わせてもらっているんだよ、と話《はな》した。

「悠《ゆう》ちゃん、大《おお》きくなったねえ」とわたしはいった。

「かーちゃんも大《おお》きくなったよ。でも、まだ小学生《しょうがくせい》」

悠《ゆう》ちゃんは、ふっふっふと、わらった。

「小五《しょう》」

わたしはつんとした。

「小五《しょう》ですか」

悠《ゆう》ちゃんはちょっとばかにした口調《くちょう》でいった。悠《ゆう》ちゃん、まえもそういういい方《かた》をしていたなと、きゅうに昔《むかし》を思《おも》いだした。悠《ゆう》ちゃんがとなりに住《す》んでいたころのことを。

となり同士《どうし》だったときは、悠《ゆう》ちゃんと毎日《まいにち》いっしょだった。まるで兄妹《きょうだい》みたいに。悠《ゆう》ちゃんはカードを買《か》ってもらっても、ドラゴンボールのぬり絵《え》を買《か》ってもらっても、わたしに見《み》せに来《き》た。そのままうちの台所《だいどころ》で、わたしの色鉛筆《いろえんぴつ》を使《つか》ってぬり絵《え》をぬった。金《きん》色《いろ》の髪《かみ》の毛《け》は最後《さいご》にぬった。ちょっとだけぬらせて、とたのんでも、かーちゃんは線《せん》からはみだしちゃうからだめと、ぜったいにぬらせてくれなかった。

「けんか、してないかなー」

悠《ゆう》ちゃんは気《き》がむくと、わたしのベッドにあがって窓《まど》をわずかにあけ、反対《はんたい》どなりの家《いえ》をうかがった。

反対《はんたい》どなりにはあのころ、あおいさんとギルが住《す》んでいた。ギルは基地《きち》の海兵隊員《かいへいたいいん》で、あおいさんはバーで働《はたら》いていた。二人《ふたり》はよくけんかをしていた。その声《こえ》がうちまできこえてきた。低《ひく》いギルの声《こえ》と、英語《えいご》なのか何弁《なにべん》なのかわからない、まぜこぜ言葉《ことば》のあおいさんのかん高《だか》い声《こえ》が、ぎんぎんとひびいてきた。

窓《まど》のカーテンを体《からだ》に巻《ま》きつけて、きっきっきと悠《ゆう》ちゃんはうれしそうにわらった。

「すげえ。きょうのけんかはすげえ」と体《からだ》をよじった。

なにかを投《な》げつける音《おと》がして、ギルの怒鳴《どな》る声《こえ》もきこえて、どしんとぶつかる音《おと》もした。

「ねえ、なんていってるの」ときくと、悠《ゆう》ちゃんは「ぶっ殺《ころ》すっていってる。うわあ、ナイフでぶすっと、刺《さ》しましたあ」と、ベッドの上《うえ》ででんぐり返《がえ》りをした。

悠《ゆう》ちゃんには英語《えいご》でも何語《なにご》でもわかるのかと、あのころ、わたしは思《おも》っていた。

それからきゅうに音《おと》がやみ、しんとすると、わたしはほんとうにあおいさんが死《し》んじゃったのかと心配《しんぱい》した。死《し》んじゃった？　と悠《ゆう》ちゃんにきいても、悠《ゆう》ちゃんはばたんとたおれたままで、「もう手《て》おくれだ。もうナイフがぶすっ。うっ」と、白眼《しろめ》をむいた。

うっ。わたしもベッドにたおれた。

外《そと》で見《み》かけるギルはいつもにこにことおだやかな顔《かお》で、あおいさんはおしゃれな服《ふく》を着《き》て、指輪《ゆびわ》をいっぱいはめた手《て》でギルの腕《うで》をつかんでいた。

悠《ゆう》ちゃんねー、きょう、うちに泊《と》まる？　と、夕方《ゆうがた》になるとわたしはきいた。そのたびに、うん泊《と》まる、と悠《ゆう》ちゃんはこたえた。それなのに、悠《ゆう》ちゃんは夜《よる》になると、ご飯食《はんた》べてからまた来《く》るからね、と家《いえ》に帰《かえ》っていき、そしてそのままもどってはこなかった。


事務室《じむしつ》のドアがあいて、森野《もりの》さんがでてきた。あとからトニーもでてきた。館長《かんちょう》のニコラスさんもあらわれた。

「おはよう」

森野《もりの》さんがいった。森野《もりの》さんはめずらしくスカートをはいている。髪《かみ》はふんわりウェーブしている。

「ハーイ、楓《かえで》」

トニーもいった。

「楓《かえで》さん、いらっしゃい」

じょうずな日本語《にほんご》でニコラスさんはいった。ニコラスさんは六十歳《さい》くらいで、でっぷりとして、いつもにこやかだ。

わたしは立《た》ちあがって三人《にん》におじぎをした。「こんにちは」

モジドと悠《ゆう》ちゃんは卓球《たっきゅう》をやめて、表《おもて》の部屋《へや》に移《うつ》っていった。悠《ゆう》ちゃんの圧勝《あっしょう》だった。

ゲームがおわると、モジドは悠《ゆう》ちゃんに手《て》をさしのべた。

「グッド・ゲームよ」とモジドはいった。

「うん、まあ」

モジドの手《て》をにぎりしめながら、悠《ゆう》ちゃんはいった。

二人《ふたり》が表《おもて》の部屋《へや》に行《い》ってしまったので、わたしもうしろからついていった。

「ひま、なのか」

悠《ゆう》ちゃんがきいた。ポケットからハンカチをだして、汗《あせ》をぬぐいながら。

「紀理《きり》ちゃんをさがしに来《き》たの」とわたしはこたえた。

「紀理《きり》ちゃんて子《こ》と仲《なか》がいいんだな」

コーヒーメーカーからカップにコーヒーをそそぎながら、悠《ゆう》ちゃんはいった。

モジドが森野《もりの》さんに英語《えいご》で話《はな》しかけている。森野《もりの》さんがうごくのについて歩《ある》きながら。

モジドは早口《はやくち》で一方的《いっぽうてき》にしゃべっている。なにかを訴《うった》えているようなひびきだ。とても困《こま》ったことがあるような顔《かお》をしている。だれかにいわずにはいられない。そんなものが体《からだ》のなかからあふれだしているように見《み》える。森野《もりの》さんにどうしてもきいてもらいたいことがあって、それでいままで卓球《たっきゅう》をしながら、森野《もりの》さんが事務室《じむしつ》からでてくるのを待《ま》っていたのかもしれない。モジドのなかから黒《くろ》いけむりのように、くやしい気持《きも》ちがもわもわとあふれでているように見《み》える。

森野《もりの》さんはしずかに話《はなし》をきいている。ときどきちいさくうなずきながら。それからモジドの背中《せなか》にそっと手《て》をあてた。わたしにはわかっているから、気持《きも》ちをしずめなさいね、というように。

ヴィレッジに来《く》る人《ひと》はさまざまだ。基地《きち》のアメリカ人《じん》や、この町《まち》に住《す》んでいる人《ひと》や、藪《やぶ》通《どお》りのバーやスナックで働《はたら》いている人《ひと》や、アメリカ人《じん》と結婚《けっこん》して遠《とお》くの町《まち》からこの町《まち》にやってきた人《ひと》や、それから子《こ》どもたちも。

ただちょっとコーヒーを飲《の》みに立《た》ち寄《よ》る人《ひと》もいる。基地《きち》からはなれて落《お》ち着《つ》いた場所《ばしょ》でくつろぎたくて来《く》るアメリカ人《じん》もいる。英会話《えいかいわ》を習《なら》いにくる人《ひと》もいる。ちょっとだけおしゃべりをしたい人《ひと》や、ニコラスさんや森野《もりの》さんに相談《そうだん》したいことがある人《ひと》もいる。

おばあちゃんはヴィレッジのことを「教会《きょうかい》」と呼《よ》ぶ。ヴィレッジの屋根《やね》にちいさな十《じゅう》字架《じか》がついているから。でもヴィレッジではキリスト教《きょう》の儀式《ぎしき》みたいなものはおこなわれない。ただ大《おお》きい部屋《へや》が三つあるだけだ。そこにソファがあり、カウチがあり、英語《えいご》で書《か》かれた書物《しょもつ》や雑誌《ざっし》のつまった書棚《しょだな》があり、テレビがあり、コーヒーカウンターがある。

「行《い》こうかな」

悠《ゆう》ちゃんがバッグを肩《かた》にかけた。

「どこに？」

「写真《しゃしん》だよ」

「わたしもいっしょに行《い》ってもいい？」

「うん。まあ」

悠《ゆう》ちゃんは森野《もりの》さんやモジドにむかって、じゃあ、と手《て》をあげた。さようなら。わたしは悠《ゆう》ちゃんのあとから、ヴィレッジをでた。

悠《ゆう》ちゃんはゆっくり歩《ある》いていく。歩《ある》きながら右《みぎ》のほうを見《み》たり、空《そら》を見《み》あげたり、道端《みちばた》の草《くさ》を見《み》たり、それから立《た》ちどまる。首《くび》からさげたカメラを顔《かお》の前《まえ》にかまえて、ファインダーをのぞきこむ。でもすぐにはシャッターを切《き》らない。

悠《ゆう》ちゃんのカメラはデジカメではない。古《ふる》いタイプの重《おも》いカメラだ。おじいさんからもらったんだ、と悠《ゆう》ちゃんはいっていた。フィルムを入《い》れるんだよ、ここに、とカメラの説《せつ》明《めい》をしてくれた。白黒《しろくろ》の写真《しゃしん》だよ、と。フィルムの現像《げんぞう》って意外《いがい》にむずかしいんだよね、と最初《さいしょ》に会《あ》ったときに話《はな》してくれた。

悠《ゆう》ちゃんは「バー・クィーン」にカメラをむけている。クィーンのドアは落書《らくが》きでいっぱいだ。落書《らくが》きを撮《と》ろうとしているのかもしれない。

カシャ。

シャッターの音《おと》がきこえる。悠《ゆう》ちゃんは指《ゆび》でフィルムをシャッと巻《ま》きあげる。

それから、かまえたカメラをすこし上《うえ》のほうにむける。そこにはタキの窓《まど》がある。窓辺《まどべ》におかれたベゴニアの鉢《はち》が見《み》える。サボテンも見《み》える。「ＴＡＫＩ」のネオンは昼間《ひるま》見《み》ると白色《はくしょく》のくねった管《かん》でしかなくて、ぜんぜん目立《めだ》たない。

悠《ゆう》ちゃんがシャッターを切《き》る。それからまた、シャッとフィルムを巻《ま》きあげる。

「なにを撮《と》りたいの？」

「なにって、きめてるわけじゃないよ」

「町《まち》を撮《と》ってるの？」

「町《まち》も撮《と》る。人《ひと》も撮《と》るし、空《そら》も撮《と》るし、車《くるま》も撮《と》る。なんでも被写体《ひしゃたい》」

悠《ゆう》ちゃんが道《みち》をわたっていく。わたしもわたる。

悠《ゆう》ちゃんが立《た》ちどまる。カメラをむけたのは自転車屋《じてんしゃや》さん。店《みせ》の前《まえ》にぎゅうぎゅうに中古自転車《ちゅうこじてんしゃ》や中古《ちゅうこ》バイクがならんでいる。そのいちいちに、大《おお》きい文字《もじ》で値段《ねだん》を書《か》いた紙《かみ》がはりつけてある。悠《ゆう》ちゃんがカメラをむけるまで、自転車屋《じてんしゃや》さんを立《た》ちどまってながめたことなんてなかった。

カメラをかまえて、じっと被写体《ひしゃたい》をながめる悠《ゆう》ちゃんのそばにいると、自分《じぶん》がこの町《まち》の住人《じゅうにん》じゃないような気《き》がしてくる。いつのまにか、よその町《まち》から来《き》た人《ひと》の目《め》になって自《じ》転車屋《てんしゃや》さんをながめている。

「なんか、おもしろい」とわたしはいった。

「カメラはスケッチ帳《ちょう》だから」

レンズにキャップをかぶせながら、悠《ゆう》ちゃんはいった。

「どういう意味《いみ》?」

「ぼくの言葉《ことば》じゃないよ。ブレッソンがそういった、らしい」

悠《ゆう》ちゃんはまた歩《ある》きだす。

「だれ?」

「かーちゃんは知《し》らなくてもいいの」

わたしは手《て》を丸《まる》めて、目《め》にあててみた。片方《かたほう》の目《め》をとじて、ファインダーからのぞくと藪通《やぶどお》りはこんなふうに見《み》えるのかな、と想像《そうぞう》する。手《て》をあてたまま、ぐるりと周囲《しゅうい》をながめた。わたしならなにを撮《と》るかな、と考《かんが》えた。わざわざ写真《しゃしん》に撮《と》らなきゃならないものがあるようには思《おも》えなかった。

紀理《きり》ちゃんの家《いえ》へ通《つう》じる小道《こみち》のところまでくると、わたしは悠《ゆう》ちゃんについて歩《ある》くのをやめた。


「鈴川《すずかわ》ハウス」の二階《かい》のいちばん奥《おく》が紀理《きり》ちゃんの家《いえ》だ。

階段《かいだん》をあがっていると、カラスが大声《おおごえ》で鳴《な》きながら目《め》の前《まえ》を横切《よこぎ》り、斜《なな》め前《まえ》の電柱《でんちゅう》にとまった。すぐあとからもう一羽《わ》、ばさばさと羽音《はおと》をたてて飛《と》んできて、さっきのカラスの横《よこ》にとまった。紀理《きり》ちゃんの家《いえ》に来《き》てしまったけれど、来《き》ちゃいけなかったのかな。心配《しんぱい》な気持《きも》ちがわいてくる。見《み》なれた階段《かいだん》が、なんだかよそよそしく感《かん》じられる。

わたしは紀理《きり》ちゃんの家《いえ》のドアをノックした。チャイムのボタンを押《お》そうかなといつも迷《まよ》って、そしていつもノックする。

家《いえ》のなかで足音《あしおと》がきこえた。それからドアがあいた。紀理《きり》ちゃんだった。

「よっ」

紀理《きり》ちゃんはいった。いつもとかわらない。

「よっ」

わたしもいった。ほっとする。

「あがる？」

いいながら、紀理《きり》ちゃんはドアを大《おお》きく開《ひら》いてくれた。

「おじゃまします」

戸口《とぐち》のほうをむいて靴《くつ》をそろえてぬぎ、家《いえ》にあがった。紀理《きり》ちゃんの家《いえ》のにおい。食《た》べ物《もの》のにおいではない。うちのように煙草《たばこ》を吸《す》う人《ひと》もいないから、染《し》みついた煙草《たばこ》のにおいでもない。清潔《せいけつ》なにおい。

奥《おく》の部屋《へや》の、紀理《きり》ちゃんの勉強机《べんきょうづくえ》には開《ひら》いた教科書《きょうかしょ》とノートがあった。

「勉強《べんきょう》？」

「まあ」

紀理《きり》ちゃんは居間《いま》から座椅子《ざいす》を一つはこんでくると、「すわって」とわたしにいって、自《じ》分《ぶん》も座椅子《ざいす》にすわった。

「ひまなんだ」

わたしを見《み》あげて、紀理《きり》ちゃんはいった。

「うん」

斜《なな》めにたおれすぎていた背《せ》もたれを元《もと》にもどしてから、座椅子《ざいす》にすわった。紀理《きり》ちゃんの家《いえ》は、このまえ来《き》たときとすこしもかわっていない。いつもと同《おな》じで、きちんとととのえられている。きっと紀理《きり》ちゃんもお父《とう》さんも、とてもきれい好《ず》きなんだと思《おも》う。両親《りょうしん》はわたしが小学校《しょうがっこう》にあがるまえに離婚《りこん》したの、と紀理《きり》ちゃんは話《はな》してくれた。母《かあ》さんにもときどきは会《あ》うよ、といっていた。

三年生《ねんせい》のとき、運動会《うんどうかい》の練習《れんしゅう》をしているときに、紀理《きり》ちゃんと仲《なか》よくなった。わたしも紀理《きり》ちゃんもリレーの選手《せんしゅ》にえらばれていたから、毎日放課後《まいにちほうかご》にいっしょに練習《れんしゅう》をしているうちに、いつのまにかいっしょに遊《あそ》ぶようになった。

紀理《きり》ちゃんは足《あし》が速《はや》い。六年生《ねんせい》のときの運動会《うんどうかい》では紅白《こうはく》リレーのアンカーだった。紀理《きり》ちゃんは前《まえ》の人《ひと》をじりじりと追《お》いあげては一人《ひとり》、また一人《ひとり》とぬいていき、三人《にん》をぬきさって、一位《い》でテープを切《き》った。わたしは白組《しろぐみ》だったから、ほんとうは赤組《あかぐみ》の紀理《きり》ちゃんを応《おう》援《えん》しちゃいけなかったのに、応援席《おうえんせき》のいちばん前《まえ》にでて、「きりちゃーん」と大声《おおごえ》をだして応援《おうえん》した。一人《ひとり》ぬくたびに、わーっと手《て》をたたいた。

紀理《きり》ちゃんみたいになりたい、とわたしは思《おも》った。紀理《きり》ちゃんが見《み》るテレビ番組《ばんぐみ》をわたしも見《み》た。紀理《きり》ちゃんと同《おな》じ靴《くつ》を母《かあ》さんに買《か》ってもらった。紀理《きり》ちゃんの真似《まね》っこばっかりね、と母《かあ》さんにいわれても平気《へいき》だった。

紀理《きり》ちゃんは自転車《じてんしゃ》もスポーツタイプに乗《の》っている。これだとどこまででも行《い》けるよ、日本一周《にほんいっしゅう》もできるかもしれない、といった。わたしもつぎに自転車《じてんしゃ》を買《か》ってもらうときは、ぜったいスポーツタイプにしようと思《おも》っている。紀理《きり》ちゃんといっしょなら、ほんとうに日本一周《にほんいっしゅう》できるかもしれないと思《おも》う。

「買《か》ってもらったんだ」

紀理《きり》ちゃんは机《つくえ》から携帯電話《けいたいでんわ》をとりあげて、わたしに見《み》せた。「音楽《おんがく》もきけるよ」

わたしは携帯《けいたい》を持《も》っていない。まだ早《はや》い、と父《とう》さんにいわれている。紀理《きり》ちゃんの携帯《けいたい》は父《とう》さんや母《かあ》さんが持《も》っているのとはちがっていた。画面《がめん》がぐるぐるとスクロールする。

「いいねえ」

「自分《じぶん》の貯金《ちょきん》もだしたんだよぉ」

紀理《きり》ちゃんはわらった。「父《とう》さんが入院《にゅういん》しているから、携帯《けいたい》があったほうがなにかと便《べん》利《り》だから。だから買《か》ってもらえたの」

おどろいた。

「病気《びょうき》？」

「ちょっとね、手術《しゅじゅつ》をしたんだ。あんまり人《ひと》にいっちゃいけないっていわれてるんだけど」

紀理《きり》ちゃんは携帯《けいたい》を机《つくえ》にもどしながら、「フレンドシップ・デーには基地《きち》に行《い》ったの？」ときいた。

「行《い》かなかった」

「ふうん。そうなんだ」

「紀理《きり》ちゃんは、どうして行《い》かなかったの？」

「だってね」

紀理《きり》ちゃんは自分《じぶん》の爪《つめ》を見《み》ながらいった。そして、じっと爪《つめ》を見《み》たまま、「ばかげてるじゃん」と、ぽそっといった。

「ばかなの？」

「そういう意味《いみ》じゃなくて」

そういって紀理《きり》ちゃんは、力《ちから》ない感《かん》じでほんのすこしほほえんだ。

「もう、わたしとは遊《あそ》べないの？」

ちがう、ちがう。紀理《きり》ちゃんは頭《あたま》をふった。

紀理《きり》ちゃんはなにかをがまんしているような顔《かお》をしていた。中学生《ちゅうがくせい》になった紀理《きり》ちゃんが、きゅうにおとなになってしまったように感《かん》じる。まえはこんな感《かん》じじゃなかったんだけど、と思《おも》う。どうしちゃったんだろう、と思《おも》う。でも、そのことをうまくきけない。どういうふうにきけばいいのか、わからない。

「お父《とう》さんが病気《びょうき》だから？」とわたしはきいた。

うーん。紀理《きり》ちゃんはあいまいな返事《へんじ》をして、首《くび》をかしげた。

「だってね」

紀理《きり》ちゃんはまた自分《じぶん》の爪《つめ》を見《み》つめる。まるでそこからなにかがのびでるのを待《ま》っているみたいに。

「ちがうじゃん。わたし、楓《かえで》ちゃんの立場《たちば》とはちがうから」

それだけだから、といって、紀理《きり》ちゃんは壁《かべ》の時計《とけい》を見《み》た。もうすぐ十二時《じ》になろうとしていた。

タトゥー・ショップの角《かど》を家《いえ》のほうへまがると、悠《ゆう》ちゃんのうしろ姿《すがた》が見《み》えた。さっき別《わか》れたあとも、悠《ゆう》ちゃんはずっと写真《しゃしん》を撮《と》って歩《ある》いていたらしかった。

「悠《ゆう》ちゃん」

呼《よ》んでから、走《はし》って近《ちか》づいた。

「かわんねえなあ、ここら」

悠《ゆう》ちゃんがいった。

「ちょっとはかわったよ」

「いんにゃ、かわんねえ」

悠《ゆう》ちゃんは右《みぎ》に左《ひだり》に首《くび》をうごかす。

「ここ、ここ」

悠《ゆう》ちゃんは児童公園《じどうこうえん》に入《はい》っていった。

「ぜんぜんかわってない」

悠《ゆう》ちゃんは低《ひく》いブランコに腰《こし》をおろした。

「この金網《かなあみ》のいちばん上《うえ》まで、よじのぼったことがあるよ」

ブランコのうしろにはボール除《よ》けのフェンスがそびえていた。ずっとまえからそうだった。フェンスのむこうどなりは植木屋《うえきや》で、フェンスにしがみつくように背《せ》の高い夾竹桃《きょうちくとう》が生《お》いしげっている。男《おとこ》の子《こ》たちがときどき、このちいさな公園《こうえん》で野球《やきゅう》やサッカーをやっている。

「植木屋《うえきや》のおっさんに見《み》つかって怒《おこ》られたよ。ゴミを投《な》げこんでるのはおまえかって。バーカとさけんで、おりようとしたら、意外《いがい》に高《たか》くておりられないの。おっさんが来《く》るんじゃないかとあせっちゃって、しまいにゃおちたよ。あのおっさん、もう死《し》んじゃった？」

「生《い》きてるよ」

ふうん。悠《ゆう》ちゃんは立《た》ってカメラをかまえると、そびえるフェンスを撮《と》った。それから、雑草《ざっそう》が芝生《しばふ》のように生《は》えている公園《こうえん》のあちこちにレンズをむけたあと、パシャッと一度《ど》シャッターを切《き》った。

悠《ゆう》ちゃんがどんなものを撮《と》ろうとしているのか、わたしにはわからなかった。悠《ゆう》ちゃんがカメラをむけるものは、美《うつく》しいといえるものでもなく、しるしになるようなものでもなく、特別《とくべつ》な意味《いみ》などありそうもない、ごくありふれたものばかりだ。

悠《ゆう》ちゃんはぶらりとした足《あし》どりで公園《こうえん》をでると、ごちゃごちゃと家《いえ》がくっつきあってならんでいるうちのほうにむかって歩《ある》きだした。

「言葉《ことば》じゃ、伝《つた》わらないことがあるから」

カメラをかまえたまま、悠《ゆう》ちゃんはいった。

悠《ゆう》ちゃんはいつのまにか、ずいぶん背《せ》がのびたんだなあと思《おも》う。わたしだってあのころとはちがうけど、と思《おも》う。

「どういうこと?」

「言葉《ことば》ってもんは不自由《ふじゆう》じゃん」

悠《ゆう》ちゃんはふりかえって、いま歩《ある》いてきた路地《ろじ》を撮《と》った。

「だろ」と、カメラから顔《かお》をはなしてわたしを見《み》た。

「さあ」

わたしは首《くび》をかしげた。

「カメラで見《み》ると、はじめて見《み》えてくるものがあるんだよなあ。ぼくはね、見《み》たいの、つまり。いいものも、わるいものも。きれいなものも、きたないものも。そういうこと」

悠《ゆう》ちゃんは空《あ》き家《や》にカメラをむけ、シャッターを切《き》った。玄関《げんかん》の前《まえ》には雑草《ざっそう》がのびている。

「かーちゃんには、まだわかんないことなの」

悠《ゆう》ちゃんはカメラのレンズにキャップをはめた。

「うち、寄《よ》っていく?」

「またこんどね」

悠《ゆう》ちゃんは、じゃあなといって、来《き》た道《みち》をもどっていった。

3

紀理《きり》ちゃんのお父《とう》さんはいま入院《にゅういん》していて、手術《しゅじゅつ》も受《う》けたんだって、と母《かあ》さんに話《はな》した。夕食《ゆうしょく》の片《かた》づけをしていた母《かあ》さんは「そう」と手《て》をとめた。

「お具合《ぐあい》、わるいの？」

「さあ」

「たいへんねえ」

母《かあ》さんは食器《しょっき》をふきながら、もう一度《いちど》「たいへんねえ」と低《ひく》い声《こえ》でいった。

お父《とう》さんがいないいま、紀理《きり》ちゃんは家《いえ》にひとりで暮《く》らしているはずだった。食事《しょくじ》の支度《したく》も洗濯《せんたく》も、お弁当《べんとう》づくりも自分《じぶん》でしているはずだ。紀理《きり》ちゃんは小学生《しょうがくせい》のときから洗濯《せんたく》をしたり、ご飯《はん》をたいたり、家《いえ》の手伝《てつだ》いをよくしていた。遊《あそ》んでいても五時《じ》になると、洗濯物《せんたくもの》をとりこまなくちゃ、と家《いえ》に帰《かえ》っていった。

「末広《すえひろ》さんは若《わか》いときから、やせておられたから。無理《むり》をされたのかなあ。おいくつになられるのかしら。わるい病気《びょうき》でなきゃいいけど」

案《あん》じるようにいってから、また「そう」と、母《かあ》さんは口《くち》のなかでつぶやいた。

「昔《むかし》から、おじさんを知《し》っているの？」

「あの方《かた》がフォーコーナーのところに立《た》って、兵隊《へいたい》さんたちにビラをわたしているのをよく見《み》かけたから。母《かあ》さんが、そうねえ、まだ中学生《ちゅうがくせい》のころかなあ。末広《すえひろ》さんは市役所《しやくしょ》の人《ひと》なのかと、あのころ母《かあ》さんは思《おも》ってた。毎週同《まいしゅうおな》じ場所《ばしょ》に立《た》っておられたから。この町《まち》のきまりとか、注意《ちゅうい》してほしいことやなんかを書《か》いた紙《かみ》をアメリカ人《じん》にわたしているのかなと、そんなふうに、どうしてか思《おも》っていた」

紀理《きり》ちゃんのお父《とう》さんはいまも、水曜日《すいようび》の夕方《ゆうがた》になると、フォーコーナーの信号《しんごう》のそばに立《た》っている。そして目《め》の前《まえ》を通《とお》りすぎるアメリカ人《じん》に紙《かみ》を手《て》わたしている。あれもおじさんの仕事《しごと》なのかと、わたしは思《おも》っていた。どんなに寒《さむ》い日《ひ》でも、毛糸《けいと》のマフラーをぐるぐる首《くび》に巻《ま》いて、でも手袋《てぶくろ》はしないで、一人《ひとり》ひとりに紙《かみ》をくばっている。立《た》ちどまったアメリカ人《じん》と話《はなし》をしていることもある。わたしは、あれはおじさんが働《はたら》いている藪通《やぶどお》りのスーパーマーケットのチラシかなんかかと、勝手《かって》に思《おも》いこんでいた。アメリカ人《じん》のお客《きゃく》にも来《き》てほしくて、くばっているのかと思《おも》っていた。

わたしは楓《かえで》ちゃんとはちがうから、といった紀理《きり》ちゃんの言葉《ことば》がよみがえる。あの言《こと》葉《ば》と、おじさんがたった一人《ひとり》で、ああいうことをしていることと、なにか関係《かんけい》があるんだろうか。

「えらいなあと思《おも》うけれど、でもね、どうなんだろう、とも思《おも》うわねえ」

母《かあ》さんも、おじさんのことを考《かんが》えているようだった。

「おじさんは、なんの紙《かみ》をくばってるの？」

「戦争《せんそう》に反対《はんたい》しようとか、核兵器《かくへいき》に反対《はんたい》ですとか、そういうことが英語《えいご》で書《か》いてあるらしいけど」

「英語《えいご》で？」

「アメリカ人《じん》にわたしているんだもの」

「ずうっと、何十年《なんじゅうねん》もまえからくばってるの？」

「母《かあ》さんが憶《おぼ》えてるだけでも、そうねえ、二、三十年《ねん》まえからかな。もしかすると、もっとまえからかもしれない。ベトナム戦争《せんそう》のころからかなあ」

「毎週《まいしゅう》？」

「みたい」

母《かあ》さんはふきおえた食器《しょっき》を食器棚《しょっきだな》におさめている。

「ずっと一人《ひとり》で？」

「ずっとまえは、一人《ひとり》じゃなかったんじゃないかな。昔《むかし》は何人《なんにん》か仲間《なかま》もいたんじゃないのかしら。そのうち、一人《ひとり》ぬけ、また一人《ひとり》ぬけて。まあ、ああいうことは、そういうものだろうけど」

おじさんが戦争《せんそう》に反対《はんたい》している、ということと、フォーコーナーにぽつんと立《た》って紙《かみ》をくばっている姿《すがた》とは、なんだかちぐはぐして、うまく結《むす》びつかない。おじさんがたった一人《ひとり》でやっていることは、なんだかとてもたよりない感《かん》じがする。しかも、それを何十年《なんじゅうねん》もつづけているなんて。わたしが生《う》まれるまえから、ずっとつづけているなんて。

「いくら信念《しんねん》だといってもねえ」

母《かあ》さんは食器棚《しょっきだな》のガラス扉《とびら》をしめた。「体《からだ》をこわすまでつづけるというのは、ねえ。紀《き》理《り》ちゃんだっているのに」

「おじさんのくばっている紙《かみ》をもらったことある？」

「ないよ」

「どうして」

「どうしてだろう」

母《かあ》さんはエプロンをはずした。

母《かあ》さんが台所《だいどころ》で、だれかと電話《でんわ》で話《はな》している声《こえ》がきこえる。

そうなの、もう三日《みっか》、帰《かえ》ってこないの。わからないの。ぜんぜんわからない。電話《でんわ》も通《つう》じないの。連絡《れんらく》もないの。

そうですか、わかりました、といった母《かあ》さんの声《こえ》は低《ひく》かった。

母《かあ》さんはきのうの晩《ばん》から、いろんな人《ひと》に電話《でんわ》をかけている。花絵《はなえ》おばさんが三日《みっか》まえから帰《かえ》ってこないからだ。三日《みっか》まえ、花絵《はなえ》おばさんがでかけていくのを見《み》たのはわたしだ。それっきり、花絵《はなえ》おばさんは帰《かえ》ってこない。

雨《あめ》のなか、緑色《みどりいろ》の傘《かさ》をさして、大《おお》きめのショルダーバッグを肩《かた》からかけ、花絵《はなえ》おばさんはゆっくりと、うちの窓《まど》の外《そと》を横切《よこぎ》っていった。おばさんの顔《かお》は長《なが》くたらした髪《かみ》にかくれて見《み》えなかったけれど、すたすたと目的地《もくてきち》にむかう人《ひと》の歩《ある》き方《かた》とはどこかちがっていた。こんなに雨《あめ》がふっているのに、車《くるま》じゃなくて、歩《ある》いてでかけなきゃならないなんて、とわたしは思《おも》った。おばさんの傘《かさ》がゆれながらゆっくりと遠《とお》ざかるのを、なぜだかわたしはずっと見《み》ていた。

「行《い》き先《さき》をきいてくれればよかったのに」と、きのうの晩《ばん》、母《かあ》さんはわたしにいった。わたしを責《せ》める口調《くちょう》ではなく、ひとり言《ごと》のようにいって、ぼんやりと手《て》のなかの携帯《けいたい》を見《み》つめていた。

おとなの花絵《はなえ》おばさんが迷子《まいご》になるはずはないし、どこかへ用事《ようじ》ででかけたんじゃないだろうか。そう思《おも》おうとしたけれど、母《かあ》さんがそんなふうに考《かんが》えていないことはわかった。雨《あめ》の日《ひ》の、黒《くろ》っぽいパンツをはいていた花絵《はなえ》おばさんのうしろ姿《すがた》を思《おも》いだすと、あのまま、どこかへ消《き》えてしまったような気《き》が、わたしもしだいにしはじめた。それに、花《はな》絵《え》おばさんは帰《かえ》りがおそくなるときは、かならず母《かあ》さんに電話《でんわ》して、佐助《さすけ》の世話《せわ》をたのんだ。

佐助《さすけ》はいま、自分《じぶん》の家《いえ》からしめだされたままだ。家《いえ》のまわりを鳴《な》きながら歩《ある》いている。

花絵《はなえ》おばさんがとなりの家《いえ》にやって来《く》るまでは、どこかにいるらしい叔母《おば》さんという、ぼんやりとした影《かげ》のような、お話《はなし》のなかの登場人物《とうじょうじんぶつ》のような人《ひと》でしかなかった。それが、となりに住《す》むようになったおばさんの行方《ゆくえ》がわからなくなってみると、おばさんのなにもかもが、きゅうにわからなくなった。おばさんは、エシャロットはマリネにも冷《れい》しゃぶにも合《あ》うのよ、と、できあがった料理《りょうり》の写真《しゃしん》を撮《と》りながらおしえてくれるだけの人《ひと》じゃなかったんだ。そんなことをしながら、わたしの想像《そうぞう》もつかないことを考《かんが》えていたんだ。そう考《かんが》えると、雨《あめ》のなかに消《き》えていったおばさんは、ほっそりした体《からだ》に、なにもかもくして持《も》っていってしまった、という気《き》がした。

おばさんはこっちに来《く》るまで、東京《とうきょう》のほうで、どんなことをしていたんだろう。その長《なが》い長《なが》い年月《ねんげつ》を想像《そうぞう》してみる。でも、うまく想像《そうぞう》することはできない。長《なが》い年月《ねんげつ》というものが想像《そうぞう》できないから。自分《じぶん》が生《う》まれてからいままでの十二年間《ねんかん》より以前《いぜん》のことを、思《おも》いえがくことができない。生《う》まれるまえのことは、ぜんぶ「昔《むかし》」のような気《き》がする。「遠《とお》い昔《むかし》」と「近《ちか》い昔《むかし》」の差《さ》がよくわからない。日本人《にほんじん》が着物《きもの》で暮《く》らしていたころと、文明開化《ぶんめいかいか》と、関東大震災《かんとうだいしんさい》と、どこで区切《くぎ》っても、ぜんぶ写真《しゃしん》のようにしか思《おも》い浮《う》かべることができない。

昔《むかし》、おばさんが人《ひと》の前《まえ》で歌《うた》を歌《うた》っていた姿《すがた》を、思《おも》い浮《う》かべることもできない。

おばさんは家《いえ》にいるとき、一日《いちにち》じゅうパジャマでいることもあった。ベッドに寝《ね》ころがってジャズをききながら煙草《たばこ》を吸《す》っていることもあった。家《いえ》のあちこちに灰皿《はいざら》があった。ベッド脇《わき》のちいさなテーブルにも、玄関《げんかん》のげた箱《ばこ》の上《うえ》にも、台所《だいどころ》のテーブルにも、流《なが》しの前《まえ》の棚《たな》にも。灰皿《はいざら》には折《お》れまがった吸殻《すいがら》が入《はい》っていた。

煙草《たばこ》をやめたら？　とおばさんにいうと、「おだまり」とおばさんはこたえた。でも顔《かお》はわらっていた。

おばさんはまた、「東京《とうきょう》のほう」へ行《い》ってしまったのだろうか。いったいなんのために？　おばさんはなにをかくし持《も》っていったのだろう。こっちに引《ひ》っ越《こ》してきてから、ずっとかくしていたことがあったのだろうか。なにもかも、わからなくなる。それはわたしが子《こ》どもだから、わからないんだろうか。

このごろ、おとなの考《かんが》えていることがわかる、と思《おも》うことがある。父《とう》さんの話《はな》している話《はなし》の意味《いみ》がつかめる。母《かあ》さんがだれかの話《はなし》をしているとき、その人《ひと》を好《す》きじゃないんだな、とわかる。

いつのまにか、わかるようになった。ちいさかったときは、おとなには世《よ》の中《なか》のことはぜんぶわかっているんだろうと思《おも》っていた。正《ただ》しいこともまちがっていることも、ぜんぶわかっているんだと。わかっているから、おとなのだと思《おも》っていた。

母《かあ》さんにもぜんぶわかっていると思《おも》っていた。母《かあ》さんはまちがわないと思《おも》っていた。でも、あるとき、そうじゃないんじゃないかと思《おも》いはじめた。なにもかもわかっているわけじゃない、と気《き》づいて、なんだかひどくがっかりした。そのころからだんだん、おとなの考《かんが》えていることがわかるようになった。

母《かあ》さんにがっかりした顔《かお》をしたくなかったけれど、でも、いつのまにか母《かあ》さんのいうことに、「それは母《かあ》さんの考《かんが》えでしょ」といったりするようになった。母《かあ》さんは「そうよ。それはそうだけど」とこたえて、それからちょっとかなしそうな顔《かお》をした。そういう母《かあ》さんの顔《かお》を見《み》ると、胸《むね》のなかがざらざらした。ひどいことをいってしまった気《き》がした。自分《じぶん》がいやな子《こ》になったような気《き》がした。このままだといやな人間《にんげん》になりそうで、そうならないためには、はっきりとしたなにか、どっしりした大木《たいぼく》みたいな、たよりになるものがほしいと思《おも》った。

紀理《きり》ちゃんは大木《たいぼく》ではないけれど、でも紀理《きり》ちゃんといると安心《あんしん》できた。「そりゃ意志《いし》の力《ちから》だよ」と、紀理《きり》ちゃんはいったりした。そんな言葉《ことば》をわたしは使《つか》ったことがなかったから、すごいと思《おも》った。「克己《こっき》」といったりもした。わたしは「国旗《こっき》」かと思《おも》ったけれど、ぜんぜんちがう意味《いみ》だった。紀理《きり》ちゃんはわらった。わらったけれど、それは言葉《ことば》を知《し》らないわたしをばかにしてわらったわけじゃなくて、ただ「うけた」だけだった。

「楓《かえで》」

母《かあ》さんが部屋《へや》に入《はい》ってきた。

「あしたは母《かあ》さんは家《いえ》にいるけど、月曜日《げつようび》からまた仕事《しごと》だから、楓《かえで》は学校《がっこう》から帰《かえ》ったら、どこにも行《い》かずに家《いえ》にいてくれる？　花絵《はなえ》がもどってくるかもしれないから。もどってきたら、すぐに母《かあ》さんに電話《でんわ》して」

「おばさんをさがしに行《い》かないの？」

母《かあ》さんはふうっと息《いき》を吐《は》いた。

「警察《けいさつ》にとどけなくてもいいの？」

母《かあ》さんは、うんうん、とうなずいた。

「大丈夫《だいじょうぶ》だと思《おも》うから」と母《かあ》さんはいった。

佐助《さすけ》が裏《うら》の縁側《えんがわ》にあがってきた。ガラス戸《ど》をあけてやると、すこし迷《まよ》ってからこそこそと家《いえ》に入《はい》ってきた。にゃあ、にゃあ、鳴《な》き声《ごえ》をたてながら、部屋《へや》の隅《すみ》を遠慮《えんりょ》ぶかい足《あし》どりでえさ皿《ざら》のある台所《だいどころ》へとむかった。

母《かあ》さんに買《か》い物《もの》をたのまれてスーパーにむかっていると、むこうのほうからマークさんが歩《ある》いてきているのが見《み》えた。緑色《みどりいろ》のダンガリーシャツの腕《うで》をまくりあげている。やせて背《せ》の高《たか》いマークさんは、なにをするときも前《まえ》かがみになるからか、このごろすこし背中《せなか》がまがってきた。

「マークさん、こんにちは」

自転車《じてんしゃ》のスピードをおとして、声《こえ》をかけた。

「ハーイ、楓《かえで》。元気《げんき》ですか」

マークさんはにっこりわらった。

マークさんはおじいちゃんの古《ふる》くからの知《し》り合《あ》いだった。おじいちゃんが生《い》きていたころには、おじいちゃんにくっついて、ときどき早《はや》い時間《じかん》にマークさんの店《みせ》「マークズ・プレイス」に行《い》った。

そのマークズ・プレイスの前《まえ》を通《とお》りすぎる。

軒下《のきした》の黄色《きいろ》い看板《かんばん》はずっとかわらない。夜《よる》になると、そこに明《あ》かりがともる。店《みせ》にはいつも、ちょっと古《ふる》めのロックががんがんかかっていた。大《おお》きいスピーカーを備《そな》えたオーディオ装置《そうち》がマークさんの自慢《じまん》だった。ロックのコレクションはこの町《まち》じゃいちばんだともいっていた。わたしが、カエラの曲《きょく》をかけて、というと、「そういうあたらしいのはないいよ。ごめんなさい」とマークさんは申《もう》しわけなさそうにいった。

ビールを飲《の》むおじいちゃんの横《よこ》で、わたしはだいたいいつも、りんごジュースを飲《の》んだ。

マークさんはバーを開《ひら》いて三十年以上《ねんいじょう》たつといっていた。あのころまではベトナム戦《せん》争《そう》のなごりもあって、藪通《やぶどお》りも景気《けいき》がよかったんだがなあと、おじいちゃんとマークさんはなつかしそうに話《はな》した。マークさんもベトナム戦争《せんそう》に行《い》った、といっていた。二人《ふたり》は藪《やぶ》通《どお》りがにぎやかだったころを「いい時代《じだい》」といった。二人《ふたり》の話《はな》す「いい時代《じだい》」が、それほど遠《とお》い昔《むかし》のことではないということはわかったけれど、わたしには写真《しゃしん》のようにしか思《おも》い浮《う》かべられなかった。

いまのがらんとした藪通《やぶどお》りからそのころの通《とお》りを想像《そうぞう》するのはむずかしい。通《とお》りのあちこちに、商売《しょうばい》をやめてしまったバーやスナックが、古《ふる》びた看板《かんばん》もそのままにとりのこされている。こわれたドアやよごれた看板《かんばん》を見《み》ると、ああいうのが昔《むかし》はぜんぶきらきらしていて、いまとはずいぶんちがう景色《けしき》だったんだろうなと思《おも》う。でも、わたしにはそのようすを思《おも》い浮《う》かべることができない。わたしがちいさいときから、町《まち》はこんなふうにさびれていた。この町《まち》の昔《むかし》をわたしは知《し》らない。

スーパーでの買《か》い物《もの》をすませて店《みせ》をでたとき、目《め》の前《まえ》を紀理《きり》ちゃんの自転車《じてんしゃ》が行《い》きすぎた。

「きーりちゃーん」

わたしもいそいで自転車《じてんしゃ》をだして、追《お》いかけた。

「きりちゃーん」

こぎながら、大声《おおごえ》で呼《よ》ぶ。

前傾姿勢《ぜんけいしせい》で自転車《じてんしゃ》をこいでいく紀理《きり》ちゃんの耳《みみ》に、わたしの声《こえ》はとどかないのか、紀理《きり》ちゃんはスピードをゆるめずに走《はし》っていく。

「きりちゃーんってばあ」

紀理《きり》ちゃんはフォーコーナーにぶつかると、とまらずに左折《させつ》していった。どこにむかっているんだろう。きっとそんなに遠《とお》くじゃないはずだ。わたしもあとを追《お》いかけていくことにした。

タキの角《かど》をまがると、紀理《きり》ちゃんは国道《こくどう》をまっすぐ駅前《えきまえ》のほうへむかっていた。もうすこし近《ちか》づきたい。わたしが追《お》いかけていることを紀理《きり》ちゃんに気《き》づいてもらいたい。わたしは懸命《けんめい》に自転車《じてんしゃ》をこいだ。

うしろから車《くるま》がわたしを追《お》いぬいていく。紀理《きり》ちゃんの自転車《じてんしゃ》も追《お》いぬく。紀理《きり》ちゃんの短《みじか》い髪《かみ》が風《かぜ》を受《う》けてうしろへ、ひらひらとなびいている。

どこまで行《い》くんだろう。遠《とお》くかもしれない。わたしはもうひきかえしたほうがいいかなあ。向《む》きをかえて帰《かえ》ろうかなあ。

「きりちゃーん。待《ま》ってー」

大声《おおごえ》でさけぶ。

でも声《こえ》はとどかないみたいだ。青《あお》いリュックをしょった紀理《きり》ちゃんはぐいぐい自転車《じてんしゃ》をこいでいく。その先《さき》には川《かわ》がある。長《なが》い橋《はし》をこえれば、駅前商店街《えきまえしょうてんがい》へはもうすぐだ。帰《かえ》ろうかなあ。もう帰《かえ》っちゃおうかなあ。思《おも》いながら自転車《じてんしゃ》をこぎつづける。

こういうことがまえにもあった、と思《おも》いだした。

四歳《さい》か五歳《さい》のころ。

悠《ゆう》ちゃんに「ぼく、家出《いえで》して東京《とうきょう》に行《い》く。かーちゃんも行《い》きたい?」と、突然《とつぜん》いわれたことがあった。

「行《い》きたい」とこたえた。

「駅《えき》に行《い》って、電車《でんしゃ》に乗《の》って、それから新幹線《しんかんせん》にも乗《の》って、行《い》くんだからな。わかってる?」

悠《ゆう》ちゃんはいいふくめるようにいって、わたしの顔《かお》をじっと見《み》た。「ちゃんとついて来《こ》いよ」と、たしかめるようにいった。

悠《ゆう》ちゃんの自転車《じてんしゃ》を追《お》ってわたしも、ようやく補助輪《ほじょりん》なしで乗《の》れるようになったばかりの、ピンクの自転車《じてんしゃ》のペダルをこいだ。藪通《やぶどお》りをつっきって、タキの角《かど》をまがって国道《こくどう》にでた。とたんに車《くるま》がふえた。うしろから来《く》る車《くるま》に追《お》いこされるたびに、わたしはブレーキをぎゅっとにぎりしめずにはいられなかった。そのたびに自転車《じてんしゃ》がぐらぐらゆれた。悠《ゆう》ちゃんとの距離《きょり》はしだいにはなれていった。

一人《ひとり》で川《かわ》をこえていったことはなかったから、長《なが》い橋《はし》をわたりおえただけで、とんでもなく遠《とお》いところへ来《き》たという気《き》がした。なのに悠《ゆう》ちゃんはわたしを待《ま》ってもくれないで、くだり坂《ざか》をブレーキもかけずにぶっとばしていった。悠《ゆう》ちゃんがどんどん遠《とお》ざかっていく。

わたしは大声《おおごえ》をあげた。

すると悠《ゆう》ちゃんは自転車《じてんしゃ》をとめ、わたしをふりかえった。

追《お》いつくと、「なんで泣《な》くんだよ。東京《とうきょう》ってとこはもっと、すごく遠《とお》いんだぞ。泣《な》いてる場合《ばあい》じゃないよ」といった。

それから駅《えき》へ行《い》った。駅《えき》の自販機《じはんき》で悠《ゆう》ちゃんはジュースを買《か》ってくれた。わたしがベンチにすわってジュースを飲《の》んでいるあいだに、悠《ゆう》ちゃんは駅員《えきいん》さんになにかたずねていた。

そのあとしばらく、駅《えき》のなかをぐるぐる歩《ある》きまわっていた悠《ゆう》ちゃんは、やがてわたしのそばに来《き》た。

「あのね、かーちゃん。ほんとに東京《とうきょう》に行《い》きたいの?」ときいた。

結局《けっきょく》、わたしたちは駅《えき》に行《い》っただけだった。帰《かえ》りはゆっくり、気《き》をつけて自転車《じてんしゃ》をこいだ。家《いえ》に帰《かえ》り着《つ》いたときにはもう夕暮《ゆうぐ》れだった。

紀理《きり》ちゃんの自転車《じてんしゃ》は商店街《しょうてんがい》へはむかわなかった。国道《こくどう》をはずれ、住宅《じゅうたく》がたてこんでいるせまい道《みち》を走《はし》りはじめた。それから幾度《いくど》か角《かど》をまがり、べつの大通《おおどお》りへとでた。わたしはもうひきかえそうとは思《おも》わなかった。ただ、ひたすら紀理《きり》ちゃんを追《お》いつづけた。

紀理《きり》ちゃんの自転車《じてんしゃ》が入《はい》っていったのは総合病院《そうごうびょういん》の敷地《しきち》だった。そうだったのだ。紀理《きり》ちゃんはお父《とう》さんの入院《にゅういん》している病院《びょういん》へやって来《き》たのだ。はじめて気《き》づいた。

紀理《きり》ちゃんは駐輪場《ちゅうりんじょう》に自転車《じてんしゃ》をとめた。自転車《じてんしゃ》に鍵《かぎ》をかけて、はなれようとしたその前《まえ》に、わたしは着《つ》いた。

おどろいた顔《かお》で紀理《きり》ちゃんはわたしを見《み》た。なにが起《お》きたのかわからないような、ぽかんとした顔《かお》で。

「紀理《きり》ちゃん」

紀理《きり》ちゃんは耳《みみ》からイヤホンをぬいた。「どうしたの？」

「あとをつけて来《き》た」

なんだあ。紀理《きり》ちゃんはわらった。

「お父《とう》さんの病院《びょういん》？」

うん。紀理《きり》ちゃんはうなずいた。

「わたしもいっしょに行《い》ってもいい？」

「うん」

紀理《きり》ちゃんは「ああ、びっくりした」といって、またわらった。

紀理《きり》ちゃんのお父《とう》さんは、四人部屋《よにんべや》の窓側《まどがわ》のベッドに寝《ね》ていた。わたしたちを見《み》ると、体《からだ》をゆっくり起《お》こした。

おじさんは白《しろ》い顔《かお》をしていた。瞼《まぶた》がふくらんで、紀理《きり》ちゃんの家《いえ》で会《あ》っていたときのおじさんとはべつの人《ひと》のように見《み》えた。

紀理《きり》ちゃんはリュックから洗濯《せんたく》したタオルやシャツをだして、ベッドの上《うえ》においた。

「これからは洗濯物《せんたくもの》は病院《びょういん》の洗濯機《せんたくき》で洗《あら》うから。もう洗濯《せんたく》はしてくれなくていいよ」

と、おじさんは紀理《きり》ちゃんにいった。

内臓《ないぞう》のどこかに石《いし》がたまって、そこが炎症《えんしょう》も起《お》こしたんだと、おじさんはわたしに病《びょう》気《き》の説明《せつめい》をしてくれた。

「もうすこしかかるけど、でももう大丈夫《だいじょうぶ》なんだ」

おじさんはパジャマのボタンを指先《ゆびさき》でこすりながらいった。

「母《かあ》さんも心配《しんぱい》してました」

ありがとう。おじさんは頭《あたま》をさげた。おじさんはなんだかしおれた感《かん》じだった。家《いえ》で会《あ》うときのかたい感《かん》じじゃなかった。家《いえ》でのおじさんはひっそりしずかで、なんだか犀《さい》みたいだ、とわたしは思《おも》っていた。こわいわけじゃないけれど、なんとなく話《はな》しにくい感《かん》じだった。

「いえ、いえ」

わたしはあわてていった。

おじさんは紀理《きり》ちゃんに学校《がっこう》のことをたずねた。きのうの晩《ばん》ご飯《はん》はなにを食《た》べたのかとたずねた。朝《あさ》はちゃんと起《お》きられるか、夜《よる》はひとりでこわくないかとたずねた。紀理《きり》ちゃんは、うん、うん、うなずき、「だいじょうぶだよー。へっちゃらだよー」と、ちいさい子《こ》みたいな、ちょっと甘《あま》えた声《こえ》をだした。

白《しろ》いカバーのかかった布団《ふとん》に明《あか》るい陽射《ひざ》しがふりそそいでいた。その上《うえ》でおじさんは手《て》のひらを上《うえ》にしたり、下《した》にむけたりした。病気《びょうき》でいる姿《すがた》を見《み》られることを恥《は》ずかしく思《おも》っているように見《み》えた。

気《き》がつくと、わたしはベッド枠《わく》のパイプをにぎりしめていた。

「なにか用事《ようじ》はない？」

紀理《きり》ちゃんがたずねた。さっきとちがって、いたわるような声《こえ》だった。

「ないよ」

「売店《ばいてん》に行《い》って、飲《の》み物《もの》を買《か》ってこようか？」

「いいよ。大丈夫《だいじょうぶ》」

「あした来《く》るときに、本棚《ほんだな》から本《ほん》を持《も》ってきてあげようか？　なにか読《よ》みたい本《ほん》はある？」

いや、ない、ない、と、おじさんはおだやかな目《め》で紀理《きり》ちゃんを見《み》た。おじさんは紀理《きり》ちゃんに、ありがとう、といっているんだな、とわかった。

病室《びょうしつ》をでると、わたしは病気《びょうき》の父親《ちちおや》を見舞《みま》いにきた紀理《きり》ちゃんの妹《いもうと》になったような気《き》がして、紀理《きり》ちゃんにくっついて廊下《ろうか》を歩《ある》いた。

帰《かえ》りも、紀理《きり》ちゃんが先《さき》に自転車《じてんしゃ》を走《はし》らせた。来《き》た道《みち》をもどっていく。そのすぐうしろを、おくれないように自転車《じてんしゃ》をこいだ。

紀理《きり》ちゃんの背中《せなか》にはりついたリュックが、まるで紀理《きり》ちゃんの体《からだ》の一部《いちぶ》のように見《み》える。イヤホンをして自転車《じてんしゃ》をこぐ紀理《きり》ちゃんは、いまどんな音楽《おんがく》をきいているんだろう。

いつだったか、紀理《きり》ちゃんとおしゃべりしながら藪通《やぶどお》りを歩《ある》いていたとき、きゅうに紀《き》理《り》ちゃんが返事《へんじ》をしなくなって、どうしたんだろうと顔《かお》を見《み》ると、紀理《きり》ちゃんはフォーコーナーの先《さき》を見《み》つめていた。そこには紀理《きり》ちゃんのお父《とう》さんが立《た》っていた。わたしたちはそっちにむかって歩《ある》いていた。

おじさんだ、とわたしがいっても、紀理《きり》ちゃんは返事《へんじ》をしなかった。紀理《きり》ちゃんの歩《ある》く速度《そくど》がだんだんおそくなった。

おじさんはいつものように、腕《うで》に紙《かみ》の束《たば》をかかえて、ときおり通《とお》りかかるアメリカ人《じん》に近《ちか》づいていっては、紙《かみ》をわたしていた。わたすときに、おじさんの口《くち》がわずかにうごいた。ハロー、といっているのかなと思《おも》った。アメリカ人《じん》たちは手《て》を下《した》にさげたまま、しぶしぶ紙《かみ》を受《う》けとっていた。手《て》をふって、受《う》けとりをこばむ人《ひと》もいた。受《う》けとった人《ひと》もちらっと紙《かみ》に目《め》をやり、くしゃくしゃと手《て》のなかでつぶした。

紀理《きり》ちゃんは建物《たてもの》の陰《かげ》に立《た》ちどまり、にらむように父親《ちちおや》の姿《すがた》を見《み》つめていた。

「どうする?」とわたしがいうと、

「いやだ。帰《かえ》ろう」と、紀理《きり》ちゃんは向《む》きをかえ、お父《とう》さんに背《せ》をむけてすたすたと足早《あしばや》に来《き》た道《みち》をもどりはじめた。

あのとき紀理《きり》ちゃんのなかにあった気持《きも》ちは、あのあとどうなったのだろう。ずっと同《おな》じ気持《きも》ちでいたのだろうか。それとも、ちがう気持《きも》ちになったのだろうか。きょう病室《びょうしつ》で、お父《とう》さんを見《み》る紀理《きり》ちゃんの目《め》はやさしかった。話《はなし》をしながら、紀理《きり》ちゃんはお父《とう》さんを注意《ちゅうい》ぶかい眼差《まなざ》しで見《み》ていた。お父《とう》さんのどこかに、よくない変化《へんか》が起《お》きてやしないか、もしすこしでも変化《へんか》が起《お》きていれば見《み》のがしたくないと、まるで看護師《かんごし》さんのような目《め》でお父《とう》さんを見《み》つめていた。

紀理《きり》ちゃんの自転車《じてんしゃ》は国道《こくどう》にでると、右《みぎ》にまがった。紀理《きり》ちゃんがわたしの視界《しかい》から消《き》えた。わたしはペダルをできるだけ速《はや》くこいだ。あとを追《お》って、わたしも国道《こくどう》にでた。紀理《きり》ちゃんの背中《せなか》が見《み》えた。紀理《きり》ちゃんは橋《はし》へとつづく坂道《さかみち》を、立《た》ちこぎをしてのぼっていた。

4

学校《がっこう》から帰《かえ》ると、父《とう》さんと母《かあ》さんは台所《だいどころ》のテーブルにいた。テーブルにはコーヒーカップと灰皿《はいざら》がでている。二人《ふたり》で、なにかについて話《はな》しこんでいたようだった。腕《うで》を組《く》んで椅子《いす》の背《せ》にもたれている父《とう》さんは深刻《しんこく》そうな顔《かお》をしている。わたしに「おかえり」といった母《かあ》さんもゆううつそうな目《め》をしている。気《き》がふさぐようなことを話《はな》していたらしかった。

二人《ふたり》はわたしの顔《かお》を見《み》て、話《はな》すのをいったんやめたけれど、わたしが自分《じぶん》の部屋《へや》に入《はい》ってふすまをしめると、また低《ひく》い声《こえ》で話《はな》しはじめた。

「そうしてみようと思《おも》うの」

母《かあ》さんの声《こえ》がきこえる。

「カルチャーセンターには、しばらく休《やす》むっていってるんだろ。さがしようがないじゃないか」

父《とう》さんがうなるようにいう。

二人《ふたり》とも低《ひく》い声《こえ》で話《はな》しているのに、低《ひく》い声《こえ》だからか、よけいにはっきりときこえてくる。

「だって警察《けいさつ》に捜索願《そうさくねが》いをだすまえに、こっちでやれることは手《て》をつくしとかなくちゃ」

「東京《とうきょう》の、どこへ行《い》ってみるつもりなんだ」

「まえの住所《じゅうしょ》は大田区《おおたく》だったけど」

うーん。父《とう》さんの声《こえ》。

話《はな》しているのは花絵《はなえ》おばさんのことらしい。おばさんはやっぱり家出《いえで》をしたのだろうか。あのまま行方不明《ゆくえふめい》になっちゃったんだろうか。

父《とう》さんがなにかつぶやいた。

「ずっとそうよ。花絵《はなえ》はいつもそうなの。いつだって自分《じぶん》のしたいようにするの。相談《そうだん》はなし。いつも、そう。そしてわたしはそのたびにふりまわされる」

母《かあ》さんの声《こえ》にいらだちがまじっている。ききたいと思《おも》わないのに、どうしても声《こえ》が耳《みみ》に入《はい》ってくる。

椅子《いす》のきしむ音《おと》がする。

「そろそろ夕飯《ゆうはん》にしてくれないかな」

父《とう》さんがなだめるようにいう。

「あの人《ひと》と別《わか》れるって、花絵《はなえ》はいったのよ。別《わか》れたいからって。だからこっちに住《す》めるようにしてあげたのに。それなのに、またあの人《ひと》のところへ行《い》っちゃうなんて、ぜったいゆるせないわ」

恋人《こいびと》のところへ、花絵《はなえ》おばさんは行《い》ってしまったのだろうか。姉《あね》である母《かあ》さんにもだまって、思《おも》いたって、だあっとそのまま行《い》っちゃったんだろうか。

母《かあ》さんは声《こえ》をひそめることを忘《わす》れたみたいに、「ゆるせないの」と声《こえ》をあらげた。

「そうときまったわけじゃ、ねえじゃんか」

父《とう》さんはおっとりした声《こえ》でいった。父《とう》さんはときどきそうなる。若者《わかもの》みたいなしゃべり方《かた》になる。「おいら、知《し》らねえよ」などということもある。「だって、しょーがねえじゃんか」とか。

わたしはいままでに何度《なんど》も読《よ》んだことのある漫画本《まんがぼん》を持《も》って、ベッドに寝《ね》ころんだ。ページをめくる。もう一度《いちど》読《よ》んで、またおんなじ面白《おもしろ》さをあじわいたいと思《おも》う。あちこちにちりばめられているギャグをいちいち、またわらいたい。もう一度《いちど》、物語《ものがたり》にひたりたい。

五ページ、六ページと読《よ》みすすんでいく。でもなにかがちがっている。どうしてだか、まえのようにすうっと話《はなし》のなかに入《はい》っていけない。ギャグがわらえない。目《め》で絵《え》だけを見《み》ている感《かん》じだ。

「わたしと楓《かえで》ちゃんとはちがうから」といった紀理《きり》ちゃんの言葉《ことば》が突然《とつぜん》よみがえる。きゅうに胸《むね》のなかがもやもやとしてくる。頭《あたま》のなかがじーんとする。そういわれたとき、紀理《きり》ちゃんに腕《うで》で強《つよ》く押《お》しかえされて、あんたはむこうへ行《い》っててよ、といわれたような気《き》がした。わたしはなにもいいかえせなかった。紀理《きり》ちゃんにいわれると、そうしてなきゃいけないような気《き》がしたから。わたしはかなしんでいるのかな、と考《かんが》えてみる。胸《むね》のなかに、細《ほそ》い刺《とげ》でちくちく刺《さ》されているような痛《いた》みがひろがっている。

母《かあ》さんがだれかと電話《でんわ》で話《はな》している。

申《もう》しわけありませんが急用《きゅうよう》で、といっている。

「二日《ふつか》ほど。はい、すみません。勝手《かって》をいって。ご迷惑《めいわく》おかけします」

母《かあ》さんは勤《つと》め先《さき》の生協《せいきょう》に、休《やす》みをもらう電話《でんわ》をしているのだ。

母《かあ》さんは生協《せいきょう》で配送《はいそう》の仕事《しごと》をしている。組合員《くみあいいん》から注文《ちゅうもん》のあった品《しな》をトラックに積《つ》んで、家《いえ》までとどけるのだ。緑《みどり》のジャンパーに緑《みどり》のエプロンをして、母《かあ》さんは仕事《しごと》にでかける。週四日《しゅうよっか》、食料品《しょくりょうひん》や日用品《にちようひん》を伝票《でんぴょう》を見《み》ながらトラックに積《つ》みこみ、受《う》け持《も》ちの地域《ちいき》をまわる。

母《かあ》さんは二日《ふつか》休《やす》みをもらって、花絵《はなえ》おばさんをさがしに東京《とうきょう》へ行《い》ってみることにしたらしかった。

ヴィレッジに行《い》くと、子《こ》どもはだれも来《き》ていなかった。悠《ゆう》ちゃんもいなかった。卓球台《たっきゅうだい》の部屋《へや》にはだれもいない。

表《おもて》の部屋《へや》のテーブルで、森野《もりの》さんとトニーが話《はなし》をしていた。

トニーは毎日《まいにち》のようにヴィレッジに顔《かお》をだす。森野《もりの》さんと話《はな》したり、だれかとチェスをしたり、トランプをしたり、わたしたちと卓球《たっきゅう》をすることもある。トニーはいつもにこにこしている。ヴィレッジで開《ひら》かれている英会話教室《えいかいわきょうしつ》の先生《せんせい》もしている。日本語《にほんご》もすこし話《はな》せる。

「こんにちは、楓《かえで》」とトニーがいった。

「こんちは」

わたしは森野《もりの》さんとトニーがいる丸《まる》テーブルの椅子《いす》をひいて、腰《こし》をおろした。

「トニーが娘《むすめ》さんに誕生日《たんじょうび》プレゼントを送《おく》りたいらしいの。楓《かえで》ちゃん、よかったらいっしょにチャームに行《い》って、見《み》てあげてよ」

森野《もりの》さんはいった。

「チャーム」というのは藪通《やぶどお》りのつきあたり、スリーコーナーをまがったところにある雑貨《ざっか》のお店《みせ》だ。かわいい小物《こもの》も売《う》っている。

「娘《むすめ》って何歳《なんさい》?」

わたしはトニーにきいた。

「えーと、五歳《さい》です」

トニーはこたえて、ポケットから財布《さいふ》をだすと、開《ひら》いて写真《しゃしん》を見《み》せてくれた。栗色《くりいろ》の髪《かみ》がくるくるカールした女《おんな》の子《こ》がわらっている。

「ジャネット、です」

トニーはうすい青色《あおいろ》の瞳《ひとみ》でわたしをじっと見《み》つめた。まつ毛《げ》の色《いろ》もすごくうすい。

「かわいいね」

「そう。かわいい、すごく」

トニーはうれしそうにわらって、財布《さいふ》をポケットにしまった。

「じゃあ、これからチャームに行《い》く？」

わたしは立《た》ちあがった。

「いい？　ほんと？　じゃ、行《い》こうか」

トニーも勢《いきお》いよく立《た》ちあがった。

チャームには外国人好《がいこくじんごの》みの品《しな》もいろいろおいてある。富士山《ふじさん》の絵《え》や、「一番《ばん》」と背中《せなか》に書《か》いたTシャツも。派手《はで》な色《いろ》のチャイニーズドレスがかかっていたりもする。ほかには、ぬいぐるみ、髪留《かみど》め、ピアス、指輪《ゆびわ》、シュシュ、ハンドタオル、ポーチ、ポシェットなど、女《おんな》の子《こ》が好《す》きそうなものがならんでいる。

自転車《じてんしゃ》でチャームまではすぐだった。

店《みせ》にはほかにお客《きゃく》はいなかった。

トニーはとても熱心《ねっしん》にケースにならんでいる小物《こもの》を見《み》はじめた。棚《たな》の上《うえ》の宝石箱《ほうせきばこ》や香水《こうすい》なども、一つひとつ見《み》ていく。ときどき「これはなに？」と店《みせ》の人《ひと》にたずねた。

「これ、かわいい」

わたしは赤《あか》い千代紙張《ちよがみば》りの小箱《こばこ》を手《て》にとって、トニーに見《み》せた。わたしはちいさかったとき、ちいさくてかわいい箱《はこ》が好《す》きだったから。

「いいね」

トニーはわたしがすすめた小箱《こばこ》を、「わたし、買《か》います、これ」といった。それからポシェットやぬいぐるみをたんねんに見《み》ていったあと、白《しろ》いレースでかざられたちいさなポーチを買《か》った。ポーチをこうして小箱《こばこ》に入《い》れるんだよと、トニーはやってみせた。きっとジャネットをびっくりさせたいのだ。

トニーは「ちょっと待《ま》って」というと、あれこれアクセサリーを手《て》にとって見《み》はじめた。貝《かい》がらのネックレスや苺《いちご》の形《かたち》のブローチなどを見《み》ていたが、最後《さいご》に大《おお》きな緑色《みどりいろ》の石《いし》のブローチをえらんだ。

店《みせ》の人《ひと》はトニーがいうとおりに、ブローチをポーチに入《い》れ、ポーチを小箱《こばこ》に入《い》れた。そしてきれいに包装《ほうそう》して、大《おお》きいリボンをむすんでくれた。

「ありがとうございます」

包《つつ》みの入《はい》った紙袋《かみぶくろ》を受《う》けとりながら、店《みせ》の人《ひと》よりも深《ふか》く、トニーは頭《あたま》をさげた。

店《みせ》をでると、「楓《かえで》、ありがとうございます」とわたしにもいった。

「あのねえ、いい場所《ばしょ》をおしえてあげようか」

トニー、来《き》て。わたしは手《て》まねきしてから、自転車《じてんしゃ》をこぎだした。藪通《やぶどお》りとは反対方向《はんたいほうこう》の、三角州《さんかくす》の頂点《ちょうてん》へむかった。

わたしは生《う》まれてからずっと、この三角州《さんかくす》のなかで暮《く》らしてきた。保育園《ほいくえん》も、小学校《しょうがっこう》も、そして来年入学《らいねんにゅうがく》するはずの中学校《ちゅうがっこう》も、三角州《さんかくす》のなかにある。買《か》い物《もの》には駅前《えきまえ》の商店《しょうてん》街《がい》へ行《い》くこともあるし、郊外《こうがい》の大型《おおがた》スーパーなどにも行《い》く。旧市街地《きゅうしがいち》や、城跡公園《しろあとこうえん》や、市内《しない》のあちこちにある文化《ぶんか》ホールや、図書館《としょかん》や、体育館《たいいくかん》へもでかけていく。けれど、下半《したはん》分《ぶん》を基地《きち》が占《し》める、川《かわ》にはさまれたこの三角州《さんかくす》がわたしの町《まち》なのだ。

三角州《さんかくす》の頂点《ちょうてん》、川《かわ》が大《おお》きく二つに分《わ》かれる分岐点《ぶんきてん》の土手《どて》には、楠《くすのき》の巨木《きょぼく》が何本《なんぼん》も立《た》っていた。樹齢《じゅれい》三百年《ねん》、と木《き》の根元《ねもと》の立《た》て札《ふだ》に書《か》かれている。どの木《き》も大《おお》きく枝《えだ》を張《は》り、木《こ》陰《かげ》には川《かわ》にむかってベンチがある。

トニーはベンチに腰《こし》をおろすと、わたしに横《よこ》にすわるように手《て》でまねいた。

「いいねー」

トニーはゆったりとながれる川《かわ》の上流《じょうりゅう》に目《め》をやっていた。

「気持《きも》ちいい？」

うん、うん。トニーはうなずく。

「トニーの家《いえ》はどこにあるの？」

家《いえ》？　どこ？　ときさなおしてから、どこかの地名《ちめい》をいった。それから英語《えいご》でゆっくりとしゃべった。とちゅうで「すごく、きれい」と日本語《にほんご》でいった。遠《とお》くのほうに目《め》をむけたまま、トニーはしゃべりつづけた。奥《おく》さんのことを話《はな》しているのかもしれなかった。娘《むすめ》のジャネットの話《はなし》をしているのかもしれなかった。「すごく大《おお》きい」と、あいだでいった。英語《えいご》はわからないという顔《かお》をすると、トニーはきっとがっかりするだろうなと思《おも》ったから、うん、うん、うなずきながらきいていた。

「わかる？　ディア」とトニーはきいた。

ディア。なんだろう。首《くび》をひねる。

トニーは頭《あたま》の上《うえ》に手《て》をやって、長《なが》い耳《みみ》のような、角《つの》のようなしぐさをした。馬《うま》かな、と思《おも》う。熊《くま》かな。それとも兎《うさぎ》だろうか。

うんうん。わからなくても、わたしはうなずく。

トニーがまた話《はな》しはじめる。話《はな》しながら、なにかを思《おも》いだしたように、ときどきわらい声《ごえ》をたてる。きっととても楽《たの》しかった思《おも》い出《で》を話《はな》してくれているんだとわかる。わたしもわらう。

それからトニーはしゃべるのをやめた。ふうっと息《いき》を吐《は》きだす。ひざの上《うえ》には大事《だいじ》そうにジャネットへのプレゼントの袋《ふくろ》をかかえている。トニーは自分《じぶん》の手《て》のひらを見《み》つめていた。

「トニーは何歳《なんさい》?」

「わたし?」

トニーは親指《おやゆび》を自分《じぶん》にむける。

「そう。何歳《なんさい》?」

「わたし、二十四歳《さい》。楓《かえで》は?」

「わたし、十二歳《さい》」

「若《わか》いねー」

「うん。若《わか》い」

トニーはわらった。乾《かわ》いた唇《くちびる》が横《よこ》に大《おお》きく開《ひら》き、白《しろ》い歯《は》が見《み》えた。グッド、グッド。

うなずきながらトニーは口《くち》のなかでいった。

ウエル。トニーは両手《りょうて》で両《りょう》ひざをうった。「行《い》きましょうか?」

トニーは立《た》ちあがった。

「うん」わたしも立《た》ちあがった。

トニーとは楠《くすのき》の下《した》で別《わか》れた。

土手《どて》の道《みち》をまっすぐ海《うみ》のほうへくだっていくと、基地《きち》の南門《みなみもん》にぶつかる。基地《きち》のなかへと、トニーは帰《かえ》っていった。

藪通《やぶどお》りにもどっていると、スリーコーナーにパトカーがとまっているのが見《み》えた。

パトカーだ。思《おも》いながらそっちへ近《ちか》づいていくと、うしろからサイレンがきこえてきて、すぐにべつのパトカーが猛《もう》スピードでわたしを追《お》いぬいていった。そしてスリーコーナーの角《かど》でとまった。急《きゅう》ブレーキをかけたときの、がっくん、というとまり方《かた》だった。

パトカーのドアがぜんぶ開《ひら》き、警官《けいかん》がばらばらと飛《と》びだした。近《ちか》づいていきながら、ヘルメットをかぶってる人《ひと》が二人《ふたり》だ、と思《おも》ったとき、パン、パン、ちいさな音《おと》がした。

角《かど》のJA《ジェイエー》の建物《たてもの》から男《おとこ》の人《ひと》と警官《けいかん》が同時《どうじ》にでてきて、警官《けいかん》が男《おとこ》の人《ひと》を押《お》したおした。

けんかかな。JA《ジェイエー》のなかであばれたのかな。一人《ひとり》の警官《けいかん》が男《おとこ》の肩《かた》を押《お》さえこみ、もう一人《ひとり》が両足《りょうあし》を押《お》さえている。よっぱらいかな。

ずっとまえにタキで白人《はくじん》と黒人《こくじん》がよっぱらってけんかをはじめたとき、あっというまにパトカーが来《き》た、とおばあちゃんはいっていた。おじいちゃんがけんかの仲裁《ちゅうさい》に入《はい》って、おばあちゃんは店《みせ》の物《もの》がこわされちゃいけないと、いそいでカウンターの物《もの》を片《かた》づけているうちに、だれかがパトカーを呼《よ》んだらしく、警官《けいかん》が来《き》て、すぐに軍《ぐん》の警察《けいさつ》のMP《エムピー》も来《き》て、あっというまに騒《さわ》ぎはおさまった、と話《はな》していた。

わたしは自転車《じてんしゃ》をおりた。

いまでは三人《にん》がかりで警官《けいかん》が押《お》さえつけ、べつの警官《けいかん》は無線《むせん》で話《はなし》をしている。JA《ジェイエー》の入《い》り口《ぐち》には、職員《しょくいん》らしい男《おとこ》の人《ひと》が木刀《ぼくとう》のようなものをついて立《た》っている。

痛《いた》い。痛《いた》い。道路《どうろ》にたおれている男《おとこ》がさけんでいる。黄色《きいろ》いセーターからのけぞるように見《み》えている首《くび》が浅黒《あさぐろ》くて、アメリカ人《じん》かと思《おも》ったけれど、痛《いた》い、といっているんだから日本人《にほんじん》かと思《おも》いなおした。わたしのほかにも、一人《ひとり》、二人《ふたり》と立《た》ちどまる人《ひと》がいる。その横《よこ》を車《くるま》はとまらずにながれつづけている。

またパトカーのサイレンが近《ちか》づいてきた。あっちからもこっちからも、つぎつぎにパトカーが到着《とうちゃく》した。

痛《いた》い。痛《いた》い。サングラスをしたその人《ひと》はまださけんでいる。

警官《けいかん》がいっぺんにふえた。じっとしろ、と叱《しか》る声《こえ》がきこえる。しゃがんだ警官《けいかん》がその人《ひと》の服《ふく》をさぐっている。

いつのまにか人《ひと》だかりができていた。交通整理《こうつうせいり》がはじまり、立《た》ち入《い》り禁止《きんし》の黄色《きいろ》いテープが張《は》られていく。警官《けいかん》に、ちょっとさがってさがって、といわれた。

刑事《けいじ》らしい人《ひと》が男《おとこ》のそばに寄《よ》って、「確保《かくほ》」と角《かど》ばった声《こえ》でいってから、しゃがんでその手《て》に手錠《てじょう》をかけた。

見物人《けんぶつにん》のなかから若《わか》い男《おとこ》がすっと前《まえ》にでて、携帯《けいたい》で男《おとこ》の写真《しゃしん》をすばやく撮《と》った。

痛《いた》い。男《おとこ》の声《こえ》が弱《よわ》くなっている。

さがって、とまた警官《けいかん》にいわれた。

うしろの人《ひと》にぶつかって、すみませんとふりかえると、悠《ゆう》ちゃんだった。悠《ゆう》ちゃんはカメラをかまえていた。

「悠《ゆう》ちゃん」

呼《よ》んでも、悠《ゆう》ちゃんは返事《へんじ》もせずに、人《ひと》だかりのなかをうごいていきながら、ときおりシャッターを切《き》っている。

救急車《きゅうきゅうしゃ》が到着《とうちゃく》した。男《おとこ》は担架《たんか》に乗《の》せられ、救急車《きゅうきゅうしゃ》に入《い》れられた。けがをしたのかもしれなかった。よっぱらって、あばれて、けがをしたんだろうか。警官《けいかん》も乗《の》りこむと、救《きゅう》急車《きゅうしゃ》はサイレンを鳴《な》らして走《はし》りさった。

人垣《ひとがき》がくずれたあとも、悠《ゆう》ちゃんはまだカメラをかまえていた。新聞記者《しんぶんきしゃ》らしい人《ひと》たちがやってきて、警官《けいかん》に話《はなし》をきいたり写真《しゃしん》を撮《と》ったりしはじめた。

「悠《ゆう》ちゃん」

また呼《よ》ぶと、悠《ゆう》ちゃんは顔《かお》をこちらにむけ、「うぃっす」といった。

「あの人《ひと》、けがをしたのかな」

「たぶん」

カメラを持《も》った両手《りょうて》は、まだいつでも撮影《さつえい》できる格好《かっこう》のままだ。

「行《い》こうよ」といっても、

「うん」と、目《め》がいそがしくうごきまわっている。

「びっくりした」といっても、

「うん」と、やっぱり目《め》は黄色《きいろ》いテープのなかの警官《けいかん》や、周囲《しゅうい》の店《みせ》を見《み》ている。見物人《けんぶつにん》はすくなくなっていた。

悠《ゆう》ちゃんはシャッターを切《き》った。JA《ジェイエー》のとなりの天《てん》ぷら屋《や》にむけて。

「天《てん》ぷら屋《や》さん、きょうは商売《しょうばい》なしになっちゃったね」

「うん」と、悠《ゆう》ちゃんはまたシャッターを切《き》る。

両袖《りょうそで》が油《あぶら》でよごれた上《うわ》っぱりを着《き》たおじさんが、黄色《きいろ》いテープでかこまれた店《みせ》の前《まえ》で煙草《たばこ》を吸《す》っている。

やっとショルダーバッグのジッパーをしめて、自転車《じてんしゃ》のほうへもどりはじめた悠《ゆう》ちゃんに、自転車《じてんしゃ》を押《お》してわたしもしたがった。

前《まえ》かがみになって自転車《じてんしゃ》をこぐ悠《ゆう》ちゃんの、背中《せなか》のエナメルバッグを見《み》ながらついていく。

悠《ゆう》ちゃんは駅前《えきまえ》とは反対方向《はんたいほうこう》へ自転車《じてんしゃ》を走《はし》らせ、橋《はし》をわたってすぐの、コンビニの駐《ちゅう》車場《しゃじょう》へと入《はい》っていった。

悠《ゆう》ちゃんの自転車《じてんしゃ》の横《よこ》に自転車《じてんしゃ》をとめた。

「なんだ、来《き》たのか」

悠《ゆう》ちゃんはバッグからカメラをだしながら、いった。

「来《き》たよ」

悠《ゆう》ちゃんはふっと、唇《くちびる》だけでわらった。

それから道路《どうろ》を背《せ》にしてカメラをかまえ、かまえたままじりじりと道路《どうろ》のほうへ後《あと》ずさりしていき、立《た》ち位置《いち》をきめるとシャッターを切《き》った。シャッターの音《おと》はきこえなかったけれど、指《ゆび》がフィルムを巻《ま》きあげるのでわかる。それから入《い》り口《ぐち》に寄《よ》っていき、煙草《たばこ》の自販機《じはんき》とよごれた灰皿《はいざら》やごみ箱《ばこ》がならぶあたりを撮《と》った。そんなうごかないものを撮《と》るときも、悠《ゆう》ちゃんは脇《わき》をぎゅっとしめ、すばやくシャッターを切《き》った。

カメラをおろしたので、「なんで、ここ?」ときいた。

「えーとね」

悠《ゆう》ちゃんはポケットからレンズのキャップをだして、レンズにかぶせた。

「理由《りゆう》はね、ないの。だけど、撮《と》っておこうかなあと思《おも》って。理由《りゆう》なんかわからないよ。ひらめいたら撮《と》る。なんでだか」

「ひらめいたんだ」

「さっきのおっさんね、あの捕《つか》まった人《ひと》。ここで何回《なんかい》か見《み》かけたんだ。いつも、あそこの入《い》り口《ぐち》んとこで、立《た》ったままカップ酒《ざけ》を飲《の》んでた。店《みせ》をでてすぐ、ふたをとって、灰皿《はいざら》の横《よこ》で。なんかもう、家《いえ》に帰《かえ》るまでがまんできねえって感《かん》じで。おっさんの家《いえ》、この近《ちか》くなんじゃないの。三、四回《かい》は見《み》たな」

サングラスとセーターでわかった、と悠《ゆう》ちゃんはいった。

「おっさん、きょうは散髪《さんぱつ》してたな」

悠《ゆう》ちゃんはレンズのキャップをまたとった。

「きょうの記念《きねん》に、かーちゃん、撮《と》ってあげようか」

「このコンビニの前《まえ》で？」

「不満《ふまん》？」

悠《ゆう》ちゃんはちょっと考《かんが》えて、いい場所《ばしょ》があった、といった。自転車《じてんしゃ》にまたがってバッグを腰《こし》の上《うえ》にまわすと、来《こ》いよと手《て》で合図《あいず》した。

悠《ゆう》ちゃんは山《やま》の斜面《しゃめん》にひろがる住宅地《じゅうたくち》のなかの道《みち》をのぼりはじめた。はじめはふつうに立《た》ちこぎしていたけれど、それから、えい、えい、と声《こえ》をだしながらじぐざぐにのぼりはじめた。わたしは自転車《じてんしゃ》を押《お》して、けんめいについていく。悠《ゆう》ちゃんの自転車《じてんしゃ》が前《まえ》にすすまなくなり、ついに「うへぇ」と、悠《ゆう》ちゃんはこぐのをあきらめて自転車《じてんしゃ》をおりた。

きつい坂道《さかみち》だった。

「しんどいよ」と、うしろをついていきながら何度《なんど》かいった。

「もうちょっと」

そのたびに、悠《ゆう》ちゃんはいった。

やっと最後《さいご》の坂《さか》をのぼりきり、オレンジ色《いろ》の壁《かべ》の家《いえ》を最後《さいご》に住宅《じゅうたく》はとぎれた。そこは山《やま》のほぼ頂上《ちょうじょう》だった。ちいさな空《あ》き地《ち》になっていた。

「わあ」

目《め》の下《した》に大《おお》きな景色《けしき》がひろがっていた。町《まち》と、それから海《うみ》。大《おお》きな大《おお》きな空《そら》。

ひしめいている家々《いえいえ》の壁《かべ》が陽《ひ》にてらされて白《しろ》くひかっている。左手《ひだりて》のはるか遠《とお》くには工場地帯《こうじょうちたい》の煙突《えんとつ》も見《み》える。煙突《えんとつ》からは細《ほそ》い煙《けむり》がのぼっている。駅前《えきまえ》の建物《たてもの》や家《いえ》はごちゃごちゃとくっつきあってどこまでもひろがり、手前《てまえ》の三角州《さんかくす》の家並《いえな》みまでつづいている。その手前《てまえ》に川《かわ》がながれていた。そして川《かわ》に沿《そ》ってひろびろとした基地《きち》が海《うみ》まで大《おお》きくせりだしていた。滑走路《かっそうろ》も見《み》える。滑走路《かっそうろ》の手前《てまえ》にいくつも立《た》ちならんでいる建物《たてもの》も白《しろ》くひかっている。

うすい色《いろ》の海《うみ》には島《しま》がいくつも見《み》える。船《ふね》も見《み》える。

空《そら》は青《あお》く澄《す》み、とびとびにちぎれたような雲《くも》が浮《う》かんでいる。

「飛《と》びたったよ」と悠《ゆう》ちゃんがいった。

窓《まど》のない灰色《はいいろ》の大型機《おおがたき》が、ゆっくりと滑走路《かっそうろ》から離陸《りりく》していくところだった。しだいに高度《こうど》をあげながら、大《おお》きく旋回《せんかい》して海《うみ》のほうへと向《む》きをかえていく。轟音《ごうおん》がとどろく。どこへ行《い》くんだろう。アメリカまで飛《と》んでいくのかな。目《め》で追《お》っていると、大型機《おおがたき》はしだいに機首《きしゅ》を西《にし》のほうへむけはじめた。あ、沖縄《おきなわ》へ行《い》くんだ。見送《みおく》るつもりで見《み》ていると、はるか彼方《かなた》の島《しま》の上《うえ》あたりで、また向《む》きをかえはじめた。こちらにむかってくる。ぴかぴかとライトがひかる。

目《め》がはなせなくなって見《み》ていると、だんだん機体《きたい》が大《おお》きく見《み》えてきて、さっき飛《と》びたったばかりの滑走路《かっそうろ》を目指《めざ》しているらしいことがわかった。

「もどってきたな」

悠《ゆう》ちゃんもじっと灰色《はいいろ》の大型機《おおがたき》を見《み》ている。

飛行機《ひこうき》はじょじょに高度《こうど》をさげ、着陸《ちゃくりく》の体勢《たいせい》に入《はい》った。

そのまま着陸《ちゃくりく》かと見《み》ていると、大型機《おおがたき》は滑走路《かっそうろ》の上《うえ》を超低空《ちょうていくう》で飛《と》びつづけ、それからまた機首《きしゅ》を上《うえ》にむけた。さっきと同《おな》じように旋回《せんかい》しながら高度《こうど》をあげていく。轟音《ごうおん》がひびきわたる。

「訓練《くんれん》してるんだ」

悠《ゆう》ちゃんはいった。

でもこんどこそ、そのまま飛《と》んでいってしまう気《き》がする。雲《くも》の下《した》すれすれのところを飛《と》んでいく。しだいに機体《きたい》はちいさくなり、やっぱり沖縄《おきなわ》かと思《おも》っていると、またちかちかと光《ひかり》が見《み》えはじめ、こちらに機首《きしゅ》をむけたのがわかる。またもどってくるらしい。透《す》きとおった空《そら》と、うすい色《いろ》をした海《うみ》のあいだを飛《と》んでくる。さっきと同《おな》じように、しだいに高度《こうど》をさげはじめている。

べつのジェット音《おん》がきこえたかと思《おも》うと、いつのまにか小型機《こがたき》がどこからともなくあらわれていた。大型機《おおがたき》をあっさりと追《お》いぬき、すべるように滑走路《かっそうろ》に入《はい》った。すうっと端《はし》まで走《はし》って、ぴたりととまった。機体《きたい》の赤《あか》いライトが点滅《てんめつ》している。大型機《おおがたき》はさっきと同《おな》じように滑走路《かっそうろ》の上《うえ》をまた低空飛行《ていくうひこう》をして、通《とお》りすぎていった。

「鍛《きた》えられてるんだな」

悠《ゆう》ちゃんは両手《りょうて》をポケットに入《い》れてながめている。

滑走路《かっそうろ》の端《はし》にいた小型機《こがたき》は赤《あか》い光《ひかり》を点滅《てんめつ》させながらゆっくりと向《む》きをかえ、うごきはじめていた。その先《さき》には丸《まる》い屋根《やね》の格納庫《かくのうこ》がならんでいる。

「なんていうか、これって平和《へいわ》な眺《なが》めだよなあ」

悠《ゆう》ちゃんはいった。それからバッグをあけ、カメラをとりだした。

空《そら》と海《うみ》と基地《きち》と町《まち》の、ぜんぶが入《はい》る位置《いち》にわたしを立《た》たせて、悠《ゆう》ちゃんはレンズを調《ちょう》節《せつ》しながら何枚《なんまい》か写真《しゃしん》を撮《と》った。すばやくフィルムを巻《ま》きあげては、シャッターを切《き》った。

「事件《じけん》のしめくくりは、かーちゃんか」

フィルムがなくなったらしく、「はい、おしまい」と、悠《ゆう》ちゃんはカメラをおろした。

「悠《ゆう》ちゃん、なんで藪通《やぶどお》りの写真《しゃしん》を撮《と》るの?」

カメラをバッグにおさめていた悠《ゆう》ちゃんは手《て》をとめ、「うーん」と頭《あたま》をかしげた。

「わからない。でも、なぜだか気《き》になるんだよなあ。なんでもないんだけど、なにかがね、俺《おれ》を呼《よ》ぶんだよ。ひらめき、ひらめき」

ジッパーをしめながら「ふ、ふ、ふ」といった。「俺《おれ》はね、ただね、見《み》たいのさ。なんでも。かーちゃんはこわがりすぎだよ。さっきだって、よそのおばさんのうしろにかくれてたじゃないか。警官《けいかん》がこわかったの? それともあのおっさん? ま、小学生《しょうがくせい》じゃ、しかたないか」

ならんで、ブレーキをかけながら坂《さか》を下《した》まで走《はし》りおりた。

国道《こくどう》まででて、そこで反対方向《はんたいほうこう》へと別《わか》れた。

ばいばーい、と大《おお》きい声《こえ》でいった。

「かーちゃん、がんばれよぉ」と悠《ゆう》ちゃんはかえした。

え、なにを、とききかえしたかったのに、悠《ゆう》ちゃんの自転車《じてんしゃ》はもう遠《とお》ざかりはじめていた。

起《お》きて部屋《へや》の電気《でんき》をつけた。

胸《むね》がどきどきしている。ここは家《いえ》だ。ここはベッドの上《うえ》だ。大丈夫《だいじょうぶ》。安全《あんぜん》だから。きれぎれの言葉《ことば》を胸《むね》のなかでいう。

夢《ゆめ》を見《み》ていた。

また戦争《せんそう》の夢《ゆめ》だった。

爆撃機《ばくげきき》がわたしにむかってきていた。高度《こうど》をどんどんさげて、まっすぐにむかってきた。爆撃機《ばくげきき》の下《した》から大《おお》きい銃口《じゅうこう》がのぞいていた。撃《う》たれちゃう。わたしはよつん這《ば》いになって、かくれる場所《ばしょ》をさがした。ちいさな小屋《こや》があった。よかったと、もぐりこむと、板《いた》を打《う》ちつけただけの古《ふる》ぼけた小屋《こや》は半分《はんぶん》くずれかけていた。屋根《やね》はすき間《ま》だらけで、空《そら》が見《み》えていた。壁《かべ》もすき間《ま》だらけだった。

ギィーン。

爆撃機《ばくげきき》の音《おと》が近《ちか》づいてくる。ドーン。爆発音《ばくはつおん》が頭《あたま》の上《うえ》でひびきわたり、小屋《こや》がぐらぐらと大《おお》きくゆれた。小屋《こや》の入《い》り口《ぐち》がふき飛《と》ばされてしまっていた。あーだめだ。ここにいちゃ、いまに撃《う》たれる。どこへ逃《に》げればいいんだろう。どっかへ逃《に》げなきゃ。わたしはもう爆撃機《ばくげきき》に見《み》つかっちゃったのだ。背中《せなか》を丸《まる》めて小屋《こや》からでた。まわりは砂地《すなち》だった。かくれるところはどこにもなかった。背《せ》の低《ひく》い草《くさ》が生《は》えているだけ。

その草《くさ》むらに腹《はら》ばいになった。こんな背《せ》の低《ひく》い草《くさ》でも、とにかくなにかにかくれていたかった。でも、きっとだめだ。もう、わたし死《し》んでしまうんだ。撃《う》たれて、弾《たま》にあたって死《し》んじゃう。

ギィーン。どんどん近《ちか》づいてくる。耳《みみ》をふさぐ。

大《おお》きな鳥《とり》のようなものが上《うえ》からかぶさってくる。

あー。

さけんで、目《め》がさめた。

こわい。体《からだ》がかたくなっていた。どくんどくん、心臓《しんぞう》がものすごく速《はや》くうごいている。

口《くち》のなかが、からからだった。わるい予感《よかん》でいっぱいになっている。戦争《せんそう》が、やっぱりもうじき起《お》きるのかもしれない。そんな気《き》がする。だれかが、なにかをたくらんでいる。かくされているけれど、戦争《せんそう》の準備《じゅんび》はもうすすんでいて、あるとき突然《とつぜん》、爆撃機《ばくげきき》が空《そら》にあらわれるんだ。そのときにはどうしたらいいんだろう。どこに逃《に》げればいいんだろう。

布団《ふとん》を頭《あたま》からかぶった。戦争《せんそう》がぜったい起《お》きないって、だれがいえるの。おじいちゃんは何度《なんど》も空襲《くうしゅう》の話《はなし》をしてくれた。おじいちゃんは自分《じぶん》が六歳《さい》のときに見《み》た光景《こうけい》を、死《し》ぬまでおぼえていた。あのとき死《し》んでてもおかしゅうなかった、とおじいちゃんはいった。おじいちゃんのお母《かあ》さんはおじいちゃんの横《よこ》で死《し》んでいた、といっていた。

わたしはベッドからでた。

となりの部屋《へや》のふすまをあけた。いつもはそこに寝《ね》ているはずの母《かあ》さんの姿《すがた》はなかった。花絵《はなえ》おばさんをさがしに東京《とうきょう》へ行《い》っているから。父《とう》さんもまだ帰《かえ》ってきていない。となりの花絵《はなえ》おばさんの家《いえ》にもだれもいない。

わたしは部屋《へや》に入《はい》ると、シーリングライトをつけた。それから台所《だいどころ》に行《い》って電気《でんき》をつけた。流《なが》しのライトもつけた。玄関《げんかん》も、トイレも、お風呂場《ふろば》も、外灯《がいとう》も、家《いえ》じゅうのすべての明《あ》かりをつけてまわった。

そうすることしか、家《いえ》を明《あか》るくすることしか、わたしにできることはなかった。

5

花絵《はなえ》おばさんは、母《かあ》さんのつくった炊《た》きこみご飯《はん》と、鯵《あじ》のたたきと、小松菜《こまつな》の胡麻和《ごまあ》えを、きれいに食《た》べおえた。

「姉《ねえ》さんのご飯《はん》は、やっぱりご飯《はん》って感《かん》じねえ」と満足《まんぞく》そうにいって、ほうじ茶《ちゃ》を飲《の》み、煙草《たばこ》に火《ひ》をつけた。

わたしが学校《がっこう》から帰《かえ》ったときには、花絵《はなえ》おばさんはうちの台所《だいどころ》にいた。母《かあ》さんとお茶《ちゃ》を飲《の》んでいた。

「おばさん」と、びっくりしてわたしがいうと、

「おかえり。学校《がっこう》どうだった?」と、なにごともなかったようにおばさんはいった。

「帰《かえ》ってきたの?」

「ぬれ煎餅《せんべい》、どうぞ。おいしいわよ」とそれも、まるできのうもここでお茶《ちゃ》を飲《の》んでました、という顔《かお》でいった。

いろんな話《はなし》はもうひととおりおわったあとらしく、母《かあ》さんはいつもの母《かあ》さんの顔《かお》をしていた。

三日《みっか》まえに母《かあ》さんは、なんの手《て》がかりもつかめなかったと、怒《おこ》ったような、つかれはてたような顔《かお》で帰《かえ》ってきた。母《かあ》さんは東京《とうきょう》の、おばさんが以前《いぜん》住《す》んでいたという大田区《おおたく》のアパートをさがして、たずねて行《い》ったのだという。けれど、管理人《かんりにん》に会《あ》うことすらできなかった。それからずっとまえに勤《つと》めていたビジネスホテルにも行《い》ってみたけれど、従業員《じゅうぎょういん》にたずねても、おばさんのことを憶《おぼ》えている人《ひと》はだれもいなかったという。おばさんが一時期《いちじき》歌《うた》っていたクラブも、夜《よる》になるのを待《ま》ってたずねてみた。おばさんのことをただ一人《ひとり》憶《おぼ》えていたマネージャーは、おばさんとはもう長《なが》いあいだ連絡《れんらく》をとりあっていないし、居所《いどころ》など知《し》らないといったという。

「おばさん、どこに行《い》ってたの?」

わたしの質問《しつもん》に、ぬれ煎餅《せんべい》を食《た》べていたおばさんは「あん?」と、返事《へんじ》ともなんともわからない声《こえ》をだし、ぬれ煎餅《せんべい》をゆっくりと飲《の》みくだした。そして、「料理教室《りょうりきょうしつ》よ」とおばさんは、やはりなんでもないことのようにこたえた。

家出《いえで》じゃなくて? わたしはそのあまりになんでもない答《こた》えに拍子《ひょうし》ぬけしてしまった。

もっとべつの、起《お》きてはいけないようなことが起《お》きているんじゃないかと、おそれる気持《きも》ちでいたから。東京《とうきょう》から帰《かえ》ってきた母《かあ》さんは、夜《よる》おそくまでひとり、ぼんやりした顔《かお》で起《お》きていた。あてをすべてうしなって、どうすればいいのかと、途方《とほう》にくれた顔《かお》をしていた。

おばさんは、東京《とうきょう》で、有名《ゆうめい》なイタリア人《じん》の料理人《りょうりにん》がおしえる料理教室《りょうりきょうしつ》の体験《たいけん》コースを受《う》けてたの、と話《はな》した。

「ほんとに？」

うん、うん、とおばさんは二度《ど》、頭《あたま》を上下《じょうげ》させた。ピアスがゆれる。

「電話《でんわ》してくれればよかったのに。どうして電話《でんわ》もしなかったの？」

きっと母《かあ》さんもたずねたはずのことを、わたしもたずねた。

「だよねえ」とおばさんはいった。「だけど、ちょっとね、あたし過去《かこ》を切《き》りたかったんだ」といった。

過去《かこ》を切《き》る、という言葉《ことば》の意味《いみ》が、わたしにはまるでわからなかった。

「ほんと、あんたにはふりまわされるんだから。やんなる」

母《かあ》さんはそういいながら、でも、怒《おこ》っているようには見《み》えなかった。まあまあ、もういいでしょう。そんな感《かん》じだった。

それから母《かあ》さんはおばさんのために、晩《ばん》ご飯《はん》の準備《じゅんび》にとりかかったのだった。

おばさんが東京《とうきょう》へ行《い》ったほんとうの理由《りゆう》を、わたしにはいわないでいることが、わたしにはなぜだか、わかった。わたしにはかくしているんだ、と。

「あたし、やっぱり、こういう家庭料理《かていりょうり》がね、好《す》き。ありあわせの材料《ざいりょう》でつくる、ふつうの料理《りょうり》が好《す》き。そう気《き》づいた」

「ありあわせじゃないわよ。わたし、さっきスーパーまで、鯵《あじ》も鶏肉《とりにく》も牛蒡《ごぼう》も椎茸《しいたけ》も買《か》いに行《い》ってきたじゃないの。あんたが炊《た》きこみご飯《はん》を食《た》べたいっていったから」

母《かあ》さんはテーブルを片《かた》づけながらいった。

ごめん、ごめん。おばさんは煙草《たばこ》の煙《けむり》を吐《は》きだした。

「つまりね、いいたかったのは、悟《さと》ったってこと。ああいう、なんていうか、おしゃれな料理《りょうり》をつくるのはあたしの道《みち》じゃないって。悟《さと》ったの。それって収穫《しゅうかく》じゃない」

おばさんが重々《おもおも》しくいった「あたしの道《みち》」という言葉《ことば》は、なぜだか説得力《せっとくりょく》があった。あったけれど、それでもまだ、おばさんがなにかをかくしていることはうたがいようのないことだった。あの雨《あめ》の日《ひ》、傘《かさ》をさして歩《ある》いていったおばさんのうしろ姿《すがた》は、はっきりとした目的《もくてき》があってでかけていく人《ひと》のようじゃなかった。それに、母《かあ》さんが父《とう》さんに話《はな》していた「あの人《ひと》と別《わか》れるっていうから、こっちに住《す》めるようにしてあげた」という言葉《ことば》の意味《いみ》も、わたしはなんとなくだけれど、理解《りかい》できていたから。

細《こま》かないきさつをはっきりと知《し》ることはわたしにはできないけれど、でもおそらく、おばさんは去年《きょねん》、「東京《とうきょう》のほう」でいっしょだった恋人《こいびと》と別《わか》れて、この町《まち》にもどってきたんだ、ということは想像《そうぞう》できた。だから母《かあ》さんは、おばさんがいなくなったとき、その恋人《こいびと》のところへまたもどってしまったんじゃないかと心配《しんぱい》したのだ。わたしはどうしてか、そんなことがわかってしまう。

このまえの夜《よる》、ひとりでため息《いき》をついていた母《かあ》さんは、もしかするともっとおそろしいことまで心配《しんぱい》していたのかもしれない。おばさんがとりかえしのつかないような決心《けっしん》をしたんじゃないか、と。

けれど、おばさんといっしょにご飯《はん》を食《た》べているうちに、わたしはしだいに「ほんとうのこと」なんて、もうきかなくてもいい、という気持《きも》ちになっていた。おばさんの口《くち》からそんなことはききたくない、という気《き》もした。おばさんはこうして、なんでもないような顔《かお》をして帰《かえ》ってきたのだし、ここにいるのだし、と思《おも》った。

居間《いま》にうつって、おばさんとわたしはテレビのお笑《わら》い番組《ばんぐみ》をいっしょに見《み》た。

番組《ばんぐみ》がおわると、おばさんはあくびを一つした。

「あー、なんかあたし、やっぱつかれちゃった。帰《かえ》って寝《ね》る」

おばさんは佐助《さすけ》をだきあげると、帰《かえ》ろ帰《かえ》ろ、といいながら、自分《じぶん》の家《いえ》に帰《かえ》っていった。


土曜日《どようび》は仕事《しごと》に行《い》かない母《かあ》さんは、朝《あさ》から、ちらし寿司《ずし》をつくりはじめた。わたしはときどき母《かあ》さんのそばに行《い》き、小海老《こえび》をゆでたり、蓮根《れんこん》の薄切《うすぎ》りをゆでたりするのを見《み》た。母《かあ》さんが薄焼《うすや》き卵《たまご》をふわりとひっくりかえすのを見《み》ると、わたしはいつもくすぐったい気持《きも》ちになる。じょうず、とそばで声《こえ》をかける。母《かあ》さんがわたしをちらっと見《み》る。酢《す》のにおいが台所《だいどころ》じゅうにたちこめている。

錦糸卵《きんしたまご》をかざり、小海老《こえび》をちらし、イクラをちらし、細切《ほそぎ》りにしたさや豌豆《えんどう》をちらして、母《かあ》さんのちらし寿司《ずし》はできあがった。

母《かあ》さんは使《つか》い捨《す》てのポリ容器《ようき》を二枚《まい》かさねて、そこにちらし寿司《ずし》をぎっしり詰《つ》めた。それから、見栄《みば》えがいいように彩《いろど》りを箸《はし》でととのえた。

「さ、これを紀理《きり》ちゃんに持《も》っていってあげて」

きれいな包《つつ》み紙《がみ》をえらんで容器《ようき》をつつんだ。

「紀理《きり》ちゃんにあげようと思《おも》って、つくったの？」

「紀理《きり》ちゃんは毎日《まいにち》、自分《じぶん》でご飯《はん》をつくってるんでしょ。たまには楽《らく》をさせてあげなきゃ。こんなことしかできないけど」

はい、と母《かあ》さんはわたしに包《つつ》みをわたした。「それから、お父《とう》さんのお具合《ぐあい》をたずねてきて」

自転車《じてんしゃ》で紀理《きり》ちゃんの家《いえ》にむかいながら、どんな言葉《ことば》をいえばいいのだろうと考《かんが》えた。押《お》しつけがましくない言葉《ことば》をさがした。おせっかいと思《おも》われたくなかった。これは特別《とくべつ》なことじゃないから、と自分《じぶん》にいいきかせているうちに、思《おも》いつくどんな言葉《ことば》も、ふさわしくないような気《き》がしはじめた。

鈴川《すずかわ》ハウスの階段《かいだん》をあがっていきながら、体《からだ》がどんどんちぢんで、ちいさな子《こ》どもにもどっていくような気《き》がした。

チャイムを鳴《な》らした。声《こえ》はかけずに、だまってドアの前《まえ》に立《た》っていた。

はい、と紀理《きり》ちゃんの声《こえ》がきこえて、ドアがあいた。

「母《かあ》さんから」と、包《つつ》みをさしだした。

「なに？」

紀理《きり》ちゃんは受《う》けとってくれた。

「ちらし寿司《ずし》。さっき、母《かあ》さんがつくったの」

「ありがとう」

「お父《とう》さんのことも、きいて来《き》てって、いわれた」

「父《とう》さん、来週《らいしゅう》の金曜日《きんようび》に退院《たいいん》することになった」

わたしはほっとした。病気《びょうき》がわるいというとき、そのわるい加減《かげん》がわからないから。その病気《びょうき》が死《し》ぬくらいに重《おも》い病気《びょうき》なのか、そうでもなくて、すこしだけ休《やす》んでいれば治《なお》る病気《びょうき》なのか、そのちがいをどうやって判断《はんだん》すればいいのかがわからない。癌《がん》がわるい病気《びょうき》だということは知《し》っていた。癌《がん》を克服《こくふく》して元気《げんき》になられて、とおとなが話《はな》しているのをきくと、よほどわるい病気《びょうき》なんだなと思《おも》った。

「よかったね」

うん、とうなずいてから、紀理《きり》ちゃんは「あした、ひま？」とわたしにたずねた。

「ひま」

こたえながら、気持《きも》ちがすうっと楽《らく》になるのがわかった。気持《きも》ちが、ゆるくひろがる感《かん》じがした。来《き》ちゃいけなかったのかもしれないと、まだ心配《しんぱい》していたから。

「じゃあ、付《つ》きあってくれる？　よければ、だけど」

「うん。いいよ」

午後《ごご》三時《じ》に、と約束《やくそく》した。

「さよならっ」と大《おお》きい声《こえ》でいって、「じゃあね、ばいばい」ともいった。

階段《かいだん》をおりながら、自分《じぶん》がよろこんでいるのがわかる。なにかあったかいものを飲《の》んだとき、ぬくもりがじわじわとお腹《なか》にひろがっていくみたいに、うれしい気持《きも》ちが体《からだ》にひろがっていった。

紀理《きり》ちゃんのしようとしていたことは、わたしの思《おも》ってもみないことだった。

紀理《きり》ちゃんはわたしを基地《きち》の正門《せいもん》につれていった。そして、人《ひと》の背丈《せたけ》よりも高《たか》い、まるで壁《かべ》のような正門《せいもん》の横《よこ》に、自転車《じてんしゃ》をとめた。

「おいで」

紀理《きり》ちゃんはわたしをうながして、出口《でぐち》と入《い》り口《ぐち》の二車線《しゃせん》の道路《どうろ》を横切《よこぎ》って、守衛《しゅえい》が立《た》っている建物《たてもの》とは反対《はんたい》の側《がわ》へと歩《ある》いていった。二本《ほん》の道路《どうろ》のあいだには高《たか》くアメリカ国《こっ》旗《き》と日本国旗《にほんこっき》がひるがえっている。その奥《おく》に海兵隊《かいへいたい》のMP《エムピー》も立《た》っている。入《い》り口《ぐち》の、紺色《こんいろ》の制服《せいふく》を着《き》た守衛《しゅえい》のおじさんがわたしたちを目《め》で追《お》っているのがわかる。建物《たてもの》のなかには自衛隊《じえいたい》の制服《せいふく》を着《き》た人《ひと》もいて、やはりわたしたちを見《み》ている。

「でる車《くるま》も入《はい》る車《くるま》も、かならずここにとまって、あそこのMP《エムピー》に証明書《しょうめいしょ》を見《み》せなきゃならないの。だからそのときに、車《くるま》の窓《まど》からこの紙《かみ》をわたして」

紀理《きり》ちゃんは紙《かみ》の束《たば》を胸《むね》にかかえていた。その束《たば》を半分《はんぶん》、わたしにわたした。

B《ビー》5の大《おお》きさの紙《かみ》には英語《えいご》でなにか書《か》いてあった。

なんて書《か》いてあるの、とたずねると、いいから、いいから、と紀理《きり》ちゃんはいって、目《め》の前《まえ》にとまった車《くるま》にさっそく近《ちか》づいていき、車《くるま》のなかのアメリカ人《じん》に紙《かみ》をわたした。

受《う》けとった人《ひと》はちらっと紙《かみ》を見《み》ると、眉《まゆ》を大《おお》きくあげ、それからわたしたちをちらりと見《み》て、そのまま運転《うんてん》して行《い》ってしまった。

守衛《しゅえい》のおじさんが近《ちか》づいてきた。

「なにやってるんだ」

おじさんは取《と》り締《し》まりをする人《ひと》の声《こえ》でいった。けわしい顔《かお》をしている。

「紙《かみ》をあげているだけです」

紀理《きり》ちゃんはこたえた。

「そんなこと、勝手《かって》にしちゃいかん」

おじさんはとても機嫌《きげん》がわるそうだった。手《て》をだして、紀理《きり》ちゃんの手《て》から紙《かみ》の束《たば》をうばいとろうとしたけれど、紀理《きり》ちゃんはさっと体《からだ》をかわして、そうはさせなかった。

「子《こ》どもがうろつく場所《ばしょ》じゃないっ」

おじさんは叱《しか》るようにいった。

「ここは基地《きち》のなかじゃないし。ここにいるのは勝手《かって》でしょう」

紀理《きり》ちゃんはひるまなかった。そして「楓《かえで》ちゃん、ほら、あの車《くるま》」と、わたしにいった。

入《い》り口《ぐち》のところに車《くるま》が入《はい》ってきた。

わたしは走《はし》っていって、車《くるま》のなかのアメリカ人《じん》に紙《かみ》を一枚《まい》わたした。

受《う》けとった女《おんな》の人《ひと》はにこやかな笑顔《えがお》をわたしにむけた。

「オウ」

そういっただけだった。車《くるま》はすうっと基地《きち》のなかへと消《き》えていった。

「こら、やめろ」

おじさんはわたしたちを追《お》いはらおうとしていた。わたしはこわくなった。いますぐ、逃《に》げて帰《かえ》りたいと思《おも》った。

「行《い》け、むこうへ。ここからはなれろ。勝手《かって》なことをするんじゃないっ」

自転車《じてんしゃ》のところへもどろうよと、わたしは紀理《きり》ちゃんにいおうとした。

でも紀理《きり》ちゃんはおじさんの声《こえ》など耳《みみ》に入《はい》らないような顔《かお》で、自転車《じてんしゃ》に乗《の》ってきた人《ひと》にすばやく紙《かみ》をわたした。その人《ひと》は足《あし》をついて紙《かみ》を受《う》けとり、書《か》かれてあることを読《よ》んだ。それからしかめっ面《つら》をして、英語《えいご》でひどい言葉《ことば》をなげつけた。なんといったのかはわからなかったけれど、あきらかに紀理《きり》ちゃんをののしった。

「子《こ》どものくせに、なにやってるんだ。警察《けいさつ》を呼《よ》ぶぞ」

おじさんの声《こえ》には怒《いか》りがこもっていた。おじさんは紀理《きり》ちゃんの腕《うで》をつかんで、出入《でい》り口《ぐち》から遠《とお》ざけようとした。

「おじさんになんの権利《けんり》があって、そんなことができるんですか」

紀理《きり》ちゃんは身《み》をよじったけれど、おじさんの腕力《わんりょく》のほうがはるかに強《つよ》かった。紀理《きり》ちゃんはひきずられるようにして門《もん》から遠《とお》ざけられていった。わたしは二人《ふたり》のあとを、ただついていくしかなかった。

「それをこっちに寄《よ》こせ」

おじさんは紀理《きり》ちゃんが胸《むね》にかかえていた紙《かみ》の束《たば》を、ふたたびうばおうとした。

紀理《きり》ちゃんは大声《おおごえ》をあげた。きゃーっという、かん高《だか》いさけび声《ごえ》だった。

「くそったれ。あっちへ行《い》け」

おじさんはこわい顔《かお》でわたしたちをにらみつけた。「しっ、しっ」と、手《て》で追《お》いはらうしぐさをしながら、足《あし》をどんどんとふみ鳴《な》らした。

行《い》こうよ、紀理《きり》ちゃん。わたしはちいさい声《こえ》で紀理《きり》ちゃんにいった。

紀理《きり》ちゃんは唇《くちびる》をひきむすんで、泣《な》きそうな顔《かお》をしていた。わたしはそっと紀理《きり》ちゃんの腕《うで》をとった。

「まだ、考《かんが》えがあるから」

自転車《じてんしゃ》をだしながら、紀理《きり》ちゃんはいった。わたしにむかって、ついておいでとはいわなかったけれど、紀理《きり》ちゃんをひとりにすることは、わたしにはできなかった。紀理《きり》ちゃんがなにかと戦《たたか》っているのがわたしにはわかったから。のこして帰《かえ》ってしまうことなんてできなかった。

「まだ帰《かえ》らないよ」

紀理《きり》ちゃんがわたしを見《み》た。望《のぞ》みがぜんぶたたれてしまったような、かなしい目《め》だった。

紀理《きり》ちゃんがわたしにいった言葉《ことば》、「楓《かえで》ちゃんと、わたしはちがうから」の意味《いみ》が、うすぼんやりとわかってきた。紀理《きり》ちゃんの用意《ようい》した紙《かみ》には、英語《えいご》で「あらゆる核《かく》に反対《はんたい》する。あらゆる戦争《せんそう》に反対《はんたい》する。軍事基地《ぐんじきち》はいらない」と大《おお》きく書《か》かれていたのだった。紀《き》理《り》ちゃんがそう説明《せつめい》してくれた。紙《かみ》には、その下《した》に、細《こま》かな字《じ》でまだなにか書《か》かれていた。

その紙《かみ》は、紀理《きり》ちゃんのお父《とう》さんがフォーコーナーの角《かど》に立《た》ってアメリカ人《じん》たちにくばっていたのと同《おな》じもののはずだ。紀理《きり》ちゃんはいま、お父《とう》さんに代《か》わって、それをしようとしているのだった。お父《とう》さんと同《おな》じように、たった一人《ひとり》で。

「ここらには、けっこう住《す》んでるはずだから」

紀理《きり》ちゃんは自転車《じてんしゃ》をとめた。わたしもとまる。

「アメリカ人《じん》の家《いえ》のポストに入《い》れるの。ドアにはさんでもいい」

行《い》こう。紀理《きり》ちゃんは道路沿《どうろぞ》いの家《いえ》を一軒《けん》一軒《けん》、たしかめるように見《み》ながら歩《ある》きはじめた。カーポートに車《くるま》がとまっていれば、ナンバープレートを見《み》た。軍関係《ぐんかんけい》のナンバープレートには「Y《ワイ》」の記号《きごう》がある、とおしえてくれた。

Y《ワイ》ナンバーの車《くるま》がとまっていた。紀理《きり》ちゃんはその家《いえ》に近《ちか》づいていくと、ドアの下《した》から紙《かみ》をさしいれた。

歩《ある》きながら、紀理《きり》ちゃんはお父《とう》さんの話《はなし》をした。

お父《とう》さんは若《わか》いときから基地反対闘争《きちはんたいとうそう》をしてきたんだ、といった。警察《けいさつ》との衝突《しょうとつ》で逮《たい》捕《ほ》されたこともあったという。それがもとで、勤《つと》めていた会社《かいしゃ》を馘首《くび》になってしまった。そのあとも刑事《けいじ》はお父《とう》さんにつきまとった。それだけでなく、お父《とう》さんの知人《ちじん》の家《いえ》もたずねて、お父《とう》さんのことをききだそうとしたり、お父《とう》さんのあたらしい勤《つと》め先《さき》の社長《しゃちょう》にお父《とう》さんのことをたずねたりした。そのたびに、お父《とう》さんは仕事《しごと》をやめざるをえなくなって、あたらしい仕事《しごと》をさがさなくてはならなかった。だれでもフリーパスで基地《きち》に入《はい》ることができるフレンドシップ・デーの日《ひ》も、紀理《きり》ちゃんのお父《とう》さんは、入《はい》ることがゆるされない。危険人物《きけんじんぶつ》として、ブラックリストにのっているのだという。いっしょに反対闘争《はんたいとうそう》をしていた人《ひと》たちもいつのまにかばらばらになり、お父《とう》さんだけがこの町《まち》にのこった。そして毎週水曜日《まいしゅうすいようび》に、フォーコーナーの角《かど》に立《た》ちつづけているのだという。

「自分《じぶん》のやっていることを日本政府《にほんせいふ》もアメリカ政府《せいふ》も知《し》らない。そんなことをしてなんになる、という人《ひと》もいる。でも、だからって、それが自分《じぶん》の考《かんが》えをかえる理由《りゆう》にはならないんだよと、父《とう》さんはいったの。入院《にゅういん》するまえの日《ひ》に。父《とう》さんは、自分《じぶん》の病気《びょうき》がもっと深刻《しんこく》なものかもしれないと覚悟《かくご》していたみたいだった。父《とう》さんがそんなことをわたしにいったのは、はじめてだったんだ」

紀理《きり》ちゃんはわたしを見《み》た。

「うん」

わたしはうなずいた。言葉《ことば》は見《み》つからなかったから、もう一度《いちど》うなずいた。

「だれからも認《みと》められないことをしつづけていると、滑稽《こっけい》に見《み》えてしまうことがあるって、父《とう》さんはいった。滑稽《こっけい》なほどやるってことだよってわらってた。わたし、ちょっとびっくりだったんだ。自分《じぶん》をわらえるってことが」

そういってから「あ、ここも、だ」と、ドアに英語《えいご》の名前《なまえ》を書《か》いたカードがはられている家《いえ》を見《み》つけて、紀理《きり》ちゃんは紙《かみ》をその家《いえ》のドアにはさんだ。

「楓《かえで》ちゃんちの商売《しょうばい》は、基地《きち》がなくなったら困《こま》るんだよね」

やっぱり、そういう意味《いみ》だったのだ。紀理《きり》ちゃんが「ちがう」といったのは。

「父《とう》さんは、広《ひろ》い視野《しや》に立《た》てば同《おな》じ盤《ばん》の上《うえ》にいるんだっていったけど」

紀理《きり》ちゃんはつぎの家《いえ》にむかって歩《あゆ》みを速《はや》めた。

わたしはどうこたえたものか、どんな言葉《ことば》も見《み》つからなかった。うちの店《みせ》が繁盛《はんじょう》していないことは知《し》っていた。もっとたくさんのアメリカ人《じん》のお客《きゃく》に来《き》てほしいと父《とう》さんが思《おも》っていることも知《し》っていた。だから、父《とう》さんはおじいちゃんの跡《あと》をついだのだし。

「ヘイ」

うしろから呼《よ》びとめられた。

ふりかえると、さっき紀理《きり》ちゃんがドアのすき間《ま》に紙《かみ》をはさんだ家《いえ》のドアがあいて、アメリカ人《じん》の男《おとこ》の人《ひと》がでてきていた。

その人《ひと》は手《て》に、さっきの紙《かみ》を持《も》っていた。わたしたちに近《ちか》づいてくると、英語《えいご》でなにかいった。けわしい顔《かお》をしている。指《ゆび》を立《た》てて「ノー、ノー」というようにふっている。首《くび》をふりながら、くしゃくしゃにした紙《かみ》をわたしたちの手《て》に押《お》しこんだ。そして、さっと向《む》きをかえて家《いえ》のなかに入《はい》ると、ばたん、とドアをしめた。

基地《きち》の戦闘機《せんとうき》がエンジンをふかしている音《おと》が、ごうごうときこえている。これがはじまるとテレビの音《おと》もきこえなくなってしまう。

基地《きち》から遠《とお》くはなれたところに住《す》んでいる人《ひと》たちは、夜《よる》にこんな音《おと》をきかなくてもすむのだろう。きっとしずかな夜《よる》をすごしているのだろう。

はやく音《おと》がやまないかな。そう思《おも》ったとたん、ぱたっと音《おと》がやんだ。窓《まど》をあけた。すずしい風《かぜ》が入《はい》ってくる。かすかに、ぶーん、という音《おと》がきこえている。花絵《はなえ》おばさんの家《いえ》の台所《だいどころ》の換気扇《かんきせん》の音《おと》だ。おばさん、こんな時間《じかん》にお料理《りょうり》をはじめたらしい。ありあわせの家庭料理《かていりょうり》だろうか。そういっていたもの。これはなんのにおいだろう。鼻《はな》でにおいをふかく吸《す》いこむ。お醤油《しょうゆ》でなにかを煮《に》ているにおい。

また戦闘機《せんとうき》のエンジン音《おん》がきこえはじめた。「ゴー」という音《おと》が夜《よる》の空《そら》いっぱいにかぶさってくる。轟音《ごうおん》はしばらくつづいた。それから戦闘機《せんとうき》は飛《と》びたっていったようだった。音《おと》が遠《とお》ざかった。

サンダルをつっかけて、おばさんの家《いえ》へ行《い》った。

おばさんはやはり、台所《だいどころ》の流《なが》しの前《まえ》に立《た》っていた。料理《りょうり》するときはいつもそうするように、髪《かみ》を頭《あたま》の上《うえ》でおだんごにしている。

なにをつくっているの、とたずねると、「袋蓮《ふくろばす》」とおばさんはいった。

お鍋《なべ》のなかに、口《くち》を干瓢《かんぴょう》で結《むす》んだ、ふくらんだ油揚《あぶらあ》げがならんでいる。蓮根《れんこん》をすりおろして、椎茸《しいたけ》と人参《にんじん》と銀杏《ぎんなん》をまぜてつめてあるの、とおしえてくれながら、おばさんは冷蔵庫《れいぞうこ》をあけ、なかからおかきの袋《ふくろ》をとりだした。「入《い》れとかないと、しっけちゃうから」とおばさんはいって、それを菓子鉢《かしばち》にあけた。

おばさんは、だれかが来《く》ると、なにか食《た》べさせなきゃ気《き》がすまないのだ。

「きょう、どこに行《い》ってたの？　昼間《ひるま》いなかったわね」とおばさんがきいた。

紀理《きり》ちゃんといっしょだった、とわたしはいった。そして、いっしょになにをしたかを話《はな》した。

アメリカ人《じん》の家《いえ》に紙《かみ》をくばったあとも、まだ残《のこ》りはたくさんあった。紀理《きり》ちゃんはフォーコーナーの、いつも紀理《きり》ちゃんのお父《とう》さんが立《た》っている場所《ばしょ》に立《た》って、通《とお》りかかるアメリカ人《じん》に紙《かみ》をわたしはじめたのだった。わたしはそのそばに、ただ立《た》っていた。紀理《きり》ちゃんを見《み》ながら、紀理《きり》ちゃんのお父《とう》さんの気持《きも》ちを考《かんが》えたりした。

たった一人《ひとり》ここに立《た》って紙《かみ》をわたすことで、いつかは戦争《せんそう》をやめさせられると、紀理《きり》ちゃんのお父《とう》さんは本気《ほんき》で信《しん》じているのだろうか。この紙《かみ》を受《う》けとった人《ひと》たちは、ここに書《か》かれてある文字《もじ》を読《よ》んで、そのことについて深《ふか》く考《かんが》えようとするだろうか。頭《あたま》のおかしい日本人《にほんじん》がいるんだなと、あわれみの目《め》で紀理《きり》ちゃんのお父《とう》さんを見《み》ているだけなんじゃないだろうか。あわれんで、紙《かみ》を受《う》けとって、そしてそのあとで、あのアメリカ人《じん》がやったように、くしゃくしゃに丸《まる》めて捨《す》ててしまっているんだ、きっと。そんなことも、紀理《きり》ちゃんのお父《とう》さんにはわかっているのだろうか。たぶん、わかっているのだろう。それでもここに立《た》ちつづけるのは、そうすることがなにかであると、自分《じぶん》はそうしなくちゃならないと、思《おも》っているからだろうか。でもそれは、いったいなんなのだろう。

女《おんな》の子《こ》の差《さ》しだす紙《かみ》をこばむ人《ひと》はいなかった。受《う》けとって、ちらっと紙《かみ》を見《み》て、すぐにポケットにねじこんだ。

紀理《きり》ちゃんは最後《さいご》の一枚《まい》がなくなるまで、フォーコーナーに立《た》ちつづけた。すべてくばりおえたときには陽《ひ》がかたむきかけていた。

「こんなこと、したくなかった?」

紀理《きり》ちゃんはわたしにきいた。紀理《きり》ちゃんは苦《くる》しんでいるような目《め》をしていた。

ううん。わたしは首《くび》をふった。でもわたしは、自分《じぶん》と紀理《きり》ちゃんとのあいだが、なにか大《おお》きなものでさえぎられているような気《き》がしていた。そんなことを感《かん》じたことはいままで一度《ど》もなかったのに。

「いやな一日《いちにち》だったの?」とおばさんはたずねた。

「ううん、そうじゃないけど」とわたしはこたえた。いやなんじゃない。なんだかひとり、とりのこされたような、たよりないような気《き》がしていた。いまの自分《じぶん》の気持《きも》ちをうまくいうことができない。そうおばさんにいった。

おばさんは煙草《たばこ》に火《ひ》をつけた。ひと口《くち》めを深《ふか》く吸《す》いこんでから、ふうっと大《おお》きく吐《は》きだした。煙《けむり》がおばさんの頭《あたま》の上《うえ》にひろがる。おばさんはなにか考《かんが》えているようだった。換《かん》気扇《きせん》だけがぶうんとうなり声《ごえ》をたてていた。

おばさんはガスコンロの青《あお》い炎《ほのお》をしばらく見《み》ていた。わたしはおばさんの指《ゆび》のあいだにはさまっている煙草《たばこ》がじりじりと、ほんのわずかずつ燃《も》えていくのを見《み》ていた。おばさんが吸《す》うと、煙草《たばこ》の火《ひ》はそのときだけ明《あか》るく燃《も》える。

「あたしも、そんな思《おも》いをしたことならあるよ。ある人《ひと》を理解《りかい》したいと思《おも》ったときに。その人《ひと》をわかりたいと強《つよ》く思《おも》えば思《おも》うほど、理解《りかい》することなんて結局《けっきょく》できはしないんだと思《おも》い知《し》ったの。人《ひと》はだれともけっして同《おな》じになることはできない。どんな場合《ばあい》もひとりなんだと、そういうことがね、いきなり胸《むね》に突《つ》き刺《さ》さるみたいにわかったのね。それはなんともいえないかなしさだったし、そのことを受《う》け入《い》れるには、おとなのわたしでもずいぶん時間《じかん》がかかったな」

うん。わたしはうなずいた。おばさんのいったことを、あとで、ひとりでよく考《かんが》えてみようと思《おも》った。

煙草《たばこ》を消《け》して、おばさんは立《た》ちあがった。

「煮《に》えたと思《おも》うから、袋蓮《ふくろばす》、一つ食《た》べてみてよ。すこしおいたほうが、ほんとは味《あじ》がしみておいしいんだけど」

おばさんはお皿《さら》に湯気《ゆげ》のたっている袋蓮《ふくろばす》を一つのせ、その上《うえ》からおだしをすこしかけて、すすめてくれた。

それから寝室《しんしつ》に入《はい》っていき、CDをかけてくれた。ジャズのやさしいメロディがながれはじめた。

6

ヴィレッジに行《い》くと、表《おもて》の部屋《へや》にトニーがいた。森野《もりの》さんとニコラスさんも。ほかにも数人《すうにん》のアメリカ人《じん》の男《おとこ》たちがいた。

トニーと森野《もりの》さんとニコラスさんは立《た》ったまま、英語《えいご》で話《はなし》をしていた。

わたしは英会話《えいかいわ》クラスに入《はい》りたくて、森野《もりの》さんにいまの時期《じき》に、とちゅうからクラスに入《はい》ることができるかどうかをたずねるつもりだった。

わたしはあたらしい「なにか」をはじめたいと思《おも》った。そのことが自分《じぶん》をすこしは励《はげ》ましてくれるかもしれないと思《おも》った。いまの自分《じぶん》は、手《て》になにも持《も》っていないから、とそんなことを思《おも》ったりした。いままでも持《も》っていなかったはずだけれど、でもそんなふうに考《かんが》えたことはなかった。なんとなく紀理《きり》ちゃんみたいにしてればいいんだからと思《おも》っていた。紀理《きり》ちゃんのそばにいれば、自分《じぶん》もちゃんとしていられるような気《き》がしていた。紀《き》理《り》ちゃんといっしょだと、いつも楽《たの》しかったし。紀理《きり》ちゃんからはいつもあたらしいなにかを受《う》けとっていた。紀理《きり》ちゃんがするように、わたしもする、ときめていた。

でも、わたしは紀理《きり》ちゃんみたいじゃない、ときゅうにそのことがわかったのだ。そして突然《とつぜん》、自分《じぶん》の両手《りょうて》がからっぽなことに気《き》がついてしまった。どうすればちゃんとしていられるのか、それがわからなくなった。

このまえの夜《よる》、花絵《はなえ》おばさんが話《はな》してくれたことをくりかえし考《かんが》えた。

人《ひと》はひとりなんだ、とおばさんはいった。しずかな声《こえ》でそう話《はな》したおばさんのことも考《かんが》えた。若《わか》いときには歌手《かしゅ》になろうとしていたおばさん。それから料理研究家《りょうりけんきゅうか》になったおばさん。歌手《かしゅ》として生《い》きていくことはできなかったけれど、おばさんの手《て》には、いま料理《りょうり》がある。ひとりだといったおばさんは、手《て》にたしかなものを持《も》っている。そんなたしかななにかを、わたしも持《も》つことができるだろうか。

母《かあ》さんに、ヴィレッジの英会話《えいかいわ》クラスに入《はい》りたいと話《はな》すと、

「あ、ついに勉強《べんきょう》をする気《き》をだしたんだな」

母《かあ》さんはわたしの顔《かお》をのぞきこむようにして、すこしわらった。

「そうじゃないよ」

「ごめん、ごめん」

冷《ひ》やかすようにいったことをあやまってから、「いいよ。やってごらん。学校《がっこう》でも、英《えい》語《ご》、もう習《なら》ってるんでしょう」といった。

「すこしだけ」

「紀理《きり》ちゃんもヴィレッジで英語《えいご》を習《なら》ってるの？」

「習《なら》っていない」

「さそってみれば？」

うん。わたしはあいまいな返事《へんじ》をした。

紀理《きり》ちゃんをさそうことはできない、とわたしは思《おも》った。そう思《おも》うと、かなしい気持《きも》ちがした。かなしい気持《きも》ちは冷《つめ》たい鉄《てつ》の棒《ぼう》のようだ、と思《おも》う。つらい気持《きも》ちと、重《おも》い気持《きも》ちと、どうしたらいいのかわからない気持《きも》ちが、ぎゅっと固《かた》まりになっているようだ。

なにか、しなくちゃ。そう思《おも》った。いま、あたらしい「なにか」をはじめなくちゃ、と。なにかで時間《じかん》をうめることが生《い》きることとなのかなと思《おも》う。自分《じぶん》のなかにたりないものがあって、たりないことはわかっていても、なにがたりないのかがわからなくて、だからなにかしなくちゃいられないのかもしれない。

テレビを見《み》るのも、漫画《まんが》を読《よ》むのも、本《ほん》を読《よ》むのも、ぜんぶたよりない時間《じかん》をそうじゃなくするために、しているような気《き》がする。わたし、たりないものをさがしているのかなと思《おも》う。

「楓《かえで》」

トニーがいった。

テーブルで三人《にん》の話《はなし》がおわるのを待《ま》っていたわたしのほうに、トニーは近《ちか》づいてきた。

「ありがとう。グッド・ラック」

トニーはわたしに手《て》をさしだした。

「トニーはよそへ行《い》くことがきまったから」

森野《もりの》さんがわたしにいった。

わたしは立《た》ちあがってトニーの手《て》をにぎった。大《おお》きいあたたかい手《て》だった。

それからニコラスさんがトニーと握手《あくしゅ》をした。手《て》をにぎりしめたまま、やさしい口調《くちょう》でニコラスさんはトニーになにか語《かた》りかけていた。たぶん別《わか》れの言葉《ことば》なのだろう。励《はげ》ます言葉《ことば》をかけているのかもしれない。トニーはニコラスさんの目《め》を見《み》つめたまま、何度《なんど》もうなずいていた。

「さようなら」

わたしはトニーにいった。

トニーは表《おもて》の部屋《へや》にいたほかのアメリカ人《じん》たちとも、短《みじか》い言葉《ことば》を交《か》わしながら一人《ひと》ひとりと握手《あくしゅ》をした。奥《おく》の部屋《へや》にも行《い》き、そこにいただれかとも別《わか》れの言葉《ことば》を交《か》わしていた。

そのときドアがあいて、モジドが入《はい》ってきた。

トニーはモジドにも手《て》をさしだした。二人《ふたり》はぎゅっと手《て》をにぎりあった。

そうしてトニーはみんなをもう一度《いちど》ぐるりと見《み》まわした。にっこりとわらい、「バイ」と手《て》をあげ、ヴィレッジをでていった。

ニコラスさんが事務室《じむしつ》に入《はい》っていって、ドアをしめる音《おと》がきこえた。

森野《もりの》さんはコーヒーカウンターにでていたカップを片《かた》づけはじめた。

「トニーはどこへ行《い》くんですか」とわたしはきいた。

「さあ。それは軍《ぐん》の機密《きみつ》だから。わからないの。トニーはもちろん知《し》っているけど、わたしたちに話《はな》すことはできないのよ。もしかしたら、アフガニスタンに行《い》くのかもしれないし。べつの、もっと危険《きけん》な場所《ばしょ》に送《おく》られるのかもしれない」

森野《もりの》さんは肩《かた》をすくめた。

「いつまでそこにいるんですか。またここへもどってくるんですか」

「さあ。それもわからないわね。トニーは兵士《へいし》だから。兵士《へいし》は上《うえ》からの命令《めいれい》にはぜったいに従《したが》わなきゃならないのよ。行《い》けといわれれば、どんなところへでも行《い》かなきゃならない」

わたしは椅子《いす》に腰《こし》をおろした。テーブルには新聞《しんぶん》がひろげてあった。なにげなく目《め》をやると、このまえのJA《ジェイエー》の事件《じけん》の記事《きじ》がのっていた。「JA《ジェイエー》に強盗《ごうとう》」と見出《みだ》しがでている。数人《すうにん》の警官《けいかん》が男《おとこ》をとり押《お》さえている写真《しゃしん》ものっている。押《お》さえこまれた男《おとこ》は、まるで仕《し》留《と》められた獣《けもの》のように見《み》えた。力《ちから》をうしなって、地面《じめん》にただ横《よこ》たわっていた。

男《おとこ》の名前《なまえ》は竹部大三《たけべたいぞう》だった。五十一歳《さい》と書《か》いてあった。

竹部大三《たけべたいぞう》は午後《ごご》二時《じ》五十分《ぷん》ごろ、JA《ジェイエー》の職員《しょくいん》に包丁《ほうちょう》をつきつけ、金《かね》をだせとおどしたと、記事《きじ》には書《か》いてあった。

職員《しょくいん》の一人《ひとり》がすきを見《み》て警察《けいさつ》に通報《つうほう》し、すぐに警察官《けいさつかん》がかけつけた。だが竹部大三《たけべたいぞう》はとり押《お》さえようとする警察官《けいさつかん》にむかって包丁《ほうちょう》をふりかざし、やむなく警察官《けいさつかん》はピストルを二発発砲《はつはっぽう》した。竹部大三《たけべたいぞう》は腹部《ふくぶ》を負傷《ふしょう》したが命《いのち》に別状《べつじょう》はない、と書《か》かれていた。

あのときわたしは、あれっと思《おも》っただけだった。よっぱらいかな、と。よっぱらってあばれて、おまわりさんに捕《つか》まっちゃったんだと、そんなふうに思《おも》って見《み》ていた。痛《いた》い痛《いた》いという声《こえ》も、押《お》さえつけられて痛《いた》がっているのかと思《おも》っていた。たいていの人《ひと》はそばを通《とお》りすぎていたし、車《くるま》もとまらずながれつづけていた。バイクも自転車《じてんしゃ》も通《とお》りすぎていった。わたしはそんな大事件《だいじけん》だなんて思《おも》わなかった。きっと通《とお》りすぎていった人《ひと》たちだって、事件《じけん》に気《き》づいていなかったのだろう。目《め》の前《まえ》で起《お》きていることにまるで気《き》づかなかった。包丁《ほうちょう》を職員《しょくいん》につきつけて、それから警官《けいかん》にも切《き》りかかっていって、お腹《なか》をピストルで撃《う》たれた犯人《はんにん》だったのに。見《み》ていたのに、目《め》の前《まえ》で起《お》きていることがわからなかった。

パトカーがどんどん集《あつ》まってきて、警官《けいかん》もいっぱい集《あつ》まって、それでやっとほかの人《ひと》たちもなにかが起《お》きていると気《き》がついた。それはもう事件《じけん》がおわりかけていたときだった。

「まえに何度《なんど》か、ここに来《き》たことがある人《ひと》なのよ、この犯人《はんにん》」

そういってから森野《もりの》さんは、コーヒー飲《の》む？　とわたしにたずねた。

はい、とわたしは返事《へんじ》した。

森野《もりの》さんは自分《じぶん》のとわたしのと、二つのカップにコーヒーメーカーからコーヒーをそそいだ。お砂糖《さとう》とミルクは、とわたしにたずねた。入《い》れてください、とこたえた。

「ありがとうございます」とコーヒーを受《う》けとって、ふだんはめったに飲《の》まないコーヒーに口《くち》をつけた。

「わるい人《ひと》じゃないよ、大三《たいぞう》さんは」

意外《いがい》なことを森野《もりの》さんはいった。「冗談《じょうだん》をいっては、みんなをわらわせるような人《ひと》よ」

「いまは来《き》ていないんですか」

「ひどくよっぱらってやって来《き》たことがあってね。わたしが、お酒《さけ》を飲《の》んで来《き》てほしくないっていったの。みんなにいっているのと同《おな》じことを。アルコールは禁止《きんし》、マリファナも禁止《きんし》、とね」

それから姿《すがた》を見《み》せなくなった、と森野《もりの》さんは話《はな》した。まえは建築現場《けんちくげんば》で働《はたら》いていたらしいけれど、最近《さいきん》は仕事《しごと》がないと大三《たいぞう》さんはこぼしていた、とも話《はな》した。

「ああいうことをするまえに、ちょっとここに相談《そうだん》に来《き》てくれればよかったんだけど。だれもあの人《ひと》の話《はなし》をきいてあげる人《ひと》がいなかったのかと、それが残念《ざんねん》」

わたしはだまって話《はなし》をきいていた。コーヒーをまたすこし飲《の》んだ。

「あんなことをする人《ひと》じゃないんだけど」

森野《もりの》さんは大《おお》きく息《いき》を吐《は》いた。

モジドがテーブルに近《ちか》づいてきて、森野《もりの》さんの近《ちか》くの椅子《いす》に腰《こし》をおろした。

森野《もりの》さんはモジドに笑顔《えがお》をむけた。英語《えいご》で、どうしていたの、元気《げんき》にしていたの？　というようなことを質問《しつもん》した。

モジドが早口《はやくち》で森野《もりの》さんになにかいった。うんうん、森野《もりの》さんがうなずく。モジドは両手《りょうて》をひろげて懸命《けんめい》に話《はな》しつづける。なにかを訴《うった》えているように見《み》える。黒《くろ》い瞳《ひとみ》を大《おお》きく見開《みひら》いて、しゃべりつづける。

この基地《きち》を去《さ》ったトニーに会《あ》うことは、たぶん二度《にど》とないんだろうな、と思《おも》う。トニーはジャネットから、さらに遠《とお》くはなれることになってしまったのだ。いつになったらトニーはジャネットの元《もと》に帰《かえ》ることができるんだろう。娘《むすめ》をだきしめることができるんだろうか。それはほんとうに、いつか実現《じつげん》することなんだろうか。これからトニーは、遠《とお》い国《くに》の危険《きけん》な戦場《せんじょう》に行《い》かされるかもしれないというのに。

テレビニュースで映《うつ》しだされる戦場《せんじょう》はとてもむごい。わたしはすぐにチャンネルをかえてしまうけれど、ときどき偶然《ぐうぜん》見《み》てしまうことがある。足《あし》をうしなった子《こ》ども。泣《な》いている母親《ははおや》。頭《あたま》から血《ち》をながして横《よこ》たわっている人《ひと》。銃《じゅう》をかまえてこわれた家《いえ》のなかに入《はい》っていく兵士《へいし》。

そういう映像《えいぞう》を見《み》たあとでは、夜《よる》、眠《ねむ》ろうと目《め》をとじると、かならずその姿《すがた》が頭《あたま》に浮《う》かんだ。その姿《すがた》はわるい予感《よかん》をかきたてた。きっといまにひどいことが起《お》きる。起《お》きるにきまってるんだ。わたしは毛布《もうふ》を目《め》に押《お》しあてて、その予感《よかん》を追《お》いはらおうとした。こわがっている自分《じぶん》がいやだった。どうしてわたしだけが、こんなにびくびくとこわがっているんだろうと思《おも》った。わたしのまわりの人《ひと》たちはみんな、父《とう》さんも母《かあ》さんも、平気《へいき》な顔《かお》をしているというのに。どうしてわたしだけが、こんなにおびえてしまうんだろう。そうじゃなくなりたいと、目《め》をとじたままお祈《いの》りをした。それからしばらくのあいだ息《いき》をとめた。そうすれば願《ねが》いがかなうかもしれないと思《おも》って。がまんできるだけがまんしてから、息《いき》を毛布《もうふ》に吐《は》きだした。毛布《もうふ》はすこしだけあたたかくなった。

事務室《じむしつ》のドアがあく音《おと》がきこえた。卓球台《たっきゅうだい》のある部屋《へや》を通《とお》って、姿《すがた》をあらわしたのは悠《ゆう》ちゃんだった。

「悠《ゆう》ちゃん」

わたしは呼《よ》んだ。

「うぃっす」

悠《ゆう》ちゃんがテーブルに近《ちか》づいてきた。

「暗室《あんしつ》にいたの？」

うん。悠《ゆう》ちゃんは手《て》に写真《しゃしん》の束《たば》を持《も》っていた。

見《み》せて、というと、悠《ゆう》ちゃんは写真《しゃしん》の束《たば》をさしだした。

写真《しゃしん》は葉書《はがき》の大《おお》きさで、ぜんぶ白黒《しろくろ》だった。悠《ゆう》ちゃんが暗室《あんしつ》にこもって自分《じぶん》で焼《や》いたものだ。

ヴィレッジのとなりの「レストラン・ビート」のおじさんが写《うつ》っていた。白《しろ》い丸首《まるくび》シャツに白《しろ》いエプロンをあて、あごをそらし気味《ぎみ》にして、カメラをじっと見《み》つめている。

髪《かみ》にちりちりのパーマをかけたおばさんの写真《しゃしん》。大《おお》きなハンドバッグを腕《うで》にかけ、歯《は》を見《み》せてわらっている。

坊主頭《ぼうずあたま》の男《おとこ》の子《こ》をつれた女《おんな》の人《ひと》。きっと親子《おやこ》なのだ。手《て》をつないでいる。

大《おお》わらいしている小学生《しょうがくせい》の男《おとこ》の子《こ》たちの写真《しゃしん》。

人《ひと》だけでなく、ひびわれたアスファルトの写真《しゃしん》もあった。チェーンでぐるぐる巻《ま》きにされた自販機《じはんき》。こわれたドア。最近開店《さいきんかいてん》したばかりのジャマイカ料理《りょうり》のレストラン。基地《きち》の正門《せいもん》。フェンス。MP《エムピー》。

モジドの写真《しゃしん》もあった。いつもと同《おな》じ白《しろ》いワイシャツを着《き》て、手《て》を腰《こし》にあて、店《みせ》の前《まえ》でわらっている。

「ほんとになんでも撮《と》るんだね。基地《きち》なんか撮《と》ってもしょうがないのに」

「あのね、かーちゃん」

わかってないな、という口調《くちょう》で悠《ゆう》ちゃんはいった。

「見《み》なきゃだめなの。いっただろ。かーちゃんはびびってるだけだよ。藪通《やぶどお》りで育《そだ》ったくせに、藪通《やぶどお》りってものを見《み》てないよ」

悠《ゆう》ちゃんがバッグからべつの写真《しゃしん》をとりだして、「あげるよ」と、わたしにさしだした。わたしが写《うつ》っている。このまえ、山《やま》の上《うえ》で撮《と》ってくれた写真《しゃしん》だ。中途半端《ちゅうとはんぱ》な笑顔《えがお》のわたし。

「ありがとう」

「これね、俺《おれ》が撮《と》った写真《しゃしん》」

悠《ゆう》ちゃんは新聞《しんぶん》の竹部大三《たけべたいぞう》の写真《しゃしん》を指《ゆび》さした。

新聞社《しんぶんしゃ》から悠《ゆう》ちゃんの高校《こうこう》に問《と》い合《あ》わせがあったのだ、と悠《ゆう》ちゃんは話《はな》した。現場《げんば》でさかんにカメラのシャッターを切《き》っていた高校生《こうこうせい》がいたが、おたくの生徒《せいと》だろうか、と。新聞社《ぶんしゃ》の記者《きしゃ》たちが現場《げんば》に着《つ》いたのは、犯人《はんにん》が担架《たんか》に乗《の》せられて救急車《きゅうきゅうしゃ》で運《はこ》び去《さ》られたあとで、警官《けいかん》にとり押《お》さえられている写真《しゃしん》を撮《と》ることはできなかった。市内《しない》の高校《こうこう》で写真部《しゃしんぶ》があるのは悠《ゆう》ちゃんの高校《こうこう》だけだったから、まずその高校《こうこう》にと、電話《でんわ》をかけてきたらしい。写真部《しゃしんぶ》の顧問《こもん》の先生《せんせい》から部員《ぶいん》に問《と》い合《あ》わせがあり、その日《ひ》のうちに新聞社《しんぶんしゃ》の人《ひと》が悠《ゆう》ちゃんをたずねてきたのだという。

「すごいねえ」

わたしはいった。

ひらめいたら撮《と》る、といっていた悠《ゆう》ちゃんのひらめきは、どんぴしゃり、的《まと》を射《い》ていたのだ。

「でもないよ。偶然《ぐうぜん》」

なんでもないことのようにいって、悠《ゆう》ちゃんはわたしが見《み》おえた写真《しゃしん》を箱《はこ》におさめた。

これから写真《しゃしん》をまた撮《と》りに行《い》くの、とたずねると、悠《ゆう》ちゃんはうなずいた。

「ついていっても、いい?」

「来《き》たけりゃ来《き》てもいいけど。だけどかーちゃんはね、いつもだれかにくっついてうごいてるよね。そういうの、やめちゃっていいんだよ。やめたほうがいいよ。自分《じぶん》がしたいことをしなよ」

悠《ゆう》ちゃんは帰《かえ》り支度《じたく》をしながら、ちらっとわたしを見《み》て、うん、とうなずいた。

うん。わたしもうなずいた。

「あの、すみません」

わたしが森野《もりの》さんにいうと、モジドは話《はな》すのをやめた。

わたしは森野《もりの》さんに、英会話《えいかいわ》クラスにいまからでも入《はい》ることができますか、とたずねた。

「大丈夫《だいじょうぶ》、いいわよ。テキストだけは買《か》ってもらうことになるけど」と森野《もりの》さんはこたえた。子《こ》どもの英会話《えいかいわ》は毎週《まいしゅう》土曜日《どようび》の午後《ごご》四時《じ》から一時間《じかん》、とおしえてくれた。いままではトニーがボランティアでおしえてくれていたけれど、つぎの土曜日《どようび》からは、べつのだれかに先生《せんせい》をおねがいしなくちゃいけない、でもきっといい人《ひと》を見《み》つけられると思《おも》うから、とも話《はな》した。

「じゃあ、待《ま》ってるね」

森野《もりの》さんはわたしに手《て》をあげた。

モジドも「待《ま》ってるよ」と笑顔《えがお》でいってくれた。

悠《ゆう》ちゃんとならんでフォーコーナーで信号待《しんごうま》ちをしていると、目《め》の前《まえ》をバスが通《とお》りすぎていった。テールランプを点滅《てんめつ》させて、交差点《こうさてん》をこえた先《さき》にあるバス停《てい》に、バスはとまろうとしていた。

「悠《ゆう》ちゃん、わたし、行《い》かないことにした」

そう悠《ゆう》ちゃんにいうと、わたしはバスにむかって走《はし》りだした。

バスのステップに足《あし》を乗《の》せながら、悠《ゆう》ちゃんのほうを見《み》ると、悠《ゆう》ちゃんはこっちを見《み》ていた。わらいながら、わたしにむけて親指《おやゆび》を立《た》ててみせた。わたしは手《て》をふり、バスに乗《の》りこんだ。

バスはゆっくり走《はし》りだした。

中学校《ちゅうがっこう》の前《まえ》を通《とお》りすぎ、橋《はし》をわたったところにある、つぎのバス停《てい》でもバスはとまった。人《ひと》が乗《の》り降《お》りし、またバスは走《はし》りだした。

わたしはどこに行《い》こうとしているわけでもなかった。ただ「バスに乗《の》って行《い》きたい」と、突然思《とつぜんおも》ったのだ。

ポシェットをさぐってお財布《さいふ》をとりだし、中身《なかみ》をたしかめた。小銭《こぜに》ばかりで、手《て》のひらにだしてかぞえると六百二十円《えん》あった。子《こ》ども料金《りょうきん》はおとな運賃《うんちん》の半額《はんがく》だから、おとなの六百二十円分《えんぶん》までは乗《の》れる。そこからまた同《おな》じ料金《りょうきん》で帰《かえ》ってこられる。

お財布《さいふ》をしまってから、わたしは窓《まど》の外《そと》をながめた。

カー用品《ようひん》を売《う》っている店《みせ》の前《まえ》だった。黒《くろ》いタイヤの山《やま》がならんでいる。それから緑《みどり》の屋根《やね》の接骨医院《せっこついいん》、ガラス張《ば》りの眼鏡店《めがねてん》、大《おお》きいショーウインドウのなかに新型車《しんがたしゃ》を展示《てんじ》している自動車販売店《じどうしゃはんばいてん》。バスはときおりスピードをあげたり、またおとしたりしながら通《とお》りすぎていく。そしてときどき、バス停《てい》にとまる。

ふつうの車《くるま》より高《たか》い位置《いち》にあるバスの窓《まど》から通《とお》りをながめていると、町《まち》はすこしちがって見《み》える。歩《ある》いている人《ひと》を上《うえ》から見《み》る。自転車《じてんしゃ》の人《ひと》もバイクの人《ひと》も上《うえ》から見《み》る。横《よこ》にならんだ車《くるま》の屋根《やね》も見《み》える。どこかへ、はこばれていく気《き》がする。ずっと、はこばれていきたい。藪通《やぶどお》りからはなれた場所《ばしょ》へ。藪通《やぶどお》りから遠《とお》ざかっていきたい。

三階《がい》建《だ》ての学習塾《がくしゅうじゅく》の前《まえ》を通《とお》りすぎる。それから家族《かぞく》で何度《なんど》か来《き》たことのあるファミリーレストラン。ひろい駐車場《ちゅうしゃじょう》があるパチンコ店《てん》。またバスがとまる。荷物《にもつ》を持《も》ったおばあさんがゆっくりと通路《つうろ》を歩《ある》いて、降《お》り口《ぐち》へむかう。乗《の》り口《ぐち》からは、おじさんが乗《の》ってくる。

車内《しゃない》アナウンスの告《つ》げる停留所《ていりゅうじょ》の名前《なまえ》が、いつのまにか知《し》らない地名《ちめい》にかわっていた。ちいさな商店《しょうてん》がぽつぽつとある。それから古《ふる》びた家《いえ》やあたらしい家《いえ》がつづき、バスは大《おお》きくカーブした。海沿《うみぞ》いの道《みち》にでた。

海《うみ》をながめる。遠《とお》く、島《しま》も見《み》える。どこまでも、はこばれていく気《き》がする。どんどん藪《やぶ》通《どお》りから遠《とお》ざかっているのがわかる。

わたしはどうしてこわがったんだろう、と思《おも》う。紀《き》理《り》ちゃんといっしょにアメリカ人《じん》たちに紙《かみ》をわたすのをこわがった。わたし、なにをこわがっていたんだろう。

紀《き》理《り》ちゃんがアメリカ人《じん》たちにわたそうとした、あの紙《かみ》に書《か》かれていたことはまちがったことじゃない。核《かく》に反対《はんたい》するのも、戦争《せんそう》に反対《はんたい》するのも、軍事基地《ぐんじきち》はいらない、も。それなのにわたしは、自分《じぶん》がいけないことをしているような気《き》がしていた。だれかにまた見《み》つかって、いまにも叱《しか》られるんじゃないかと、びくびくしていた。フォーコーナーの角《かど》で、わたしは紀《き》理《り》ちゃんのうしろにかくれるように立《た》っていた。逃《に》げだしたい気持《きも》ちで。

火力発電所《かりょくはつでんしょ》の前《まえ》を通《とお》りすぎる。赤白《あかしろ》にぬりわけた煙突《えんとつ》が高《たか》くそびえている。それからまた海《うみ》。きらきらと海《うみ》はひかっている。ちいさな波《なみ》がどこまでもつづいている。

紀《き》理《り》ちゃんはお父《とう》さんの代《か》わりをしていたんだろうか。お父《とう》さんがいつもしていることを、してみようと考《かんが》えたのかもしれない。

紀《き》理《り》ちゃんのお父《とう》さんはわたしの父《とう》さんよりずっと年上《としうえ》だ。髪《かみ》の毛《け》も半分《はんぶん》くらい白《しろ》い。

鈴川《すずかわ》ハウスで紀《き》理《り》ちゃんと遊《あそ》んでいると、仕事《しごと》から帰《かえ》ってきたおじさんは「はい、ごほうび」といって、かならずなにかお菓子《かし》をくれた。コロッケやたこ焼《や》きのこともあった。わたしは「ごほうび」といって、母《かあ》さんからなにかをもらうことはめったにないから、いつもすこし恥《は》ずかしかった。ほめられるようなことはなにもしていないのに、と思《おも》った。

わたしたちにごほうびをくれたあと、おじさんはとなりの部屋《へや》からわたしたちをしばらく見《み》ていた。なにかを考《かんが》えているような顔《かお》で。わたしたちを見《み》ているのに、頭《あたま》のなかではべつのことを考《かんが》えているような顔《かお》をしていた。おじさんはあまりしゃべらない人《ひと》だ。だから、おじさんに見《み》られていると思《おも》うと、わたしはいつもちょっと緊張《きんちょう》した。紀理《きり》ちゃんの家《いえ》に泊《と》まった夜《よる》も、おじさんからはほとんど話《はな》しかけられなかった。だまってご飯《はん》をつくってくれて、それからだまって後片《あとかた》づけをして、それからわたしたちに背《せ》をむけ、パソコンにむかっていた。

紀理《きり》ちゃんはお父《とう》さんの気持《きも》ちを知《し》りたかったのだろうか。フォーコーナーの角《かど》に立《た》って、いやいや紙《かみ》を受《う》けとる人《ひと》たちに、あの紙《かみ》をわたすときの気持《きも》ちを。そうやって、病気《びょうき》のお父《とう》さんに近《ちか》づこうとしたのだろうか。

バスはまったく知《し》らない道《みち》を走《はし》っていた。いつのまにか海《うみ》は見《み》えなくなっていた。海《うみ》からは遠《とお》くはなれ、畑《はたけ》がひろがっている。反対側《はんたいがわ》には白《しろ》い大《おお》きな工場《こうじょう》の建物《たてもの》がつづいている。どこへ行《い》くんだろう。わたしはきゅうに心配《しんぱい》になった。このまま行《い》ってしまったら、帰《かえ》れなくなるかもしれない。アナウンスがつぎのバス停《てい》の名前《なまえ》を告《つ》げた。知《し》らない土地《とち》の名前《なまえ》だ。つづいて「お降《お》りの方《かた》はボタンを押《お》してください」といった。わたしは手《て》をのばしてボタンを押《お》した。

二百六十円《えん》を払《はら》って、バスを降《お》りた。来《き》たこともない土地《とち》だった。自分《じぶん》でバスに乗《の》って来《き》たのに、きゅうにおいてきぼりにされて、迷子《まいご》になったような気《き》がする。帰《かえ》らなくちゃ、と思《おも》う。

道路《どうろ》をわたった。反対側《はんたいがわ》のバス停《てい》で時刻表《じこくひょう》をたしかめる。いまが何時何分《なんじなんぷん》なのかわからないので、つぎに来《く》るのがどのバスなのかわからない。でも時間《じかん》の間隔《かんかく》を見《み》ると、二十分《ぷん》おきにバスは来《き》ているようだ。

ベンチに腰《こし》をおろした。

目《め》の前《まえ》を車《くるま》が何台《なんだい》も行《ゆ》きすぎる。白《しろ》。黒《くろ》。赤《あか》。青《あお》。白《しろ》。白《しろ》。車《くるま》の色《いろ》を口《くち》にだしていう。運転《うんてん》しているのはぜんぶ知《し》らない人《ひと》だ。まっすぐ前《まえ》をむいて運転《うんてん》している。かたい表情《ひょうじょう》で、まじめな顔《かお》をしている。と、助手席《じょしゅせき》のおばさんと目《め》が合《あ》った。でもすぐに通《とお》りすぎていってしまう。

バス、早《はや》く来《こ》ないかな。バスが来《く》る方向《ほうこう》を見《み》る。バスは見《み》えない。いま何時《なんじ》なんだろう。バス、早《はや》く来《き》ますように。おねがいします。早《はや》く来《き》てください。

紀理《きり》ちゃんは紙《かみ》をわたしながら「お父《とう》さんの病気《びょうき》が治《なお》りますように」と、お祈《いの》りしていたんだろうか。紀理《きり》ちゃんはそんなことはいわなかったけれど。そんな顔《かお》もしていなかったけれど。

ただ手《て》を合《あ》わせて祈《いの》るだけじゃたりない気《き》がして、なにかをしなくちゃ祈《いの》ることにならないと、紀理《きり》ちゃんはそう思《おも》って、一枚《まい》一枚《まい》、紙《かみ》を手《て》わたしていたんだろうか。

太陽《たいよう》が山《やま》に近《ちか》づいていた。もうじき日《ひ》が暮《く》れるんだ。バス、早《はや》く来《き》て。わたしは立《た》ちあがって、バスが来《く》る方向《ほうこう》をむいた。遠《とお》く、はるか彼方《かなた》から、バスがやって来《き》ているのが見《み》えた。

藪通《やぶどお》りはもううす青《あお》い闇《やみ》につつまれていた。

タキも店《みせ》をあけていた。明《あか》るい窓《まど》の上《うえ》に青《あお》いネオンもともっている。

階段《かいだん》をあがって、ドアをあけた。

「いらっしゃい」父《とう》さんがいった。そしてすぐ、「なんだ、楓《かえで》か」といった。

わたしはまっすぐカウンターへすすみ、腰《こし》をおろした。やっとたどり着《つ》いた、という気《き》持《も》ちだった。

店《みせ》にはお客《きゃく》は一人《ひとり》もいなかった。

「楓《かえで》ちゃん、おばあちゃんがなにかこしらえてあげようか？」

おばあちゃんが、いつもとかわらないにこにこした顔《かお》をキッチンからのぞかせた。

わたしはうなずいた。保育園《ほいくえん》のときに、迎《むか》えにきてくれた母《かあ》さんにだきついたように、おばあちゃんにくっつきたいと思《おも》った。でも、わたしはそうしない。そんなことをしてい い年齢《ねんれい》じゃない、と思《おも》うから。

なにがいいの、とたずねられて、「焼《や》きそば」とわたしはこたえた。

父《とう》さんが携帯《けいたい》で母《かあ》さんに、わたしが店《みせ》にいることを伝《つた》えている。母《かあ》さんと話《はな》しながら、父《とう》さんはちらちらとわたしを見《み》ている。わたしのどこかに、なにかかわったところはないかと、それを見《み》つけようとしているみたいに。

わたしはトイレに行《い》った。トイレからでると、石鹼《せっけん》で手《て》を洗《あら》った。そして鏡《かがみ》に映《うつ》った自分《じぶん》の顔《かお》を見《み》た。自分《じぶん》の目《め》では、けっしてじかに見《み》ることのできない自分《じぶん》の顔《かお》。「楓《かえで》ちゃん」。鏡《かがみ》にむかっていった。「はい」と自分《じぶん》で返事《へんじ》をして、笑顔《えがお》をつくった。

タキの壁《かべ》には中央《ちゅうおう》に鯛《たい》の魚拓《ぎょたく》がはってある。おじいちゃんがずっと昔《むかし》に釣《つ》りあげた大《おお》鯛《だい》だ。六十七センチ、と大《おお》きさも書《か》いてある。そのときの話《はなし》をおじいちゃんからくりかえしきかされた。「あんときゃあ、わしは海《うみ》におちそうになったよ。それぐらい重《おも》かった。もうすこしで魚《さかな》に海《うみ》にひきずりこまれて、もずくになるところだった」その話《はなし》をするときのおじいちゃんはうれしそうだった。おばあちゃんが「もずくにはなれませんよ。藻屑《もくず》です」と、そのたびにいい直《なお》した。

魚拓《ぎょたく》の紙《かみ》の周囲《しゅうい》や、そのほかタキの店内《てんない》の壁《かべ》という壁《かべ》はすべて一ドル札《さつ》でおおわれている。顔《かお》なじみのアメリカ兵《へい》たちがこの町《まち》を去《さ》るとき、のこしていったものだ。アメリカ兵《へい》たちがなぜお札《さつ》を記念《きねん》にのこしていくのか、その理由《りゆう》は知《し》らない。いつごろからはじまった習慣《しゅうかん》なのかも知《し》らない。基地《きち》のあるよその町《まち》や、よその国《くに》や、アメリカ本国《ほんごく》でもしていることなのかどうか。それも知《し》らない。すべての人《ひと》がそうするわけじゃない。常《じょう》連客《れんきゃく》がふと思《おも》いたって、世話《せわ》になったお礼《れい》のように一ドルをのこしていく。札《さつ》にはマジックで、名前《なまえ》や、最後《さいご》に店《みせ》に来《き》た日付《ひづけ》や、所属部隊名《しょぞくぶたいめい》などが書《か》かれている。ずっとまえにはられて、ほこりや煙草《たばこ》の煙《けむり》で色《いろ》がかわってしまった札《さつ》もある。二度《にど》とこの町《まち》にはもどってこないかもしれない人《ひと》たちなのに、おじいちゃんは札《さつ》をはがそうとはしなかったし、おばあちゃんもはがそうとはしない。

おばあちゃんが焼《や》きそばをカウンターにだしてくれた。

いただきます、といって、フォークで焼《や》きそばを口《くち》にはこんだ。

にこにこしながら、おばあちゃんはわたしがなにかいうのを待《ま》っている。

「おいしいよ。おばあちゃんの焼《や》きそば、おいしい」

わたしはいった。ソースが特別《とくべつ》なの、といつか、おばあちゃんはいっていた。

キッチンからでてきたおばあちゃんは、わたしの背中《せなか》をさすった。

それからおばあちゃんは店内《てんない》の椅子《いす》を一つひとつふきはじめた。クリーナーをつけた布《ぬの》でこすっている。ビニール張《ば》りのソファもふいていく。

父《とう》さんはときどき、うしろのテレビをふりかえって見《み》ている。店《みせ》にはロックがながれているけれど、音《おと》を消《け》したテレビもついている。父《とう》さんはプロ野球《やきゅう》の試合《しあい》を見《み》のがしたくないのだ。父《とう》さんはカープファンだけれど、カープの試合《しあい》じゃないときも、プロ野球《やきゅう》を見《み》ている。ほかのチームの勝《か》ち負《ま》けも大事《だいじ》だからな、といっていた。

焼《や》きそばを食《た》べおえた。ごちそうさま、というと、「うん」といって、父《とう》さんはお皿《さら》をさげてくれた。

「もうじき、母《かあ》さんが迎《むか》えにくるっていってたぞ」

おばあちゃんはもう椅子《いす》をふきおえたのか、窓《まど》のそばに立《た》って、通《とお》りを見《み》おろしている。

わたしはおばあちゃんのそばに行《い》った。

「なにを見《み》ているの？」

「だれか来《こ》ないかしらと思《おも》って。でも見《み》てごらん。フォーコーナーはからっぽ。だれも通《とお》っていないでしょ。困《こま》りましたねえ」

ほんとうに通《とお》りには人影《ひとかげ》がなかった。国道《こくどう》を車《くるま》が行《ゆ》き交《か》っているだけだ。

おばあちゃんは長《なが》いあいだ、毎日《まいにち》ここから通《とお》りをながめてきたのだろう。わたしが生《う》まれるずっとまえ、ベトナム戦争《せんそう》のころに、ここに店《みせ》を開《ひら》いたと、おじいちゃんからきかされていた。そのまえには藪通《やぶどお》りのちがう場所《ばしょ》で商売《しょうばい》をしていた、と話《はな》してくれた。その店《みせ》はアメリカ兵《へい》に放火《ほうか》されて燃《も》えてしまったので、こっちへ移《うつ》ったといっていた。

昔《むかし》、日本《にほん》の戦争《せんそう》がおわって、すこしたったころ、おじいちゃんは藪通《やぶどお》りで商売《しょうばい》をはじめた。そして最初《さいしょ》の店《みせ》を放火《ほうか》されたあとも、ずっと藪通《やぶどお》りからうごかなかった。ベトナム戦争《せんそう》のあと、バーやスナックがつぎつぎ店《みせ》をとじはじめても、おじいちゃんは店《みせ》をしめなかった。古《ふる》い知《し》り合《あ》いは町《まち》を去《さ》っていき、おじいちゃんが藪通《やぶどお》りの昔《むかし》の話《はなし》をする相手《あいて》はしだいにいなくなった。ただ、マークさんとは話《はな》すことができたのだろう。マークさんはおじいちゃんよりずいぶん年下《としした》だけれど、二人《ふたり》はよく話《はな》しこんでいた。おじいちゃんは日《に》本語《ほんご》で、マークさんは英語《えいご》で。昔《むかし》をなつかしんではいっしょにわらっていた。藪通《やぶどお》りに住《す》みついたマークさんも、話《はな》の通《つう》じる相手《あいて》がたぶんほしかったのだろう。

「あ、だれか来《き》てる」

基地《きち》のほうから、だれかが走《はし》ってきた。

その人《ひと》は信号《しんごう》でとまった。とまっているときも足《あし》ぶみをつづけている。白人《はくじん》の男《おとこ》の人《ひと》で、半袖《はんそで》シャツに半《はん》ズボン、白《しろ》いハイソックスをはいている。ランニングしているのだ。町《まち》を走《はし》っているアメリカ人《じん》をよく見《み》かける。みんなトレーニングを義務《ぎむ》づけられているから、走《はし》らなきゃいけないのだ。軍《ぐん》のきまりで、体重《たいじゅう》がふえてはいけないらしい。

おばあちゃんもその人《ひと》を見《み》ている。でも、お客《きゃく》じゃないことはちゃんとわかっているのだ。

わたしはおばあちゃんの手《て》をにぎった。

おばあちゃんもにぎりかえしてくれた。やわらかい、あたたかい手《て》だった。

「あのねえ、焼《や》きそば、おいしかったよ」

わたしはおばあちゃんの耳《みみ》に口《くち》をくっつけて、いった。

「ありがと」

通《とお》りをながめているおばあちゃんがほほえんだのがわかった。

7

目《め》をさましたとき、朝《あさ》だと思《おも》った。それから、うたた寝《ね》をしていたんだと気《き》づいた。学《がっ》校《こう》から帰《かえ》って、たたみに寝《ね》ころんで、あけはなしたガラス戸《ど》から裏庭《うらにわ》を見《み》ていたのだ。庭《にわ》を見《み》ながら、思《おも》いだしていた。このまえバスを待《ま》っているあいだにながめていた景色《けしき》を。

畑《はたけ》が一面《いちめん》にひろがっていた。畑《はたけ》にはいろいろな野菜《やさい》が植《う》えられていた。それがなんという野菜《やさい》なのか、わたしにはわからなかったけれど、緑色《みどりいろ》の葉《は》がつんつんと空《そら》にむかってのびていた。大《おお》きな葉《は》を幾重《いくえ》にもひろげている野菜《やさい》もあった。蔓《つる》がくねくねと支柱《しちゅう》にからまっている野菜《やさい》もあった。そのむこうに家《いえ》があった。大《おお》きなガラス戸《ど》のある家《いえ》だったが、ガラス戸《ど》の内側《うちがわ》はカーテンにとざされて見《み》えなかった。納屋《なや》のある家《いえ》もあった。周《しゅう》囲《い》を生《い》け垣《がき》で囲《かこ》っている家《いえ》もあった。それから、そのずっとむこうに山《やま》が見《み》えていた。山《やま》の稜線《りょうせん》をいまでも思《おも》いえがくことができる。山《やま》にはむくむくと緑《みどり》がもりあがっていた。

だれかに呼《よ》ばれて目《め》をさました気《き》がしたけれど、家《いえ》にはだれもいない。

かえでちゃーん。

声《こえ》は外《そと》からきこえる。

「かえでちゃーん」

花絵《はなえ》おばさんの声《こえ》だ。起《お》きあがって台所《だいどころ》へ行《い》き、窓《まど》をあけた。花絵《はなえ》おばさんが玄関《げんかん》から顔《かお》をだしていた。

「ちょっと、いらっしゃいよ」

そういって、顔《かお》をひっこめた。

まだ夢《ゆめ》からすっかりぬけでることができないまま、靴《くつ》をはいた。夢《ゆめ》のなかで石段《いしだん》をおりていたような気《き》がする。足《あし》の裏《うら》の感《かん》じがまだのこっている。ほんとうにあったことのように感《かん》じる。

おばさんの家《いえ》の玄関《げんかん》をあけて、「あがりまーす」と声《こえ》をかけて、奥《おく》に入《はい》っていくと、おばさんは台所《だいどころ》のテーブルでコーヒーを飲《の》んでいた。台所《だいどころ》にはおいしそうなにおいが満《み》ちていた。おばさんの家《いえ》にはいつも食《た》べ物《もの》のにおいが満《み》ちている。

「コーヒー、飲《の》む?」とわたしにきいた。

ううん、いい。わたしはおばさんのむかいに腰《こし》をおろした。

テーブルにはノートパソコンが開《ひら》かれている。

「それ、見《み》てみてよ」

おばさんはいった。「意見《いけん》をききたいの」

パソコン画面《がめん》を見《み》ると、『花絵《はなえ》のしあわせクッキング』とタイトルがついていて、お料理《りょうり》の画像《がぞう》がならんでいる。

「おばさんのホームページ？　すごいね」

「こういうことだって、できるの、あたしは」

おばさんは立《た》ってわたしのそばに来《く》ると、画面《がめん》をスクロールしてみせた。おばさんの香《かお》りがかすかにする。

蓮根《れんこん》を使《つか》った料理《りょうり》がつづく。蓮根《れんこん》だんご、蓮根《れんこん》きんぴら、蓮根《れんこん》の酢《す》の物《もの》、蓮根《れんこん》のはさみ揚《あ》げ、蓮根《れんこん》チップス、このまえ食《た》べさせてくれた袋蓮《ふくろばす》もある。どれも盛《も》り付《つ》けがきれいで、おいしそうだ。

「材料別《ざいりょうべつ》にページを分《わ》けているの。ほら、こうすると、ブロッコリがでるの」

おばさんはべつのページを見《み》せてくれた。

ブロッコリの料理《りょうり》がならんでいる。

「このお料理《りょうり》、ぜんぶここでつくって、自分《じぶん》で写真《しゃしん》に撮《と》ったの？」

あーはん。おばさんはアメリカ人《じん》みたいな声《こえ》をだした。

「これを見《み》た人《ひと》は、自分《じぶん》でもつくってみたいと思《おも》うかしら」

おばさんは煙草《たばこ》に火《ひ》をつけた。

「きっと思《おも》うよ。すごい」

「なんでもすぐに、すごいって、いわないの。すごいことなんて、めったにありゃしないって」

おばさんはもわもわと煙《けむり》を吐《は》きだした。

「タコス、食《た》べる？」とおばさんはきいた。

わたしがうなずくと、おばさんは煙草《たばこ》を消《け》して、さっと立《た》ちあがった。おばさんは料理《りょうり》に骨惜《ほねお》しみをしない。時間《じかん》をひきのばしたりしないで、すぐに行動《こうどう》に移《うつ》す。黒《くろ》いエプロンをしたおばさんはレタスを手早《てばや》く洗《あら》って水《みず》を切《き》り、千切《せんぎ》りにしはじめている。

「お友《とも》だちとは、あれからどうなった？」

むこうをむいたまま、おばさんがいった。

「紀理《きり》ちゃん？　あれから遊《あそ》んでない」

おばさんは千切《せんぎ》りをつづけながら二、三度《ど》うなずいた。

おばさんがなにかいってくれるかなと、背中《せなか》を見《み》ながら待《ま》っていたけれど、おばさんはなにもいわなかった。紀理《きり》ちゃんの話《はなし》をするようにうながしてくれるのではと、紀理《きり》ちゃんを思《おも》い浮《う》かべながら待《ま》ったけれど、おばさんはトマトを洗《あら》い、トマトをきざみはじめた。

オーブンのタコスの皮《かわ》が焼《や》きあがると、そこにレタスといためた肉《にく》とトマト、チーズをのせて、わたしにすすめてくれた。

おばさんはわたしが食《た》べるのをじっと見《み》ていた。とても満足《まんぞく》そうな顔《かお》をして。

おいしい。わたしがいうと、おばさんは「でしょ」と、うなずいた。

「おいしい食《た》べ物《もの》を食《た》べると、ゆるい顔《かお》になるのよ。おとなも子《こ》どもも」

食《た》べながら、わたしはうなずいた。おばさんに、ずっとここに住《す》んでいてほしいと思《おも》った。いま、おばさんがここにいる、ということだけがはっきりしている、と思《おも》う。

おばさんのことを好《す》きでいたいと思《おも》う。いつか、もうすこし大《おお》きくなったら、もっとおばさんのことがわかるようになるかもしれない。それまで、ここに留《とど》まっていてほしい。

おばさんの家《いえ》には、いまもまだガムテープをはったままの、あけていない段《だん》ボール箱《ばこ》がそのままになっている。それを目《め》にするたび、おばさんがいまにも、またどこかへ行《い》ってしまうんじゃないかと、わたしは心配《しんぱい》になる。

「おとついの晩《ばん》、ふくろうの声《こえ》をきいたわ。遠《とお》くでだったけど」とおばさんがいった。

わたしはきいたことがない、とこたえた。

「耳《みみ》をすませてごらん。夜《よる》には、いろんな音《おと》がきこえるのよ。飛行機《ひこうき》の音《おと》がやむと、いきなり、しいんとするでしょう。なんていうか、とんでもないほどの静寂《せいじゃく》がくるじゃない。そのとき、耳《みみ》はどんなちいさな音《おと》だってきいてしまうのね。遠《とお》くを走《はし》る電車《でんしゃ》の音《おと》もきこえる。どこかでかかっているラジオの音《おと》もきこえる。だれかのくしゃみもきこえる。こんど、きいてごらん。ゴーッとエンジン音《おん》がきこえて、ぱたっとやむ。そのとき戸《と》をあけて、外《そと》の音《おと》に耳《みみ》をかたむけてごらん。きっとなにか、きこえる」

やってみる、とわたしはいった。

七月四日《がっよっか》のアメリカの独立記念日《どくりつきねんび》が近《ちか》づいていた。

去年《きょねん》は、紀理《きり》ちゃんのほうから「花火《はなび》を見《み》に行《い》こう」とさそってくれた。独立記念日《どくりつきねんび》の夜《よる》には毎年《まいとし》、基地《きち》から花火《はなび》が打《う》ちあげられる。去年《きょねん》は二人《ふたり》ででかけた。基地《きち》のなかへは入《はい》ることはできないので、橋《はし》をわたって、川《かわ》をはさんで基地《きち》とは反対側《はんたいがわ》の川沿《かわぞ》いの道《みち》を、海《うみ》のほうへとむかった。土手《どて》の道《みち》には、花火《はなび》を見る人《ひと》たちがすでに大勢集《おおぜいあつ》まっていた。河口《かこう》あたりで波《なみ》よけの堤防《ていぼう》の上《うえ》によじのぼって、二人《ふたり》で対岸《たいがん》にあがる花火《はなび》を見《み》た。

今年《ことし》も見《み》に行《い》くのなら、やっぱり紀理《きり》ちゃんと行《い》きたい、と思《おも》った。

もしかすると紀理《きり》ちゃんはまた、「わたしは行《い》かない。一人《ひとり》で行《い》ってよ」というかもしれない。そういわれてもいい、さそってみよう、と気持《きも》ちをきめて、鈴川《すずかわ》ハウスにむかった。

鈴川《すずかわ》ハウスの自転車《じてんしゃ》おき場《ば》に紀理《きり》ちゃんの自転車《じてんしゃ》があるのをたしかめてから、建物《たてもの》をぐるりとまわって、紀理《きり》ちゃんの部屋《へや》の窓《まど》の下《した》に行《い》った。窓《まど》はあいていた。レースのカーテンが外《そと》にふくらんでいる。

わたしはまた、ぐるりと建物《たてもの》をまわって階段《かいだん》までもどり、あがっていった。あがっていきながら、紀理《きり》ちゃんにまた「楓《かえで》ちゃんとわたしとはちがう」といわれたらどうしようと気持《きも》ちがひるんだ。でもすぐに、紀理《きり》ちゃんはきっとそんなふうにはいわないだろう、と自分《じぶん》の考《かんが》えを打《う》ち消《け》した。

紀理《きり》ちゃんの家《いえ》のチャイムを鳴《な》らし、ドアを見《み》つめた。

足音《あしおと》が近《ちか》づいてきてドアがあいた。

紀理《きり》ちゃんはにやっとわらって、「よっ」といった。

「よっ」

わたしもいった。

入《はい》って、とドアを大《おお》きくあけてくれた。

台所《だいどころ》を通《とお》ってつぎの間《ま》に行《い》くと、紀理《きり》ちゃんのお父《とう》さんが座椅子《ざいす》にすわっていた。わたしが部屋《へや》に入《はい》っていくと、おじさんはわたしをふりかえった。おじさんはまえに病院《びょういん》で見《み》たときよりも、ずっと調子《ちょうし》がよさそうに見《み》えた。パジャマではなく、Tシャツにジーンズ姿《すがた》だったからそう見《み》えたのかもしれないけれど、おじさんは病気《びょうき》からすっかりぬけだしたように見《み》えた。

おじゃまします、と挨拶《あいさつ》すると、

「このまえはお見舞《みま》いに来《き》てくれて、ありがとう。お母《かあ》さんにもお礼《れい》をいってください」

とおじさんはいった。おじさんの声《こえ》はやわらかかった。

「はい」

すわって、と紀理《きり》ちゃんがいった。

いつもは奥《おく》の紀理《きり》ちゃんの部屋《へや》に行《い》くのに、紀理《きり》ちゃんはお父《とう》さんのそばにすわり、たぶんいままで紀理《きり》ちゃんがすわっていたはずの座椅子《ざいす》を、わたしにすすめてくれた。わたしが来《く》るまで、紀理《きり》ちゃんはお父《とう》さんのそばで、いっしょにお茶《ちゃ》を飲《の》むかなにかしていたんだなと思《おも》った。座卓《ざたく》の上《うえ》には湯《ゆ》のみとチョコレートの箱《はこ》があった。

わたしは座椅子《ざいす》にかしこまってすわった。

「二人《ふたり》で遊《あそ》びに行《い》ってくれば？」

おじさんがいった。

「どうする？」

紀理《きり》ちゃんがわたしにいった。

うん。わたしは首《くび》をかたむけた。

「父《とう》さんは大丈夫《だいじょうぶ》だよ。紀理《きり》が帰《かえ》ってくるまでに、なにか晩《ばん》ご飯《はん》のおかずをこしらえておくさ。行《い》っておいでよ」

おじさんはいった。安心《あんしん》したような顔《かお》をしている。おじさんは自分《じぶん》の家《いえ》にもどれて、まえのように二人《ふたり》でまた暮《く》らせることがうれしいんだなと思《おも》った。

「どうする？」

紀理《きり》ちゃんはわたしを見《み》ている。

おじさんも、さあ、という目《め》でわたしを見《み》ている。

独立記念日《どくりつきねんび》の花火《はなび》はフレンドシップ・デーと同《おな》じように、基地《きち》の行事《ぎょうじ》だ。わたしはいままで、そんなふうに考《かんが》えたことはなかった。これは日本《にほん》に駐留《ちゅうりゅう》するアメリカ軍《ぐん》がおこなう行事《ぎょうじ》だというふうには。これまで、フレンドシップ・デーも独立記念日《どくりつきねんび》の花火《はなび》も、スリーコーナーでおこなわれる夏祭《なつまつ》りと同《おな》じようなものだと思《おも》っていた。ちいさいときから、毎年《まいとし》おこなわれていたから、この町《まち》の祭《まつ》りの一つだと思《おも》っていた。

でもそうじゃない。ぜんぜんべつのものだ。

軍《ぐん》がおこなうお祭《まつ》りに紀理《きり》ちゃんをさそっても、紀理《きり》ちゃんは気《き》をわるくしないだろうか。迷《まよ》う。

紀理《きり》ちゃんはまだわたしを見《み》ている。

「あのね」

わたしは思《おも》いきって口《くち》を開《ひら》いた。「こんどの独立記念日《どくりつきねんび》の花火《はなび》のことだけど、いっしょに見《み》に行《い》く？」

「あ、花火《はなび》ねえ」

紀理《きり》ちゃんは意外《いがい》にも、おっとりした声《こえ》でいった。「去年《きょねん》は土手《どて》から見《み》たよねえ。そうかあ、もうすぐ七月《がつ》だもんねえ」

「そうか、もう七月《がつ》になるんだなあ」

感慨深《かんがいぶか》げにおじさんはいった。入院《にゅういん》していたときのことを思《おも》いかえしているのかもしれなかった。

「うん、行《い》く」

紀理《きり》ちゃんはあっさりとこたえた。紀理《きり》ちゃんは、まえの紀理《きり》ちゃんとすこしもちがわない気《き》がした。わたしとはもう遊《あそ》べない、といった紀理《きり》ちゃんじゃないみたいだった。やっぱり紀理《きり》ちゃんは紀理《きり》ちゃんだ。わたしは、ああ、よかったと、心底《しんそこ》ほっとした。


七時半《じはん》にフォーコーナーで、と紀理《きり》ちゃんと約束《やくそく》していた。

遠《とお》くまで行《い》くというと、きっと心配《しんぱい》すると思《おも》ったから、母《かあ》さんには、今年《ことし》も川土手《かわどて》から花火《はなび》を見《み》る、といったけれど、わたしはべつの場所《ばしょ》のことを考《かんが》えていた。

晩《ばん》ご飯《はん》を食《た》べおえると、バッグにライトとビニールシート、昼間《ひるま》スーパーで買《か》っておいたチョコレートとガムもつめた。それからポットに母《かあ》さんがつくってくれたアイスティーをつめた。

七時二十分《ぷん》に家《いえ》をでてフォーコーナーに行《い》くと、紀理《きり》ちゃんは先《さき》に来《き》て、わたしを待《ま》っていた。

「土手《どて》じゃなくて、いい場所《ばしょ》を知《し》っているんだけど」とわたしはいった。その場所《ばしょ》を思《おも》いついたときから、紀理《きり》ちゃんにそれをいうときのことをなんべんも想像《そうぞう》した。なんべん想《そう》像《ぞう》しても、そのたびにわたしは、うきうきした気持《きも》ちになった。

「どこ？」

「そんなに遠《とお》くじゃないよ。行《い》く？」

「どこ？」

ふふふ、とわたしはわらった。まだいいたくなかった。紀理《きり》ちゃんをびっくりさせたい、と思《おも》った。

「ぜったいびっくりするよ。ついてきて」

ふーん。紀理《きり》ちゃんはかすかにうなずいた。

わたしは先《さき》にたって自転車《じてんしゃ》をこぎだした。

中学校《ちゅうがっこう》の前《まえ》を通《とお》りすぎて、橋《はし》をわたる。今夜《こんや》は基地《きち》からジェット機《き》のエンジン音《おん》はきこえてこない。独立記念日《どくりつきねんび》だから、基地《きち》はお休《やす》みなのだ。

川面《かわも》がうっすら暗《くら》い。冬《ふゆ》にはたくさんの鴨《かも》がどこからともなくやってきて、ぷかぷかと浮《う》かんでいる。あの鴨《かも》たちは去年《きょねん》やってきたのと同《おな》じ鴨《かも》なのかな、と毎年思《まいとしおも》う。でもいまは冬《ふゆ》じゃない。川《かわ》にはどんな鳥《とり》も浮《う》かんでいない。

橋《はし》をわたりおえてからも、紀理《きり》ちゃんはわたしにならぼうとはせず、ずっとうしろをついてくる。しだいに基地《きち》から遠《とお》ざかりはじめているのに、なにもたずねない。

赤信号《あかしんごう》で足《あし》をつくと、紀理《きり》ちゃんがようやく横《よこ》にならんだ。

「もうすぐよ」

うん。紀理《きり》ちゃんはうなずいた。

しばらく行《い》くと、悠《ゆう》ちゃんが写真《しゃしん》を撮《と》るためにわたしをつれていってくれた住宅地《じゅうたくち》へのまがり角《かど》に着《つ》いた。わたしは、あの山《やま》の上《うえ》へ、紀理《きり》ちゃんをつれていこうとしていた。

わたしは住宅地《じゅうたくち》へつづく道《みち》に入《はい》っていった。

こんもりとしげる暗《くら》い林《はやし》にそって、道《みち》は大《おお》きくまわっている。それからしだいにのぼり坂《ざか》になった。

じゃりじゃりとタイヤが砂《すな》をふむ。道《みち》のところどころに白《しろ》い街灯《がいとう》がともっている。空《そら》にはまだ明《あか》るさがのこっているのに、道《みち》はもう暗《くら》い。

それから坂《さか》はきゅうにきつくなった。

それでもがんばって立《た》ちこぎをしていたけれど、でもそれもできなくなって、ついに自《じ》転車《てんしゃ》をおりた。待《ま》っていたように紀理《きり》ちゃんもおりた。

「もうすぐだから」

「うん」

二人《ふたり》で自転車《じてんしゃ》を押《お》してのぼりつづけた。街灯《がいとう》の下《した》を通《とお》りすぎると、わたしたちの影《かげ》が道《みち》にぼんやりのびた。

最後《さいご》のカーブをまがるとき、はるか下《した》の町《まち》が見《み》えた。町《まち》は青《あお》い闇《やみ》に沈《しず》みはじめていた。

「大《おお》きい声《こえ》はださないでね。あやしんで、家《いえ》の人《ひと》がでてきちゃうと困《こま》るから」

わたしは紀理《きり》ちゃんにささやいた。

「うん」

最後《さいご》の坂《さか》はきつかった。街灯《がいとう》の白《しろ》い光《ひかり》があいだをおいて二つともっているのが見《み》える。その先《さき》は暗《くら》かった。その暗《くら》がりにむかって、だまって自転車《じてんしゃ》を押《お》し、オレンジ色《いろ》の壁《かべ》の家《いえ》を通《とお》りすぎた。

空《あ》き地《ち》の入《い》り口《ぐち》に自転車《じてんしゃ》をとめ、わたしと紀理《きり》ちゃんはチェーンをまたいで空《あ》き地《ち》に入《はい》った。

「うわ」

ちいさい叫《さけ》び声《ごえ》を紀理《きり》ちゃんはあげた。

紀理《きり》ちゃんはフェンスまで行《い》き、わたしをふりかえった。

わたしも紀理《きり》ちゃんにならんだ。

無数《むすう》のオレンジ色《いろ》の光《ひかり》をこうこうと放《はな》つ一帯《いったい》がひろがっていた。基地《きち》だ。ときどきぴかっと閃光《せんこう》が走《はし》る。まるで暗《くら》い海《うみ》に浮《う》かぶ巨大《きょだい》な光《ひかり》の船《ふね》のように見《み》える。

目《め》の下《した》には家々《いえいえ》の屋根《やね》がつらなっていた。屋根《やね》の下《した》にはぽつぽつとちいさな明《あ》かりがともっている。遠《とお》くへ目《め》をやると、橋《はし》の上《うえ》を走《はし》る車《くるま》のヘッドライトが見《み》える。わたしたちの三角州《さんかくす》の明《あ》かりも見《み》える。かぞえきれない光《ひかり》がずっと遠《とお》く、駅前商店街《えきまえしょうてんがい》のほうへとつながっていた。鉄橋《てっきょう》の上《うえ》を電車《でんしゃ》が光《ひかり》の筋《すじ》になってゆっくりとわたっていくのが見《み》えた。

悠《ゆう》ちゃんと来《き》たときには見《み》えていた海《うみ》も島《しま》もいまは見《み》えなかった。暗《くら》い海《うみ》は灰色《はいいろ》の空《そら》とまじりあっていた。

わたしはバッグからライトをだしてともし、音《おと》を立《た》てないようにピクニックシートをひろげた。それから靴《くつ》をぬいでシートにあがった。紀理《きり》ちゃんもシートにあがった。

汗《あせ》をふいてから、ポットのアイスティーをふたに注《つ》いで紀理《きり》ちゃんにわたし、わたしも内《うち》ぶたに注《つ》いで飲《の》んだ。

「もうすぐはじまるよ」

「うん」

紀理《きり》ちゃんはハンカチで汗《あせ》をふいていた。額《ひたい》を押《お》さえるようにしてふいている。

「つかれた？」

「ううん」

紀理《きり》ちゃんはハンカチをたたみ、「こんな場所《ばしょ》を知《し》っているとはね」といった。

ほ、ほ、ほ。わたしはちいさく、いった。

「空《そら》が大《おお》きいねえ」

紀理《きり》ちゃんはシートの上《うえ》に仰向《あおむ》けになった。

わたしもならんで仰向《あおむ》けになる。

暗《くら》さをました空《そら》が大《おお》きくひろがっている。星《ほし》も月《つき》も見《み》えない。

うしろの木立《こだち》を風《かぜ》がわたる音《おと》がきこえる。ざわざわと木々《きぎ》がこすれる音《おと》がする。さわさわと、がさがさと、草《くさ》や木《こ》の葉《は》が音《おと》をたてる。風《かぜ》はわたしたちの上《うえ》も通《とお》りすぎていく。ひんやりした空気《くうき》が額《ひたい》をなでていく。そばの竹《たけ》がゆれている。ゆっくりと、黒《くろ》い影《かげ》となって大《おお》きくしなっている。

「何時《なんじ》かなあ」

わたしはちいさい声《こえ》でいった。

えーとねえ、と紀理《きり》ちゃんは携帯《けいたい》をだし、「七時《じ》五十三分《ぷん》」とおしえてくれた。

「きっともうすぐだね」

わたしは手《て》を横《よこ》にひろげた。暗《くら》い空《そら》がおりてきているように感《かん》じる。夜《よる》がわたしをつつみはじめている。

紀理《きり》ちゃんは携帯《けいたい》のイヤホンを耳《みみ》にさしこみ、やっぱりじっと空《そら》を見《み》あげている。

カタカタ、カタカタ。下《した》のほうから、電車《でんしゃ》の通《とお》りすぎる音《おと》がきこえてくる。どこかでちいさな子《こ》どもがさけんでいる。犬《いぬ》が遠《とお》くで鳴《な》いている。

また風《かぜ》がごうっと吹《ふ》く。ざざざっ。さわさわさわ。木々《きぎ》が大《おお》きくゆすられる音《おと》がきこえる。手前《てまえ》からしだいに音《おと》は移《うつ》って、ざわざわと遠《とお》ざかっていく。

トニーはもうこの基地《きち》にいないのかもしれないな、と思《おも》う。どこか遠《とお》くの戦場《せんじょう》へ行《い》ってしまったのかもしれない。トニーのいなくなったあとに、またあたらしくアメリカ兵《へい》が送《おく》りこまれてきたかもしれない。その人《ひと》たちを待《ま》っている父《とう》さんやおばあちゃんは、きっと今夜《こんや》も店《みせ》をあけているにちがいない。それから森野《もりの》さんも、ピース・ヴィレッジでいつものように、モジドやほかの人《ひと》たちと話《はなし》をしているんだろうな。この大《おお》きな空《そら》の下《した》で、わたしたちの町《まち》はなんてちっぽけなんだろうと思《おも》う。

紀理《きり》ちゃんが携帯《けいたい》からイヤホンをぬいた。音楽《おんがく》がきこえてきた。

「きこえる?」

きいたことのない曲《きょく》だった。

「『ティアーズ・イン・ヘブン』って曲《きょく》。わたし、この曲《きょく》をはじめてきいたとき、泣《な》きそうになっちゃったよ」

紀理《きり》ちゃんはいった。

わたしは歌《うた》に耳《みみ》をすませた。ギターを奏《かな》でながら、ささやきかけるように男《おとこ》の人《ひと》が低《ひく》い声《こえ》で歌《うた》っている。きっと昔《むかし》の歌《うた》だ。歌《うた》っている言葉《ことば》の意味《いみ》はわからないけれど、やさしさがじわりと伝《つた》わってくる。歌声《うたごえ》が胸《むね》の奥《おく》にしみこんでくる。

「だれの歌《うた》って?」とわたしはきいた。

「エリック・クラプトン。『ティアーズ・イン・ヘブン』」紀理《きり》ちゃんはゆっくりくりかえした。

いきなり光《ひかり》が炸裂《さくれつ》した。それから音《おと》がきこえた。

わたしたちは同時《どうじ》に体《からだ》を起《お》こした。

花火《はなび》がはじまった。

赤《あか》い花火《はなび》がオレンジ色《いろ》の基地《きち》の、はじっこの海《うみ》の上《うえ》に大《おお》きくひろがっていた。またたくまに光《ひかり》は散《ち》り散《ぢ》りになり、やがてすうっと消《き》えていった。

花火《はなび》はつぎつぎにあがった。

緑《みどり》や、青《あお》や、赤《あか》の花火《はなび》が、夜《よる》の空《そら》に大《おお》きく開《ひら》いて、すぐに光《ひかり》はながれるように消《き》えていく。そのあとに、また暗《くら》い空《そら》がもどる。

紫色《むらさきいろ》の光《ひかり》が低《ひく》いところに斜《なな》めにぱらぱらっとあがり、海《うみ》がひかった。でも一瞬《いっしゅん》のちには、やはりながれるように消《き》えていった。

「父《とう》さんのくばっている紙《かみ》にはね、『あなたもわたしも同《おな》じ立場《たちば》にいる』と書《か》かれているの。『わたしたちは力《ちから》をもたない市民《しみん》だ』と。『だから、政府《せいふ》にかんたんに利用《りよう》されてはいけない。政府《せいふ》の力《ちから》で戦場《せんじょう》に送《おく》りこまれて、人《ひと》を殺《ころ》してはいけない。また殺《ころ》されてもいけない。わたしたちは一人《ひとり》の市民《しみん》として、起《お》きていることを知《し》ろうとしなければいけない。自由《じゆう》に自分《じぶん》の考《かんが》えをあらわさなくてはいけない。人間《にんげん》の誇《ほこ》りをうしなってはいけない』と、そんなことが書《か》いてあったんだ。父《とう》さんが入院《にゅういん》してから、わたし、ぜんぶの言葉《ことば》を辞書《じしょ》でしらべたんだ。けっこう時間《じかん》がかかったけど。それから言葉《ことば》をつなぎあわせて考《かんが》えているうちに、すこしずつ意味《いみ》がわかってきた」

「一人《ひとり》の市民《しみん》」とわたしはいった。ひとり、か、と思《おも》った。おばさんもいっていた。ひとりだ、と。

花火《はなび》がまたあがった。黄色《きいろ》の光《ひかり》がひろがり、それからまた、さらに大《おお》きくひろがった。

「わたしはね、父《とう》さんはぺこぺこしながら、アメリカ人《じん》に紙《かみ》を受《う》けとってもらっているんだと思《おも》ってた。それがいやだったんだけど。そうじゃなかったんだ、とね、はじめてわかったっていうか。父《とう》さんは語《かた》りかけていたんだとわかった。一人《ひとり》の市民《しみん》として、一人《ひとり》の市民《しみん》にむかって」

「ひとり、か」

「うん」

「ひとりは、でも、強《つよ》いよ、意外《いがい》に」紀理《きり》ちゃんはいった。

「うん」

「このまえは楓《かえで》ちゃんがいっしょにいてくれたから、ひとりじゃなかったけど。でも、二人《ふたり》でも、まあ、ひとりみたいなもんだったよね。紙《かみ》をわたしているうちに、だんだん、なんか気持《きも》ちが強《つよ》くなるのがわかったんだ」

わたしはそっと紀理《きり》ちゃんの顔《かお》を見《み》た。表情《ひょうじょう》は見《み》えなかったけれど、紀理《きり》ちゃんは遠《とお》くを見《み》ていた。

「おじさんって、えらいね」

わたしがいうと、紀理《きり》ちゃんはわたしに顔《かお》をむけた。

「そんなことないよ。でも、父《とう》さんみたいな人《ひと》、あそこまでばかっぽい人《ひと》、ほかには、あんまりいないかも」

紀理《きり》ちゃんは、くくっとわらった。

つぎの花火《はなび》を待《ま》ちながら夜空《よぞら》をじっと見《み》ていると、なんだか遠《とお》い果《は》てを見《み》ている気《き》がした。

「紀理《きり》ちゃんは、高校《こうこう》を卒業《そつぎょう》したら、どこかへ行《い》く?」

「どこかって?」

「東京《とうきょう》のほうとか」

「東京《とうきょう》かあ。わかんないよ。行《い》くかもしれないし。どっかへ。東京《とうきょう》じゃないかもしれないけど。どうして？」

ぱっと白《しろ》い光《ひかり》が空《そら》にひろがった。どーんと、まっすぐ音《おと》がぶつかってくる。

ぽつっと、なにかが鼻《はな》にあたった。

ぽつっ、ぽつっ。雨粒《あまつぶ》だった。

シートもぽっ、ぽっ、と音《おと》をたてはじめた。

「雨《あめ》だ」

わたしはいった。

「だね」

紀理《きり》ちゃんはいった。

「どうする？」

「どうしようか」

いっているあいだにも、雨《あめ》はしだいに強《つよ》まってきた。うしろの木立《こだち》でも木《こ》の葉《は》に雨《あめ》のかかる音《おと》がしはじめている。

わたしたちはいそいで、ひろげていたものをバッグにつめた。

「このまま、帰《かえ》っちゃう？」

チェーンをまたいで、自転車《じてんしゃ》にむかいながらいうと、

「どこかに行《い》く？」

紀理《きり》ちゃんがたずねた。

どーん。花火《はなび》があがる。

「あ、わたし、行《い》ってみたいところがある」

わたしはいった。もう一度《いちど》行《い》ってみたい場所《ばしょ》。ふいにそこが頭《あたま》に浮《う》かんだ。そこへ紀《き》理《り》ちゃんをさそいたい。

「紀理《きり》ちゃん、藪通《やぶどお》りのバーに行《い》ったことある？」

「バー？　ないよ」

「これから行《い》かない？」

えー。紀理《きり》ちゃんは首《くび》をかしげた。そんなところへ行《い》ってみたいと、紀理《きり》ちゃんはこれまで一度《いちど》だって思《おも》ったことはないはずだった。

「ちょっとだけだから。わたしの知《し》っているお店《みせ》だから、大丈夫《だいじょうぶ》だから」

うーん。紀理《きり》ちゃんはまだきめかねているようだった。

「ね、行《い》こうよ」

わたしは自転車《じてんしゃ》をこぎだした。紀理《きり》ちゃんもならんだ。

わたしたちは坂道《さかみち》を一度《いちど》もとまらずに、下《した》までくだりおりた。

空《そら》の低《ひく》いところに、まるで生《い》き物《もの》のようにうごめく花火《はなび》があがったのが見《み》えた。くねくねとひかって、すうっと消《き》えていった。

雨《あめ》は強《つよ》まりもせず、やみもしなかった。

藪通《やぶどお》りまでもどったときも、まだ花火《はなび》はあがっていた。

わたしはマークズ・プレイスの前《まえ》で自転車《じてんしゃ》をとめた。紀理《きり》ちゃんも自転車《じてんしゃ》をとめた。紀《き》理《り》ちゃんは英語《えいご》で書《か》かれた黄色《きいろ》い看板《かんばん》をまじまじと見《み》つめた。まだためらっているようだった。

「大丈夫《だいじょうぶ》だってば。マークさんはおじいちゃんの友《とも》だちだったし、いい人《ひと》だから」

紀理《きり》ちゃんは決心《けっしん》したように、「うん」とうなずいた。

ドアをあけたとたん、なかから大音量《だいおんりょう》のロックがあふれた。

カウンターのなかからマークさんが、わたしたちのほうに顔《かお》をむけた。

「ハーイ、楓《かえで》」

すぐにわたしに気《き》づいてくれた。それから紀理《きり》ちゃんにむかって、入《はい》るように手《て》まねきし、ここにおかけなさいというように、手《て》でカウンターの席《せき》をしめした。

「おいでよ」

入《い》り口《ぐち》のところに立《た》って、うす暗《ぐら》い店内《てんない》を見《み》まわしている紀理《きり》ちゃんに、いった。紀理《きり》ちゃんは用心深《ようじんぶか》げな足《あし》どりで店《みせ》のなかに入《はい》ってきた。

わたしは紀理《きり》ちゃんとならんで、入《い》り口《ぐち》に近《ちか》い席《せき》に腰《こし》をかけた。

店《みせ》はがらがらだった。長《なが》いカウンターのむこうの端《はし》に、お客《きゃく》が二人《ふたり》いるだけだ。きっとみんな、花火《はなび》に行《い》っちゃったのだろう。

マークさんはタオルをわたしたちにわたしてくれた。

ありがとう、と受《う》けとって、わたしたちはタオルで髪《かみ》や顔《かお》をふいた。

わたしが「りんごジュースください」というと、「わたしも」と紀理《きり》ちゃんはいった。

「花火《はなび》、見《み》に行《い》ったの？」

ジュースのグラスをおいてくれながら、マークさんがカウンターから身《み》を乗《の》りだして、きいた。

「そう」

「友《とも》だち？」

大《おお》きい声《こえ》で、紀理《きり》ちゃん」

わたしはいった。

「紀理《きり》ちゃん。ウエルカム」

マークさんは紀理《きり》ちゃんにわらいかけた。マークさん、ちっともかわってない、と思《おも》う。おじいちゃんと来《き》ていたころとちっともかわらない。

紀理《きり》ちゃんは恥《は》ずかしそうにわらっている。

マークさんはポテトチップスを盛《も》ったちいさなかごをわたしたちの前《まえ》においた。

「どーぞ。わたしから、です」

紀理《きり》ちゃんを見《み》ると、紀理《きり》ちゃんもわたしを見《み》た。

「ありがとう」と、紀理《きり》ちゃんはポテトチップスに手《て》をのばした。

「マークさん。リクエストしてもいいですか？」

「もちろん」

マークさんはにっこりうなずいて、わたしのほうに耳《みみ》をむけた。

『ティアーズ・イン・ヘブン』ありますか？」

うんうん、とマークさんはうなずいた。「クラプトンね。もちろん」

紀理《きり》ちゃんがわたしをつついた。

すぐに大《おお》きい音《おと》で『ティアーズ・イン・ヘブン』はかかった。店《みせ》じゅうにギターの音《おと》とクラプトンの声《こえ》がひびきわたる。さっき山《やま》の上《うえ》できいたのと同《おな》じ曲《きょく》なのに、さらになにか、あたたかいものでつつまれるような気持《きも》ちになる。おとなの大《おお》きい腕《うで》でだきしめられているような気《き》がする。

何度《なんど》もきいているはずの紀理《きり》ちゃんも、じっと耳《みみ》をかたむけている。

紀理《きり》ちゃんはカウンターの内側《うちがわ》の壁《かべ》に、すき間《ま》なくはられている一ドル札《きつ》を見《み》ていた。

ここもタキと同《おな》じように一ドル札《さつ》が壁《かべ》という壁《かべ》にびっしりとはられている。

「いっぱいお客《きゃく》さんが来《き》たんだねえ」

わたしが紀理《きり》ちゃんにいうと、その声《こえ》が大《おお》きかったからか、

「二千《せん》ドルぐらいはあるよ」

マークさんはいって、それから両手《りょうて》をひろげて、はっはっとわらった。

カウンターの壁《かべ》の中央《ちゅうおう》には、部隊《ぶたい》によって柄《がら》やキャラクターがちがう、色《いろ》とりどりの

部隊《ぶたい》パッチが何十枚《なんじゅうまい》もつなげられて、上《うえ》からさがっていた。それも、どこかへ行《い》ってしまったアメリカ兵《へい》がのこしていったものだろう。

紀理《きり》ちゃんは店《みせ》を見《み》まわしていた。

「どうしてだかわかんないけど、この店《みせ》、はじめて来《き》たのに、ずっとまえから知《し》ってるみたいな気《き》がする」

「うちの店《みせ》とちょっと似《に》てるかも。古《ふる》いところも」

わたしはいった。

おじいちゃんと来《き》ていたときと、ここはすこしもかわっていない。三十年《ねん》以上《いじょう》まえ開《かい》店《てん》したばかりのときはどんな感《かん》じだったのだろう。そのときはきっと、壁《かべ》には一枚《まい》のドル札《さつ》もはられていなかっただろう。明《あか》るさをべつにすれば、ここはたしかにタキに似《に》ている。昔《むかし》のままの姿《すがた》で、じわじわと沈《しず》みはじめているように見《み》える。沈《しず》みかけているように見《み》えながら、でも沈《しず》まないでしずかに浮《う》かんでいる。こんな感《かん》じの店《みせ》はきっと駅前商店《えきまえしょうてん》街《がい》にはない。藪通《やぶどお》りだけだ。

わたしたちのいるカウンターの上《うえ》に、ちいさなオレンジ色《いろ》のスポットライトがぶらさがっていた。店内《てんない》はうす暗《ぐら》かったけれど、わたしと紀理《きり》ちゃんはちいさな太陽《たいよう》の下《した》にいるみたいだった。わたしは、さっきの夜《よる》の空《そら》を思《おも》った。空《そら》の果《は》てのことを思《おも》った。すると、腰《こし》かけている椅子《いす》が床《ゆか》から浮《う》きあがっているような気《き》がした。ほんの数《すう》センチ、床《ゆか》から浮《う》いている感《かん》じがした。

曲《きょく》がおわった。

「やっぱり、大《おお》きい音《おと》できくといいっすね」

紀理《きり》ちゃんがいった。

「いい曲《きょく》っすね」とわたしもいった。

「あれがスピーカーです」

マークさんが自慢《じまん》のスピーカーを指《ゆび》さした。

いつか、紀理《きり》ちゃんとわたしはこの町《まち》をはなれ、どこかよその町《まち》に行《い》くかもしれない。でも、きっと、紀理《きり》ちゃんといっしょだったこの夜《よる》のことは忘《わす》れないだろうな、と思《おも》った。

「そろそろ、帰《かえ》ったほうがいいかも」

紀理《きり》ちゃんがいった。

わたしたちはお金《かね》をはらって店《みせ》をでた。

小雨《こさめ》はまだふっていたが、空《そら》はしずかになっていた。もう花火《はなび》はおわったらしかった。

「ひとりで帰《かえ》れる？」と紀理《きり》ちゃんがいった。

「大丈夫《だいじょうぶ》」とわたしはこたえた。「紀理《きり》ちゃんは？」

「わたしは年上《としうえ》だよ」

そういってから「きょうの花火《はなび》、よかったね」と紀理《きり》ちゃんはいった。

今夜《こんや》わたしたちがすごした時間《じかん》のことをいっているんだと、わたしにはわかった。

「うん。よかった」

「じゃあ、行《い》ってよ」

紀理《きり》ちゃんはいった。「ここで見送《みおく》っててあげるから」

うん。

わたしは自転車《じてんしゃ》のスタンドをはねあげた。そして二度《ど》ほど地面《じめん》をけって自転車《じてんしゃ》にまたがった。

「楓《かえで》ちゃん、ばいばーい」

うしろから紀理《きり》ちゃんがさけんだ。紀理《きり》ちゃんがわたしの背中《せなか》を見《み》ていてくれるのがわかった。

ばいばーい。わたしも大《おお》きい声《こえ》でいって、片手《かたて》をあげた。

わたしは紀理《きり》ちゃんから、なにか特別《とくべつ》な贈《おく》り物《もの》を受《う》けとったような、ふしぎな気持《きも》ちになった。それは、わたしがなにをしたからというのではなくて、ただそっと、わたされたように思《おも》った。

わたしはそれが消《き》えてしまわないように、やさしく、でもしっかりと胸《むね》にだきしめた。

そして家《いえ》にむかって思《おも》いきりペダルをこぎはじめた。

解説

「個《こ》」という器《うつわ》

児童文学評論家《じどうぶんがくひょうろんか》　相川美恵子《あいかわみえこ》

大事なものほど、失《な》くして初めてその価値《かち》がわかるんだよと言われたことがある。つれあいの金五郎《きんごろう》じいさんを亡《な》くしたおトラばあさんが、きつねが化けているのだと知った上で偽物《にせもの》の金五郎に肌《はだ》を寄《よ》せる姿《すがた》も、同じくつれあいを亡くしたきつねがおトラばあさんから離《はな》れられなくなる姿も愛《いと》おしい。失くしたものが二度と戻《もど》らない事実を私に突《つ》きつけてくるからだ。

ふいにいなくなった金五郎きつねを雪まみれになって探し回るおトラばあさんの胸《むね》に去来《きょらい》したのは、金五郎を独《ひと》りで死なせてしまったことへの後悔《こうかい》ではなかったか。今度こそ自分があの人を看取《みと》らなければ――。「ぬくい山のきつね」には、生きるという営《いとな》みに不可欠《ふかけつ》な、死者との穏《おだ》やかな惜別《せきべつ》とでもいうものが描《えが》かれている。人が生きていくためには、大切な人との丁寧《ていねい》な「死別」の場と時とが必要なのではないか。

この物語は『ぬくい山のきつね』（新日本出版社《しんにほんしゅっぱんしゃ》、二〇〇〇年）に収録《しゅうろく》されている（第四十一回日本児童文学者協会賞《にほんじどうぶんがくしゃきょうかいしょう》、第十九回新美南吉《にいみなんきち》児童文学賞など受賞）。著者《ちょしゃ》は、同じ出版社から一九八四年に出された『銀のうさぎ』

でも第十八回日本児童文学者協会新人賞《にほんじどうぶんがくしゃきょうかいしんじんしょう》を受賞している。

　あなたは学校の先生から「目標を持って頑張《がんば》ろう」と言われたことはないだろうか。まず、目標を決める。次に、その目標に向かって努力する。勉強でもクラブ活動でも合唱コンクールでも。学校は「目標」が好きだ。

　でも「よろず承《うけたまわ》り候《そうろう》」の主人公、宗一郎《そういちろう》の場合は違《ちが》う。父親は三年前から浪人《ろうにん》、つまり失業者である。失業者とはいえ武士《ぶし》だから町人に頭を下げてまで仕事を貰《もら》う気にはどうしてもなれない。母親は病気でとうに死んでいる。となれば自分が働くしかないではないか。

　いただける仕事はとにかくやらせていただく、そんなふうに暮《く》らしていくうちに、髪結《かみゆ》いの手伝いをしないかと言われる。男が、しかも武士が、などという思いを呑《の》み込《こ》んで、宗一郎は髪結いの下働きを始める。宗一郎は与えられた仕事を丁寧《ていねい》に少しずつこなしていき、その積み重ねを通して、自分の身体《からだ》と心をゆっくりと仕事になじませていく。ここには、最初に目標を置いてその目標に向かって頑張る、という生き方とは違った生き方がある。学校文化への見事な異議《いぎ》申し立てである。

　この作品は雑誌《ざっし》「日本児童文学」（二〇一〇年　5–6月号）に掲載《けいさい》された。なお、著者《ちょしゃ》の代表作の一つに、『水底《みなそこ》の棺《ひつぎ》』（くもん出版、二〇〇二年、第四十三回日本児童文学者協会賞受賞）がある。

　お金はないが時間はたっぷりある人が旅をする方法にヒッチハイクがある。道路脇《わき》に立って手を振《ふ》ったり、「乗せてください」という紙を掲《かか》げたりして、停《と》まってくれる車を待ち、乗せてもらう方法だ。私も十九歳の時、北海道で一度やった。『口で歩く』（小峰書店《こみねしょてん》、二〇〇〇年）のタチバナさんの旅はヒッチハイクに似《に》ている。二十年以上寝《ね》たきりのタチバナさんは、動くベッドに寝た状態《じょうたい》で、運んでくれる人を待つ。そうやって人から人へと運んでもらって目的地に向かうのだ。

けっさくなのはその交渉術《こうしょうじゅつ》だ。最後まで送りますよという学生さんの申し出に、タチバナさんは、いろいろな人と話したいからと言って断《ことわ》る。相手の親切に感謝《かんしゃ》を示しつつ、自分の主張《しゅちょう》は譲《ゆず》らない。それでいて相手を不快《ふかい》にしない。すごい。時には、同情《どうじょう》を押《お》しつけてくるおばさんに、おしっこをしたいのでしびんを出して、とねだって、追《お》い払《はら》うしたたかさも見せる。すごい。障《しょう》がい者《しゃ》は家族の付《つ》き添《そ》い無しに歩くな、だいたい社会のお荷物じゃないかといわんばかりの酒屋のおやじさんには、無言の怒《いか》りで抗議《こうぎ》する。ひるまない。

私はタチバナさんに成熟《せいじゅく》した「個人」の姿《すがた》を見る。タチバナさんをそのように育てた人たちのことも知りたい。

ところで、酒屋のおやじさんがムキになったのは、たぶんタチバナさんが障がい者らしくなかったからだ。おやじさんは悪い人ではない。ただ、おやじさんの頭の中にある障がい者らしさのイメージから、タチバナさんがかけ離《はな》れていたからだと思う。でも、だったら、障がい者らしさとはいったい何なのだろう。いや、そもそも「らしさ」とは何なのか。

最後に。タチバナさんにはモデルとなった人がいる。その人は、住んでいた四国の愛媛県《えひめけん》から大阪や東京まで口で歩いた。

この作品は第四十八回産経児童出版文化賞《さんけいじどうしゅっぱんぶんかしょう》などを受賞している。著者《ちょしゃ》の他の作品として、『ぼくのお姉さん』(偕成社《かいせいしゃ》、一九八六年、第二十回日本児童文学者協会新人賞《にほんじどうぶんがくしゃきょうかいしんじんしょう》)などがある。

あなたは大好きな友だちから、「もう、わたしとつきあったりしないほうがいいよ」と突然《とつぜん》言われたら、どう思うだろう。私なら、きっととても悲しくなる。そして理由を知りたいと思うだろう。それからもう一つ。あなたの住んでいる町にはアメリカ軍の基地《きち》があるだろうか。この国には、沖縄《おきなわ》以外にも、基地のある町がいくつもある。本当だ。

『ピース・ヴィレッジ』(偕成社《かいせいしゃ》、二〇一一年)は、そんな町のひとつを舞台《ぶたい》に、なぜ、友だちだったはずの紀理《きり》ちゃんが自分を遠ざけたがっているのかを、楓《かえで》という少女が探っていく物語である。

じつは楓はもう一つ難問《なんもん》を抱《かか》えている。〈戦争〉が怖《こわ》くてならないのだ。テレビや映画の映像《えいぞう》をたくさん見てきたからかもしれない。とにかく怖い。爆撃《ばくげき》で殺《ころ》されそうになる悪夢《あくむ》を何度も見るほどだ。でも、日常的に空を飛ぶ米軍の戦闘機《せんとうき》や、「平和の村」という意味をもつピース・ヴィレッジに集《つど》う米兵たちの見慣《みな》れた姿《すがた》と、楓の中の〈戦争〉とが結びついたことはなかった。

この物語は、紀理ちゃんの不可解《ふかかい》な態度《たいど》の謎《なぞ》を解《と》く物語が、楓の中の〈戦争〉と基地のある日常をつないでいく物語に重ねられている。巧《たく》みな構成《こうせい》だ。

私はこの物語がとても好きだ。なぜなら大人たちが魅力的《みりょくてき》だからだ。独《ひと》りで何十年も反戦ビラを配り続けてきた紀理ちゃんのお父さんだけではない。花絵《はなえ》おばさんも、米兵相手のスナックを続けている楓の父さんも、自分の意志《いし》で生き方を選んできた。でも、もっとすごいのは、それを他人に押《お》しつけたり、理解《りかい》させようとしたりしないことだ。他人には他人の人生や考え方があり、それは尊重《そんちょう》しなくてはならないし、簡単《かんたん》に変えられもしないことを、この人たちは、たぶん、つらい体験を通して学んできたのだ。

けれども、悠《ゆう》ちゃんや紀理ちゃんは何かに気づき始めているし、楓も自分と向き合い始めている。だからトニーが切ない。米兵のトニーは人生を選べない。命令されたら、たとえ戦場であろうと行かされる。爆撃で殺されるだけではない戦争の姿がここにある。

著者《ちょしゃ》は『朝はだんだん見えてくる』（理論社《りろんしゃ》、一九七七年、第十一回日本児童文学者協会新人賞《にほんじどうぶんがくしゃきょうかいしんじんしょう》受賞）でデビュー。作品に『「うそじゃないよ」と谷川くんはいった』（PHP研究所、一九九一年、第四十一回小学館《しょうがくかん》文学賞、第三十九回産経《さんけい》児童出版文化賞受賞）、『ステゴザウルス』（マガジンハウス、一九九四年、路傍《ろぼう》の石《いし》文学賞）、『迷《まよ》い鳥とぶ』（理論社、同年、同賞受賞）、『そのぬくもりはきえない』（偕成社《かいせいしゃ》、二〇〇八年、第四十八回日本児童文学者協会賞受賞）他にも多数の秀作《しゅうさく》を発表し続《つづ》けている。


四つの物語に共通しているのは、主人公たちが「個《こ》」として立つ、または立とうとしていることだ。選択《せんたく》は自分でする、その結果起きてくる不利益《ふりえき》は引き受ける、自分の選択に周囲の同意を期待しない、といったところだ。これが「根性《こんじょう》」の問題ではないことは、タチバナさんのところで触《ふ》れた。

それと、誰《だれ》かとつながっていることが必要だ。いつも一緒《いっしょ》にいるということではない。一度も会えなくてもつながれる。死者とでも、本の中の人物とでも。だから、「個」という器は、本当は他者の息遣《いきづか》いでとても温かい。

最上一平《もがみ・いっぺい》

一九五七年、山形県に生まれる。一九八五年『銀のうさぎ』（新日本出版社）で第十八回日本児童文学者協会新人賞、二〇〇一年『ぬくい山のきつね』（新日本出版社）で第四十一回日本児童文学者協会賞、第十九回新美南吉児童文学賞、二〇一〇年『じぶんの木』（岩崎書店）で第二十一回ひろすけ童話賞受賞。作品に『あしたもチャーシューメン』（新日本出版社）、『たぬきの花よめ道中』（岩崎書店）、『こころのともってどんなとも』（ポプラ社）などがある。東京都在住。

中川なをみ《なかがわ・なをみ》

一九四六年、山梨県に生まれる。二〇〇二年『水底の棺』（くもん出版）で第四十三回日本児童文学者協会賞受賞。作品に『ひかり舞う』（ポプラ社）、『晴れ着のゆくえ』（文化出版局）、『茶畑のジャヤ』（鈴木出版）、『アブエラの大きな手』（国土社）、『龍の腹』『きんいろの雨』『砂漠の国からフォフォー』（以上、くもん出版）、『ユキとヨンホ　白磁にみせられて』『有松の庄九郎』（ともに新日本出版社）などがある。大阪府在住。

丘　修三《おか・しゅうぞう》

一九四一年、熊本県に生まれる。一九八七年『ぼくのお姉さん』（偕成社）で第二十回日本児童文学者協会新人賞、第三回坪田譲治文学賞、第五回新美南吉文学賞、一九九三年『少年の日々』（偕成社）で第四十二回小学館文学賞、二〇〇一年『口で歩く』（小峰書店）で第四十八回産経児童出版文化賞ニッポン放送賞受賞。作品に『ラブレター物語』（小峰書店）、『福の神になった少年　仙台四郎の物語』（佼成出版社）などがある。神奈川県在住。

岩瀬成子《いわせ・じょうこ》

一九五〇年、山口県に生まれる。一九七八年『朝はだんだん見えてくる』（理論社）で第十一回日本児童文学者協会新人賞、二〇〇八年『そのぬくもりはきえない』（偕成社）で第四十八回日本児童文学者協会賞、二〇一四年『あたらしい子がきて』（岩崎書店）で第五十二回野間児童文芸賞、第五回ＪＢＢＹ賞、二〇一五年『きみは知らないほうがいい』（文研出版）で第六十二回産経児童出版文化賞大賞を受賞。山口県在住。

日本児童文学者協会創立七十周年記念出版

「児童文学　10の冒険」刊行に寄せて

児童文学というジャンルは、大人の作者が子どもの読者に向けて語る、というところに特徴があります。そのため、時に押しつけがましく語り過ぎたり、時に大人の側の独りよがりになってしまったりするようなことも、なしとはしません。ただ、そこに児童文学を書くことの難しさやおもしろさもあり、わたしたちは読者である子どもたちと、そして自身の中にある「子ども」とも心の中で対話しながら、さまざまな作品を書き続けてきました。

このシリーズは、児童文学の作家団体である日本児童文学者協会が創立七十周年を迎えたことを記念して企画されました。先に創立五十周年記念出版として刊行された『『心』の子ども文学館』（全二十四巻、日本図書センター刊）に続くものです。協会が創立されたのは太平洋戦争敗戦後まもない一九四六年のことで、その時代とはもとより、『心』の子ども文学館」が刊行された二十年前に比べても、大人と子どもとの関係は大きな変化を見せ、児童文学もさまざまに変貌しています。

主に一九九〇年代以降の、日本児童文学者協会の文学賞（協会賞・新人賞）の受賞作品や受賞作家の作品、そして同時代の他の文学賞の受賞作家の作品、長編と短編を組み合わせて一巻ずつを構成したこのシリーズを、わたしたちは、「児童文学　10の冒険」と名づけました。「希望」が語られにくい今の時代の中で、大人と子どもがどのようにことばを通い合わせていくことができるのか。それはまさに「冒険」の名に値する仕事だと感じているからです。

今子ども時代を生きている読者はもちろん、かつて子どもであった人たちも、本シリーズに収録された作品たちを手掛かりに、それぞれの冒険の旅に足を踏み出せるよう願っています。

日本児童文学者協会「児童文学　10の冒険」編集委員会

出典一覧

最上一平『ぬくい山のきつね』（新日本出版社）
中川なをみ「よろず承り候」（日本児童文学　二〇一〇年5―6月号）
丘　修三『口で歩く』（小峰書店）
岩瀬成子『ピース・ヴィレッジ』（偕成社）

「児童文学 10の冒険」編集委員会
津久井 惠・藤田のぼる・宮川健郎・偕成社編集部
装 画……牧野千穂
造 本……矢野のり子(島津デザイン事務所)

児童文学 10の冒険

ここから続く道

発行 二〇一八年十一月 初版一刷

編者 日本児童文学者協会
発行者 今村正樹
発行所 株式会社偕成社
〒一六二－八四五〇 東京都新宿区市谷砂土原町三－五
電話〇三－三二六〇－三二二一（販売部）
〇三－三二六〇－三二二九（編集部）
http://www.kaiseisha.co.jp/

印刷 三美印刷株式会社
製本 株式会社 常川製本

NDC913 282p. 22cm ISBN978-4-03-539780-9

乱丁本・落丁本はおとりかえいたします。
本のご注文は電話・ファックスまたはEメールでお受けしています。
電話〇三－三二六〇－三二二一 ファックス〇三－三二六〇－三二二二
e-mail : sales@kaiseisha.co.jp

迷宮ヶ丘シリーズ

日本児童文学者協会…編

全10巻

あたりまえの明日は、
もう約束されない……。
あなたに起こるかもしれない
奇妙な物語を
各巻五話収録。

一丁目　窓辺の少年
二丁目　百年オルガン
三丁目　消失ゲーム
四丁目　身がわりバス
五丁目　瓶詰め男
六丁目　不自然な街
七丁目　虫が、ぶうん
八丁目　風を一ダース
九丁目　友だちだよね？
〇丁目　奇妙な掲示板

四六判

時間をめぐるお話を各巻５話収録

Time Story
タイムストーリー

全10巻

5分間の物語
1時間の物語
1日の物語
3日間の物語
1週間の物語
5分間だけの彼氏
おいしい1時間
消えた1日をさがして
3日で咲く花
1週間後にオレをふってください

©磯 良一

日本児童文学者協会 編

むかしもいまもおもしろい

古典から生まれた新しい物語

全5巻

日本児童文学者協会・編

〈恋の話〉迷宮《めいきゅう》の王子　スカイエマ・絵

〈冒険の話〉墓場《はかば》の目撃者《もくげきしゃ》　黒須高嶺・絵

〈おもしろい話〉耳あり呆一《ほういち》　山本重也・絵

〈こわい話〉第三の子ども　浅賀行雄・絵

〈ふしぎな話〉迷《まよ》い家《が》　平尾直子・絵

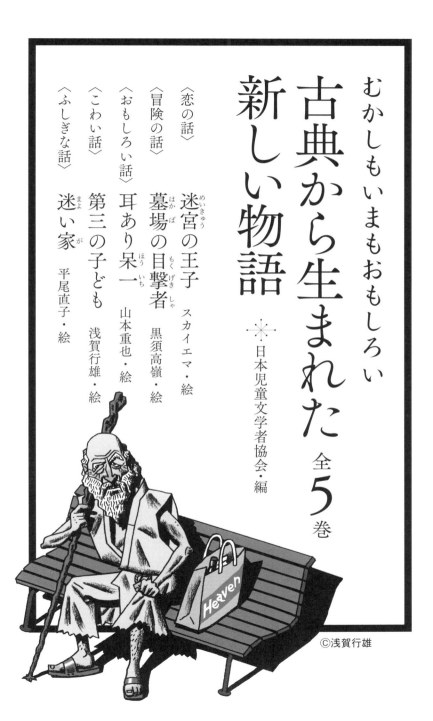

日本児童文学者協会70周年企画

児童文学 10の冒険

編＝日本児童文学者協会

1990年代以降の作品のなかから、文学賞受賞作品や受賞作家の作品、
その時代を反映したものをテーマ別に収録した児童文学のアンソロジー。
各巻を構成するテーマや、それぞれの作家、作品の特色などについて
読者の理解が深まるよう、各巻に解説をつけました。
対象年齢を問わず、子どもから大人まで、すべての人に読んでほしいシリーズです。

©牧野千穂

子どものなかの大人、大人のなかの子ども

第１期 全５巻

- 明日をさがして
- 旅立ちの日
- 家族のゆきさき
- 不思議に会いたい
- 自分からのぬけ道

第２期 全５巻

- 迷い道へようこそ
- 友だちになる理由
- ここから続く道
- なぞの扉をひらく
- きのうまでにさよなら

平均270ページ、総ルビ、A5判、ハードカバー